ある無名作家の肖像

東郷克美

翰林書房

ある無名作家の肖像◎目次

V

I

ある無名作家の肖像

昭和十年前後に「稲門文学」「文陣」など、早稲田系の同人誌に数篇の小説を発表したまま、消えていったひとりの無名の作家がいる。筆名は川副久仁木、のち久二郎とも名のった。本名川副国基。国基はくにきと湯桶読みする。筆名もその読みに由来しているが、ペンネームを使ったのは、国基という名に対する、青年らしい含羞があったのかもしれない。

川副久仁木は、明治四十二年三月十八日、長崎県北諫早村（現在の諫早市）に生まれた。大岡昇平、太宰治、松本清張らと同年である。文学への目覚めは、県立大村中学時代だった。大村中学では、文芸部、雄弁部に所属して活躍した。中学四年のとき、校友会雑誌「玖城」第二十二号（大14・2）に、「小浜にて」という詩を、川副紫雨の名で発表している。これが今日知られる彼のもっとも古い作品である。また同誌所載の弁論要旨「学生に望む」には、すでに後年の熱情家の一面があらわれている。「玖城」は、学校が大村湾につき出た風光明媚な玖島崎の古城跡近くにあったことによる。「玖城」第二十三号（大15・2）には、卒業を前に、青春多感の日々をおくった母校とその「慈父」のごとき玖島崎の風景への惜別の情を表白して、五十年後自ら「稚拙な、センチメンタルな、浪漫調の文章」（「海があったころの玖島崎」昭50・3「玖城」創立九十周年記念号）と評することになる小文「玖島崎」を、やはり川副紫雨の名で載せている。よくも悪くも「センチメンタルな、浪漫調」が、十代の川副の詩文の基本的な情調であり、「玖島崎」の中でいうように樗牛に親しみ「孤独を楽しむ」一面をもっていた。

前掲「玖城」二十二号には、川副国基の名で、「中等教育の革新」という論説も書いている。論旨はもっと「中学教育を実社会に接触せしむる事」を主張したものである。その中の、自分は「もう来年は五年に成り値《ママ》ぐ社会に飛び込まなければならぬものである」とか「実際我々の様に中学ばかりで終るかも知れ無い者には所謂常識なるものが百の論語千の因数分解よりも必要なのである」といういい方から察するに、早く父をなくしたこともあってか、この時点での彼はまだ上級学校への進学を確定してはいなかったようである。しかし、大正十五年、川副は敬慕していた国語教師古賀照房の出身校である早稲田大学高等師範部国語漢文科に進む。古賀は川副の中学三年の終りまでで大村中学を去り、福岡県立朝倉中学に転じて、そこで新制高校時代を含め、昭和三十二年まで生涯一教師を貫いた。窪田空穂に師事し、遺歌集『槻の木』（昭54・4）がある。朝倉高校時代の教え子に作家の後藤明生、元早大教授柳瀬喜代志などがいる（後藤明生「生涯一教師」参照）。早大高師部は予科一年本科三年の学校であった。当時の早稲田の高師の授業料は百十円で、他の文系学部の百四十円より安かった（ちなみに当時の東大の授業料は百円だった）。高師部を選んだ理由のひとつに、短い修業年限と安い授業料があったかもしれない。早稲田では新聞学会に属し、早稲田大学新聞の文芸欄を担当する一方、川副久仁木の名でもっぱら詩を書いた。作品はガリ版刷りの同人誌「沙漠」（昭和二年十二月の二号から昭和四年七月の三巻二輯まで確認）に発表する一方、師事していた西条八十の主宰する「愛誦」（交蘭社）にも抒情詩が掲載された。早大時代の詩作で今日確認しうるものは、二十篇弱だが、反戦詩「憤怒」（「沙漠」昭3・7）のような例外をのぞけば、そのほとんどが恋をテーマにした抒情小曲である。西条の影響もあろうが、「詩と詩論」（昭3・9〜昭6・12）に代表されるような当時の詩壇の雰囲気を考えれば、内容・形式ともに甘く古風にすぎるといわざるを得ない。ただ、ここで指摘しておきたいのは若き川副久仁木の詩作に、くりかえしあらわれる「運命の女《ファム・ファタル》」というべき存在の影である。これは青春期に通有のセンチメンタリズムとのみ、いってすますことはできないようなものを感じさせる。

その原型になるものではないかと推定されるテーマをあつかった作品の原稿が、川副家に残されている。それは早稲田大学のマーク入り四百字詰原稿用紙に浄書された三十五枚の未完の作品である。表に「未完の此の小篇はロマンチストとしての私のはかない形見だ（一九二七・一〇）（十九歳）」とある（以下「小篇」という）。これは、母子二人だけの主人公「私」と従妹妙子との破局に終った熱烈な恋を書いたものである。異母姉妹の母親同士が不仲だったために、両家の間にはながくつきあいがなかったが、「私」が中学四年のとき、再会した二人の間に、激しい恋がもえあがる。そして、四年後には破局がやって来る。最後は、家のために成金の後妻にされた妙子の誘いによって、二人がひそかに密会をくわだてるところで中絶している。「未完」とあるが、首尾も整い、ほとんど完結しているようにもみえる。にもかかわらず、なぜ未発表のまま今日まで保存されて来たのか、今となっては謎である。けだし、幻の処女作というべきであろう。以後、川副の小説は、父のいない貧しい青年の主人公が、その愛する女性をブルジョア的存在に奪われるというテーマの変奏をくりかえすことになる。「嘗つて我が恋せし小女《ママ》の嫁ぐに贈る」（「沙漠」昭3・1）という詩とも内容的に対応するところがある。作品の背後にどのていどの事実があったかはわからないし、わかる必要もないが、先にものべたように、思春期特有の感傷の産物というには、このモチーフに対する作者の拘泥ぶりが気になるところである。

「小篇」の主人公が、「孤独」な心を隠しもった父のいない少年であったように、はじめて公表された「Hのこと」（「沙漠」昭3・5）では、同じような境遇の少年が、「快男児」の仮面で隠蔽してきた「孤独」な心を、一歳年上の上級生に見抜かれ、やがて二人は「同性愛と言ふべく、あまりにも清らかな」友情を結ぶが、高校に進んだHは、急性肺炎で「私」の手を握りその名を呼び続けながら死んでいく。「孤独」を慰めてくれる愛の対象を失なうという点でも、「小篇」と通底している。

なお「小篇」で主人公たちが文芸部講演会に招く先輩の新進作家H氏、および「Hのこと」に出て来る同郷出身の文学者K・Hのモデルは、大村中学・早大出身で藤村門下の歌人・小説家原田謙次である。原田は、川副の「玖島崎」が載った「玖城」二十三号の巻頭に「心境雑筆」を書いている。また、同号所載の川副の筆になる「十一月二十七日に挙行されたる文芸大会に対する感想」という一文の末尾には、「文芸鑑賞の根本的態度に就いて」と題して「本校の先輩で新進作家の原田謙次先生が半時間に渉つて有益な講演をせられた事は大会の大きな収穫として特筆すべきであつた」とある。さらにつけ加えれば、「小篇」の主人公が「中学の応援歌を作詩作曲する」話が出て来るが、前掲「海があったころの玖島崎」の中で、川副は実際に大村中学名物の「ボートレースの応援歌」を作詞したと語っている。

＊

いうまでもなく、川副久仁木の早大時代は、プロレタリア文学全盛の時期にあたっていた。予科に入学した大正十五年の九月には、青野季吉の「自然成長と目的意識」が発表されている。翌昭和二年になると、プロレタリア文学は、ほとんど文壇を制圧するかに見えた。昭和三年にはナップが成立し、本科三年生の昭和四年には「蟹工船」や「太陽のない街」が出る。その一方で特高警察の設置（昭3・7）をはじめとして、思想弾圧が熾烈を極めるようになることも周知のとおりである。のちに書くように、やがて川副もこの「特高係の追及」を受けることになるのである。自筆年譜には「昭和二年ごろ早稲田大学新聞の編集に携わり文芸欄を担当。大学新聞は左傾したゆえまもなく解散」とある。早大時代の創作には、明らかにプロレタリア文学運動、あるいはマルキシズムの影が落ちている。大学時代のみならず、昭和十年ごろの作品まで、その影をひきずっていることはのちにのべる。

「平吉の死」（「沙漠」昭4・2）は、貧しい小作人の子である平吉という青年が、貪欲な地主の「搾取」の下で病身をおして働き続け、やがて血を喀いて死んでいく話である。それより先すでに「四十年間と云ふもの貪欲な土地の地主から搾り取られる丈け搾り取られ、追ひ使はれるだけ追ひ使はれると、人の善い平吉の父親は、満足さうにお題目を唱へ乍ら骨と皮とになつて虫けらの様に死んで了つた」のだし、平吉の場合もまた「働けば働く程、地主達は、いくらも新しい搾取方法を知つてゐた」のであった。そして、地主達にとって平吉の死は「又と得がたい素直な被搾取者を失つた」ことを意味した。素朴なかたちではあるが、明らかにプロレタリア文学的発想に立った作品である。

「或る自殺」（「沙漠」昭4・7）は、新聞配達をして通った中学時代からの恋人である「貧しい小作人の娘」妙子（「小篇」のヒロインの名と同じであることに注意）を、金と権力をもった村長の息子の私大生に奪われて絶望し、自殺しようとする苦学生の物語だ。その恋人妙子が、彼を見捨てて村長の息子と結婚する夜、毒薬をのんだ主人公が、カフェーの客たちの前でデスペレートなひとり語りをするという形式に作者の工夫があるといえる。たとえばその中には次のような一節がある。

資本主義社会に於けるプロレタリヤには満足に恋することさへ許されないんだ　あゝわしは、俺は　もう　二度とプロレタリヤなんかに生れて来はせぬぞ――いや　いゝや　俺はも一度、屹度プロレタリヤに生れて来てやらう、もつと強い意志と力を持つたプロレタリヤとして再生しよう、そして飽迄も〳〵あの暴虐なブルジョア共と戦ふんだ――

この作品には自嘲を含んだ戯画的諷刺的な手法が用いられている。人物造型がやや類型的ではあるが、こうした批判精神にもとづく諷刺や諧謔の手法は、川副の小説のひとつの特徴となっていく。なお「小篇」「Hのこと」「平吉の死」と同じく「或る自殺」の場合も、主人公が母ひとり子ひとりの境遇に設定されていることに注目しておこう。かくして、初期の川副久仁木のセンチメンタルな浪漫調は、左翼体験をくぐることによって克服され、社会批判ないしは階級批判的なものを内包する作風へとしだいに変っていきつつあったのである。のちにふれるように、それは「小篇」と「或る自殺」の二人の妙子のちがいに端的にあらわれている。

昭和五年三月、早大卒業。未曾有の就職難の年であった。川副は、五月になって松阪の三重県立工業学校に赴任する。成績優秀であったにもかかわらず、一月おくれの着任は、就職地獄の影響であったろう。このころ中学教師の初任給は、六十円前後であった。松阪の学校では「軍事教練を重んずる校長と合わず、一一ヵ月で去ることになる」(自筆年譜)。六年四月、千葉県立長生中学校に転任。卒業の昭和五年から七年までの三年間は、作品がない。

昭和八年五月、早大教授で教育学者の原田実を顧問にいただく「教育者の憂鬱」という風変りな題の、パンフレットのような月刊誌が、麦秋社というところから発刊される。編輯兼発行人は斎藤一正。たぶん、斎藤の個人雑誌に近い性格のものではなかったろうか。題名は、教育者は「安価な小楽観にとどまることなく「寧ろもっと憂鬱であるべきではなからうか」という、原田実の「教育深化の光・熱・力」の中のことばによっている。全体に教師臭のない自由な教育評論の雑誌である。川副久仁木が創刊号から九号まで毎号、この雑誌に寄稿するのは、学生時代から愛された恩師原田の慫慂によるものであろう。コラム「子供の世界を覗く」に、毎回中学生の生態をスケッチした小文を書くとともに、コント風の小品や随想・論説などをのせている。そこには、学生時代のそれとは別人のような、鋭い観察と的確な表現がある。これらはやがて書かれる小説のための素描集というような性格をもっていた。事実、「田舎で拾った話」(昭8・10)の中のいくつかのゴシップは、のちの小説「鹹の季節」(「文陣」昭10・5)や「抗争」(「文芸首都」昭10・12)などの素材として生かされているし、「まさえちゃん」(昭9・1)などは、女主人公の名前も含めてそっくりそのまま「けがれた出発」(「文陣」昭10・11)の中の一挿話として使われているといった具合である。

すでにプロレタリア文学運動は壊滅状態になり、文壇では「文芸復興」が叫ばれ、不安の文学や行動主義の文学が唱えられていた。昭和九年四月、川副は「稲門文学」二号に「ある経験」という創作を発表する（この作品だけはなぜか本名である）。早大在学中にガリ版の同人誌に三篇の小説を発表して以来のことで、しかも今度は本格的な同人誌へのデビューである。「稲門文学」の中心的同人である青柳優は、川副と同じ昭和五年に早大文学部英文科を出た人で、川副とはのちに同人誌「文陣」の仲間にもなる。また小説の筆を折ってからの川副が昭和十三、四年頃の第三次「早稲田文学」に、近代の作家論を書くようになるのも、編集同人であった青柳のすすめによるものであったろう。戦争下、大正文学研究会の編集になる『芥川龍之介研究』（昭17・7）『志賀直哉研究』（昭19・6）に論文を書かせ、さらに小学館の『近代日本文学研究・明治文学作家論（下巻）』（昭18・12）に「島村抱月論」を書かせることによって、川副を抱月研究、さらには自然主義研究へと導いたのもこの青柳であった。川副は、この早逝した気鋭の批評家のことを終生徳としていた。

「ある経験」の主人公瀬木は、大学の文科を出たものの、就職口のないまま、インチキ雑誌「実業春秋」の編集主任内山の下で、意にそまぬ企業の内部暴露記事などを書いている。社長は「悪資本家とのいい加減な妥協で豪奢な生活をつづけてゐる」し、内山はおしつけられて、社長の妹と結婚し、その「忠実な傀儡」になっている。瀬木は二人への強い「憤り」とともに「劇しい自己嫌悪」を感ぜずにはいられない。一方、瀬木は内山の妹のはるみにひかれており、彼女との結婚を夢みて新しい就職口をさがそうとするが、「プチブル性」の強い派手好みのはるみは、彼を見捨てて好色で「海千山千」の社長の妾となる道を選ぶ。

この時期の川副作品のひとつの特徴は、純粋だが弱い心をもった人物が、生きていくために実社会の裏面や人間の醜悪さにふれることによってあじわう葛藤や屈辱、敗北感などを描いていることだが、

「ある経験」もまさにそのような作品である。また、主人公の愛する女人が、悪徳ブルジョアのものになっていくという点では、あの「小篇」とも基本的には同じだ。しかし「小篇」の妙子は、主人公俊也を愛しながらも、家のために犠牲になったのだった。その意味で「ある経験」のはるみは、貧乏学生の主人公を見捨てて「百万長者」の息子と結婚する「或る自殺」の妙子の方に近い。そこに作者の現実的な目の深まりをみてもよいだろう。総じてこの時期の作品の女性たちは、軽佻で「プチブル」的傾向をもった存在としてややシニカルにとらえられることが多い。

*

さて、「稲門文学」は今のところ四号（昭9・6）までしか確認できない。おそらく、四号か五号でその生命を終えたものと考えられる。というのは、その年に「稲門文学」の後継誌ともいえる「文陣」が、青柳、川副らを同人として創刊されているからだ。「文陣」の創刊号は未見だが、「文陣」二巻一号（昭10・2）に、川副久仁木の「まこと」という創作が載っている。かつては新進の教育学者だったが、今はすでに時代にとりのこされて滑稽な存在になってしまっている教育評論家大竹嘲風氏の「憂鬱」を書いたものである。嘲風氏には女学校教師あがりの「木石型の細君」と、学校から操行丙をもらって来るような活発な娘がいる。嘲風氏は「まこと食堂」の看板から思いついた「まこと教育」を説き、娘にも先生に「まことの心」を披瀝して誤解をといて来るようにすすめるが、その「まこと」が仇となって娘は教師から「ひどいめ」にあわされて帰って来る。すでに学生時代の「或る自殺」などにもあらわれていたように、川副の筆は滑稽を含んだ諷刺的な表現において、とりわけ生彩を放つ。以後の作品も多かれ少なかれ、諷刺的な手法に特色がある。一方では、そのことが人物造型にいささか類型性や通俗性を感じさせることにもなる。

ところで、昭和十年前後は、純文学の危機が叫ばれた時代でもあった。横光利一の「純粋小説論」(「改造」昭10・4)がさまざまな論議を呼んだことも周知のとおりである。「純粋小説論」には前史がある。まず広津和郎が「ステロタイプ化について」(「文芸」昭9・12)で「純文学的な長篇の発表機関」を新聞の文芸欄などに確保するためには、あるていど人物の「ステロタイプ化」もやむを得ないとしたのを受けるようにして、横光利一は「雑感」(「読売新聞」昭10・1・9)で「純粋文学にして通俗小説」という説を提起するのである。それが「純粋小説論」へと発展するのだが、千葉の片田舎で教師をしながら小説を書きつつあった川副久仁木も、早速、広津や横光の論に反応している。「文学のない町」(「文陣」昭10・3)では、田舎町に住んでいると、「文芸復興」などといっても「今日の純文学が地方ではいかに読まれてゐないかと僕はつくづく感じたのである」といい、さらに次のようにのべている。

トルストイやドストエフスキーの作品のやうに、大衆の胸にぐんぐん食ひこんで行つて、しかも活気を失はない文学といふものは、まだわが国では期待出来ないのだらうか。最近広津氏や横光氏によつて、純文学に通俗性をもたせることといつたことが真剣に考へられてゐるやうであるが、これは今日のこのみじめな純文学のためにも、第一に試みられねばならぬことだと思ふのだ。

これは、横光がトルストイやドストエフスキーを例にあげて「純粋小説論」を展開する一月前の発言である。広津や横光への共感は、川副の作品の特質と無関係ではあるまい。少くとも、彼は早稲田風の私小説的リアリズムとは無縁であった。つけ加えておくと、右の文章の最後のところで、文学的雰囲気のない町で、ともすれば書く意気ごみを失ないそうになる自分を嘆きつつ、「それでも、東北の田舎町でも同じ教職を立派につとめあげながらしかも意力ははげしく文学にぶつかつて行かれる石坂氏の姿や、地方へ四散したプロ派の作家達のひそかな精進やを思ひ、僕は一生懸命己れに鞭うつてゐるのである」と書いている。石坂洋次郎は津軽で教師をしながら「若い人」を「三田文学」に連載して注目されていた。また「地方へ四散したプロ派の作家達のひそかな精進」に注目しているところにも、川副の面目があらわれている。川副の作品は広い意味での転向文学という側面をもっているのである。

「鹹の季節」(「文陣」昭10・5)は、うだつのあがらぬ古参の中学教師内田氏の物語である。内田氏は細君と養女ミエの三人暮らしで、月給の三分の一をミエの許婚の大学生安夫に送金しているが、その安夫は高校のとき「思想問題」で事件を起したことがあり、卒業もおぼつかない。一方、県では「地方財政の極度の行詰り」から、恩給年限以上の「古参教員の淘汰」をはかっていて、内田氏も大川という、風紀上の評判のよくない官学出の文学士とともに、その該当者なので、戦々兢々としている。ある日、校長から日曜日に学務課長が来るから、出勤するようにいわれ、いよいよ「鹹」ではないかとあおくなる。「卑屈な歎願」をすべく暮夜ひそかに校長の家の近くまで来ると、酒くさい息をした大川が校長宅から出て来るのに出あい、思わずなぐってしまうが、その大川もおそれていた日曜出勤は、学務課長が学校視察をするので全職員に命じていたものであることがわかる。内田氏は大川の姿に自身の卑小さをみるような自己嫌悪に耐えつつ、ふところから出した「商品券」で、彼の鼻血をふいてやりながら「はじめてせいせいした気持であつた」。その商品券は成績の悪い生徒の親がおいていったもので、今夜家を出るとき、何げなくふところにつっこんで来たのだった。

この作品について「三田文学」（昭10・6）の「五月号同人雑誌評」（野村平五郎）は、次のように評している。

一番まとまつた（引用者注・「文陣」の短篇中）短篇で、老教諭の絶えず馘を心配してゐる心境など多少誇張もあるかも知れないが、かなり描けている。終りの方の商品券を揉んで鼻血をふいてやるあたりは、作者のねらひが見えすいてゐて気になつたけれども、あれでピンと効いてゐることも事実だ。

簡にして要を得た批評だといえよう。生きるために節をまげ、自らを汚さねばならぬ小インテリの悲哀がテーマだろうが、確かに少し器用にまとめすぎている感がなくもない。のちに「文陣」同人の佐藤虎雄が「同人を語る・川副久二郎」（「文陣」昭12・1）の中で、川副の小説について「例へば余りぴつたりした、伸びれるだけ伸んだ着物を着た人の様に、その作品の上に余裕がない」と評したようなところがあったのである。ちなみに、佐藤は、川副の人柄について「人間がおほらかで朴訥で衒ひがなく何よりこの人には打算がない」とたたえる一方で、その善良さは「世渡り」ばかりでなく「特に文学に志す人間としては損な役割ばかりを演ずるのである。川副君よ、もつとずるくなれ」といっている。

中年教師と大学生のちがいはあるが、「けがれた出発」(「文陣」昭10・11)も、基本的には「鹹の季節」と同じモチーフに貫かれている。ここには、大学の新聞学会で活躍し、「マルキシズムの嵐」を体験した良一とその仲間で左翼運動の有力メンバーでもあった佐伯とが、就職活動を通じて、現実のきびしさにふれ、しだいにその良心をけがされていく経緯が書かれている。まず、二人は自信があった新聞社の入社試験に不合格になって、それがまったく情実によって行なわれていることを知り、「世のなか全体が自分達を拒ばんでゐるんだと、もう手も足ももぎとられた暗澹とした気持」になる。父のいない良一は、九州の長崎に近い町で「母親がたつたひとりで息子の月給取りになる日を待ちあぐんでゐる」のである。新聞社が駄目なら、中学の教員になるぐらいしかなかったが、今さら職業の中でももっとも「因循」「姑息」「反動」といわれる教員を志望する気にはなれなかった。行きつけの喫茶店の少女まさえは、教員である父の「二重人格」をきらって家出して来ている。良一は好意をもっている彼女に「教員つて一生仮面をかぶつて暮すのよ」といわれ、「断然教員なんか思ひきる」と宣言して、雑誌社への就職運動をはじめるが、そこでも「乞食のやうに自分を卑屈にして相手の御機嫌をうかがふこともやつ」ているうちに、「学生時代の覇気も矜持もいまはどこかにふつとんでゐた」のである。ある婦人雑誌社の口頭試験で、社長に「学校で資本論よみましたね」とか市電の「ストライキ」をどう思うかなどと詰問され、不愉快さに耐えながらあたりさわりのない妥協的な返事をして何とか合格する。「魂まで売つてしまつたやう」なものだが、うれしかった。

まさえにあうつもりで外に出ると、勧善社という反動的大出版社に入った宮崎という友人にあい、あの佐伯が中学の先生になったことをきく。喫茶店にいくと、良一が結婚を夢想していたまさえはアパートに移り収入のいい店にかわったらしいことを知る。良一は雑誌社への入社手続きをとった。そして、作品は「長い間の血のにじむ努力が結局こんなもので酬いられたかと思ふとひどく恨めしく、佐伯にも宮崎にも自分にもそしてあのまさえにもこれからいよいよまた苦難の道がはじまるんだと、良一は梅雨時の舗道をこつこつと帰つてきた」と、結ばれている。

時あたかも転向小説の季節であった。これもまた一種の「転向」の物語だといえるが、しかし、このような主題に執着すること自体、この作者がけがれない魂の持主であり、それゆえに苦しみ続けてきたことを物語っている。また、川副のほとんどの作品に、左翼運動の何らかの反映があることも、あらためて確認しておきたい。

「三田文学」（昭10・12）の「十一月号同人雑誌作品評」（田中孝雄）は次のように評している。

　就職戦線を彷徨する青年の心理がナチユラルに描写されてい《ママ》て好感がもてるが、全体に脆弱で、作者の力量を果してどれだけ信頼していいのか甚だ疑問である。喫茶店の女給まさえと佐伯との経緯なぞ、とり立てていふほどの瑕ではないが、余りに常識的で、必然性に乏しい。

右文中「佐伯」は、おそらく「良一」の誤りであろう。「脆弱」とは、どういう点をさしていうのかわからないが、これまでの川副の作品の中ではもっともすぐれたものといっていいだろう。まさえのエピソードが、前年三月の「教育者の憂鬱」に書いた「まさえちゃん」を、ほぼそのまま採り入れたものであることはすでにのべたとおりである。ついでに「早稲田文学」（昭10・12）の「同人雑誌評」（飯島小平）もひいておこう。

進歩的な大学生が、予想した就職に情実の為破れ、思はざる不愉快な就職に落着く様を、真面目に書いたもの。真面目な点は買へるが、作者が力んでゐる程、世間を知つてゐる人間は力めない点で、両者の題材への価値批判に相異が生ずる。

いささか見当ちがいの俗物的批評である。なお、この作品以降、筆名は久仁木から久二郎に変る。単に筆名が変っただけでなく、作家川副もこの前後からはっきりとある成熟をみせるようになるのである。

*

昭和十年十二月には、「文陣」同人の中から選ばれて「文芸首都」に「抗争」を発表する。知られているように「文芸首都」は、昭和八年一月に創刊された保高徳蔵を編集人とする投稿雑誌で、いわゆる商業誌とまではいえないが、一般の同人誌よりは一段格が上の雑誌である。川副久二郎の「抗争」は創作欄の最初に掲載されている。ある意味では、文壇への小さな足がかりを得たとさえいっていいかもしれない。「けがれた出発」につづく意欲旺盛な「力作」（「編輯後記」）である。しかし、これが川副にとって活字化された最後の小説になろうとは、本人はもとより誰も予想しなかったであろう。

「抗争」は、ある田舎町の中学を舞台にした、軍人あがりの正義派三田教諭と、ファッショ的な俗物校長鍋山との抗争の物語である。三田は陸軍予備少佐で十年近く数学の教師をしている。日露戦争中に家庭の事情で士官学校に入ったが、「士官になつてからも自分達に戦争を強ひるものゝ本体などについていろんな真剣な疑惑をも」つようになり、軍縮を機会に退職して教員になった。退役後も、彼の進歩的・反戦的態度は一貫して変らなかった。

たとへば、後年、××××という小説家の小説を読んだ時など教諭は思はず膝をたたいてしまつたのである。北の海で蟹工船に傭はれてゐる人夫達が苛酷な労働に耐へかねて一齊に不穏な行動にでようとする、そこへ船主からのSOSを受けた×××が嶲敏さうな姿を沖にあらはしてくる、この軍艦は同じ国民のうち一体どちらを救ひにきたのであらう、といつたあたりがぴつたり教諭の胸に触れたのであつた。昔の同僚達は精励恪勤の効あつてもはや大佐や少将あたりに栄進してゐたけれども、教諭はその時、やめてゐてよかつたとほつと良心的な気安さのほか感じなかつたのである。

伏字の作家名は、いうまでもなく小林多喜二。小林の「蟹工船」に共感するような軍人出身の反戦的な教師という設定は、いささかできすぎだが、そこにあらわれている作者の意図は明白であろう。この「爺臭い教員臭を離れた剛腹さと情に脆《もろ》いところ」のある三田教諭と、自己宣伝に汲々としていて「カメレオン」と渾名される「田舎代議士みたいな卑しい」好色の校長との対立確執を通して、

「独善的」で「因循極まる」教員の世界が劇画風のタッチで批判的に描き出される。両者の対立は、職員図書室から、「マルクス主義の文献」を含む社会思想関係の書物を持ち出して読んでいた生徒の処分問題をめぐって、一挙に頂点に達する。校長や配属将校は退学処分を主張したが、三田教諭とその唯一の味方で「仙人」という渾名の松川教諭の抵抗によって、その生徒は辛うじて救われる。しかし、高校受験では内申書に「思想事件」のことが書き込まれていて不合格となった。医大在学中の養子新一が、左翼運動の弾圧のさなかで自殺したこともあって、三田はそのような生徒に強い同情と共感をもっていたのである。それに対して校長は生徒が「戦旗」を読むという話を疝気を病むと聞きちがえるていどの認識しかもっていない。

　四月の入学式では、校長が「ヒトラーの演説のやうに腕をふり声を励しての大見得で」訓辞をしたのち、生徒の分列行進に移ったが、その最中に、講堂の窓のあたりから誰かがひょっとこの面でおどけてみせたために、全員が「爆笑」してしまい、すべてが台なしになる。さらに、その夜の懇親会で、芸者に戯れていた校長の「醜態」を、何者かがフラッシュをたいて写真にとってしまうシーンで作品は結ばれている。

　昭和版「ぼつちゃん」を思わせるようなところがあるが、二・二六事件前夜という時代の雰囲気を考えるとき、その反戦的主題といい、左翼運動への同情といい、穏かならぬ内容である。自筆年譜には「昭和一一年（一九三六）一二月『文芸首都』に載せた小説は松阪時代に取材した反軍事教練の小説で特高係の追及を受けた。このことから小説を書くことは断念」とある。「昭和一一年」は一〇年の誤りであろう。内容は反戦的だが、必ずしも「反軍事教練」に重点があるとはいえない。いずれにしろ、特高に目をつけられても仕方のない内容ではある。特高の追及を受けるということは、ただちに教員の地位も危うくなることを意味したにちがいない。かくして、小説家川副久二郎の名は、雑誌から消えるのである。

といっても、川副の批判精神や反骨の魂まで消え去ったわけではない。昭和十一年二月の「文陣雑記」欄の「心寒い話ども」は、千葉郊外の陸軍演習地の立入禁止区域で、危険を冒して砲弾の破片や真管を拾って、金にしている百姓たちの寒心すべき姿を目撃しての感想である。近くの駄菓子屋の主人に向かって「それにしてもこれだけの地面が作地だつたら幾万の百姓が養はれやうにね」と何気なくいうと、「冗談はよしにしたがいいべ、こんところ○○さんの鼻息は凄いかんな、『あにいふだ、ここで何千万の敵兵を殺す練習してつだぞ』ってやられるだ」とたしなめられる。そしてあらためて「禁止線の傍で血走つた眼を光らしている百姓たちの群れを思ひ描いて、も一度ぞっとしたのである」。この見聞のあとには、次のような後日の感想もつけ加えられている。

それから二三日して神田を歩いてみたら、街の屋根の上でエリザベート・ベルグナーが少女のやうなあどけない顔で笑つてゐた。映画「逃げちや嫌よ」の広告なのだ。丁度「文芸」新年号の「マンハイム教授」を読みナチスの暴政に対する憤りを新たにしてゐる時だつたので、僕にはベルグナーのこの微笑がふつといたましかつた。彼の女も狂暴な嵐を避けていま英国にいるといふことである。歳ももう四十に近く、顔だつて決して美しいとはいへない彼の女だが、その深い円熟した演技は「夢みる唇」「女の心」で僕等の心をどれほど強くうつたらう。かういふすぐれた女優を追放する政治とは一体どんな政治なのであらうか。ベルグナーほどの女優がこの世のどこかに生きてゐるといふことは何かしらほつと心楽しいことではあるが、ベルグナーを追つた息苦しい空気をわれわれも身近かに感ぜねばならぬといふことは決して有難いことではない。

「マンハイム教授」は「西欧デモクラシーの悲劇」という副題のある戯曲で、フリートリッヒ・テルフの作品。大野俊一の訳で「文芸」に載った。ベルグナーは、ユダヤ系の女優でナチス政権下にイギリスへ亡命した。川副自身「ベルグナーを追つた息苦しい空気」をつい先頃まさに「身近かに」体験したばかりだったはずだが、にもかかわらず、彼の反戦的・反権力的なヒューマニズムの精神は、まだ死んでいなかったことを、このエッセイははっきりと示している。それにしても、この月の二十六日は、青年将校たちのクーデターが起ることなどを考え合わせると、かなり大胆な発言だといえよう。二・二六事件については、十一年五月号の「文陣雑記」に「事件と文学」を書いている。事件後の街の不気味な静けさにふれて「○○などというものは案外かうした静けさのなかで着々進んでいくのかもしれないと、街の平穏さが却つて底しれない不安と無気味さとで心をゆすぶりたててきた」と戦争への不安を表白するとともに、「こんどの事件で文学の無力を嘆ずるなどは愚かなことに違いない、しかし、大した傑作も書いていない今日の作家たちが、こんどの事件で自分たちの文学に何等懐疑しなかつたとすれば、これは更に愚かしいことだと思ふのだ」と作家の怯懦を難じ、さらに自らを励ますようにこう結んでいる。

日頃、文学の社会性などと声を嗄らしてゐる作家たちはどこでどう息づいてゐるのだ。勿論、思ふことの書きにくい今日だといふことはわかる。しかし、何も事件を真正面から取扱はなくとも、あのシュニツレルの「緑の鸚鵡」の形式もあるのだ。書けない時勢であるならば今こそ諷刺文学も実践として立ち上るべきであらう。それとも「時の権勢に戦々兢々としてゐた黙阿弥の卑屈さを我々も嗤へない」といふ正宗白鳥氏の言葉を、進歩的と称する若い作家たちも黙つてうけ入れてしまふのであらうか。

この烈々たる気概を見よ。「ある経験」以来、川副の作品の顕著な特色としてその社会性をあげてもよいだろう。また「鹹の季節」から「抗争」に至るまで「諷刺文学」的傾向を指摘しうることも、すでにのべたとおりである。しかし、「村の制裁」(昭11・9)という見聞き二頁のコント風の掌篇を最後に、川副の「文陣」時代も終るのである。この作品は、父親がなくなって、母と姉妹だけの農家に入りこもうとする流れ者の牛買いを、村の若者たちが男についての奇妙な噂を流すことで追い出す話である。

*

先に引いた「同人を語る・川副久二郎」(昭12・1)の中で、佐藤虎雄は「川副君の新らしい作品は本誌の去年の十一月号に載つた『けがれた出発』とそれから同じく十二月号の『文芸首都』に載つた『抗争』である。前者も良い作品であるが、『抗争』は好評であつた。それからこの作者は一つも発表してゐない」といぶかしげに書いている。川副が作品を発表しなくなったのには、先述のような事情が介在したのだが、その後の彼が作品を書いていなかったわけではない。筆跡や「久二郎」の筆名、更にその内容から考えて、少くとも昭和十年末以降の作と考えられる二篇の原稿が、川副家に残されている。相馬屋製の原稿用紙に浄書された「坂下の店」三十枚と「陰湿地」四十六枚である。後年の特徴であったあの右下がりの独特の筆癖がすでにあらわれている。それもほとんど訂正のない清書原稿である。「抗争」事件後、作品の発表を自重していた川副が、ひそかに書きためていたものであろう。二篇はともにある貧農出身の古書店主を主人公とする連作といっていいものである。これまでの作品がべてインテリを主人公とするものであったことを考えると、「抗争」以後の川副は、庶民的な非知識人の世界を描くことで、作風の転換をはかろうとしつつあったとみていいのかもしれない。両作に共通する主人公新助の年齢から考えて、おそらく「坂下の店」の方が先に書かれたものである。

「坂下の店」の主人公新助は、神田の古書店の小僧を十五年もつとめ、ようやく場末の坂下の町に小さな店をもって独立したが、ながい間酷使された主人からは、ろくな独立資金も与えられなかったばかりか、かえって主人の縁戚で感化院出の厄介者である栄吉という小僧をおしつけられ、「神田のおやぢ奴、どこまで俺れを搾るつもりなんだ、世の中はからくりだらけだ」と、頭に血がのぼるのを感じる。新助の店のある坂横町は、坂上の静かな屋敷町とは対照的に「いはば激しい都会の競争場裡から敗退して静かに喘いで生きてゐる人々の最後の住家といふ感じの店が多かつた」とあるように、「坂下の店」という題そのものが象徴的なのだ。作者には、この貧農出身の古本屋の目を通して、変転する社会状勢をうつし出そうとする意図もあったようだ。新助が、神田のある私大を中退して故郷に帰るという学生の本を買いとりにいくと、左翼関係の書物ばかりで、今ではこの種類のものは二束三文だった。「なるほど四五年前、マルキシズムの全盛時代には、こんな本が飛ぶやうに売れたものだつた」が、その後、世の中は逆転して「その当時見向きもされなかつた国家主義的な本が今では逆に店先きでもいちばんいい場所を占めだしたのだ」った。知識人の思想的な右往左往が、底辺の庶民の視点から相対比されている。

　社会主義の世の中になると百姓は楽になる、そんな事を新助は田舎で誰かにきいた事があつた。その後、左翼の本などが飛ぶやうに売れ社会主義も随分盛になつたやうに見えたが、郷里の両親たちは別に楽さうにもならなかつた。そのうち左翼は危険だといふ事がいはれるやうになり今は右翼の全盛らしいが、やつぱり郷里の両親たちのくらしむきは格別の変りもないらしいのである。どん底の百姓には右翼も左翼もないらしい、やつぱり牛のやうに働いて芋の飯を食ふことからは永久にぬけ出せないのだ。

「百姓」たちが「どん底」から脱け出せないように、おそらく新助もこの「坂下」から脱出できないのである。早大時代の「平吉の死」の延長線上にありながら、ここには、激動する日本の現実を生きぬいて来た作者の確実な成熟とともに、ある微妙な変貌をみてとることができるであろう。そのこともまた、この連作が昭和十年末以降の成立であることを支持しているはずである。
「陰湿地」は、窪町と呼ばれる谷底のような陰湿な町にある、栄久堂という古書店兼文房具店の主人新助を中心とした物語である。題名が象徴的であるのは、「坂下の店」の場合と同様である。ただし、新助にはすでに妻と小さな子供もいる。それだけに、生活のための苦労も世の中の矛盾もいっそう重くのしかかって来る。坂上にある営利主義的な私立の報国中学の生徒を相手に商売をしていることから、何かにつけて弱者ゆえの屈辱や悲哀を経験しなければならない。その新助の視点から、神田の有名な出版書肆の主人で「胴欲」な校主やそのご機嫌をとることに汲々としている校長とその一派など、学校内部の欺瞞と頽廃を暴露するかたちで、物語は展開する。これは川副に多い一連の教育界ものの系譜に属するもので、いわば先の「抗争」の内容を、学校外の出入の商人の目からみた作品だと考えることもできる。なかでも「地方の県立中学をある正義派的な行動をとつて馘になつて来たといふ」硬骨の飯島教頭などは、さしずめ「抗争」の三田教諭の後身ともいうべき存在である。

　校主や校長が、生徒の学級増をはかり、その拡張費を新助をはじめとする学校指定商人に強制的にわりあてられる寄附によって、まかなおうとしたことから、校主や校長一派と新助たち指定商や反対派の飯島教頭らとの対立が激化する。新助らのささやかな抵抗にもかかわらず、結局「搾れるところはきちんと見逃がさないで搾りあげ利益の雫《しずく》は一滴だつて他人には嘗めさせまいとする近代的資本家の校主のやり口」に代表されるような、世の中の「からくり」によって、貧農出身の商人などいつまでたっても「安楽な生活」などのぞめないのである。そこには社会的矛盾に対する作者のやりどころのない憤りと絶望が示されている。

　クライマックスにおける校主の用心棒のおどしや、ある商店主がたのんだやくざの親分の登場などやや通俗的な図柄だが、もと左翼で「運動が衰へると一緒に」好色な校長の腰巾着に身をおとして「酒と女に溺れ性格までがらりと変つてしまつたやう」な狭山という教諭を描きこむなど、ここでも推移する時代状況が鋭く批判的にとらえられている。四、五年前までの狭山は「思想事件でひつかかつた学生時代の友人が下宿にころがりこんで来たので金に困るからといつて山のやうな思想書」を新助の店に持ちこんで来たこともあったが、今では若い新任の教員に「おい狭山、きさま昔は左翼にもゐたといふ男がなんだそのざまは。俺はきさまをいちばん軽蔑するぞ」といわれると「馬鹿野郎、何でつべこべ昔のことほじくるんだ、今の時勢、昔の気持で生きて行けると思ふのか、僕はどこまでも堕ちてやる」とうそぶくのである。また、栄久堂にたむろする不良中学生の群像なども、さすがに活写されている。「陰湿地」は「抗争」に匹敵する、この作家の代表的な力篇といってよいだろう。しかし、川副はおそらくこの作品を最後に筆を折るのである。以後は戦争下にいくつかの作家論を発表し、やがて文学史家川副国基として、戦後の学界にその姿をあらわすことになる彼が、これらの原稿をどういうつもりで、その死に至るまで篋底深く秘して生きたかは、彼がどんな気持で暗い戦争下を過したかということともに、今となっては永久に知るよしもない。

なお、筆跡や使用されている紀伊国屋製の原稿用紙などから、昭和八、九年頃の作と推定できる「孤独」という未発表の詩が残されている。淡彩的だが、平明で気取りのない、いい作品だと思うので、ここに掲げておこう。

孤　独　　　川副久仁木

あかあかとした

明《あかる》い燈光《ひかり》が洩《も》れてゐる
満《み》ち足《た》りた
和《なご》やかな
暖《あたた》かさうな燈光《ひかり》だ

楽《たの》しい夕餉《ゆふげ》の団欒《まどゐ》だらう
屋内《うち》からは朗《ほが》らかな笑《わら》ひ声《ごゑ》
食器《しよくき》の触《ふ》れ合《あ》ふ軽《かる》やかな音《おと》までが
円《まど》かな睦《むつび》への快《こころよ》い伴奏《ばんさう》だ

見やれば
垂れこめた夕靄《もや》の中を
どの家からも
どの家からも
ほのぼのとした明《あかる》い燈火《ひかり》。
楽しさうな燈火《ひかり》。

急に重くなつた孤独を抱きしめ

私はうつむいて
急ぎ足に通りすぎる。

＊

こうして、未発表の遺稿も含む作家川副久仁木（久二郎）の仕事の全貌を、あえてここに紹介するのは、何よりもその作品がそれに値すると判断するからであり、さらにはあの暗い谷間を生きたひとつの誠実な青春のあかしをそこにみるからである。それにしても、拙文よくそれを伝え得ているだろうか、とおそれる。この不遜な行為を、泉下の故人は赦すであろうか。

（「文学年誌」9、昭63・9）

川副先生の手紙

先生はとうとうこんなところまで私をつれて来てしまわれた――聴衆が小野講堂を通路まで埋め尽した川副国基先生の最終講義を聴きながら、私は先生に最初にお会いしてからの四半世紀を振り返り身勝手な感慨にとらわれていた。就職その他でお世話になった話は先生に関する限り陳腐な話柄に属するが、私はまさに先生のお蔭で今日まで歩いて来た人間である。先生に初めてお目にかかったのは、昭和三十年の入試第二次試験の日であった。教務副主任だった先生の部屋に呼ばれ、君は今年から出来る大隈特別奨学生の資格があるが受ける気があるかと尋ねられた。たまたま悪化していた家庭の事情もあって、もしこの奨学金がなかったら、学生生活を続けられなかったかもしれない。先生に出会ったことを含めて、早稲田を選んだことの幸運を思わずにはいられない。

しかし、私にもまた、凡夫ゆえの多少の彷徨はあったのである。卒業すると、ほとんど自己遺棄的な衝動に従って、何のゆかりもない広島の女子校教師として都落ちして行った。そして、たちまち悶々たる日々が始まる。ここで、私は先生の懇篤な手紙にしばしば救われた。先生の筆まめは有名だが、先生は自分が早稲田を出て松阪に赴任した時のことにふれ、誰にも「青春の彷徨」はあるのだと書いて下さったことを忘れない。一年半で広島を逃げ出して都立高校教員になるのだが、これも先生からある日突然、教員試験の願書が速達で届けられ、試験後は何通もの推薦状を書いていただいたからである。東京に帰ったのも束の間、今度はお定まりの結核である。新任早々休職もできず、勤めながら五年余にわたる療養生活が始まった。その間も日常の食生活や経済的なことまで心配したお手紙をよく下さった。思えば、本当にその時々で私に転機を与えるような手紙をいくつもいただいている。

昭和四十一年には、望外にも高等学院の教員に推薦して下さり、さらに「文庫の会」という勉強会にも加えていただいて、高田瑞穂先生をはじめとする秀れた先達に親しく教えを受ける幸運に恵まれた。この「文庫の会」は私の贅沢な大学院となった。先生はその驚くべき記憶力で、教え子のことは家庭環境に至るまで心にとめておられて、思いがけない温い言葉をかけて下さる方だが、私にはしばしば「君はよくも鶴田村（鹿児島の私の故郷）の山の中から出て来たなあ」といわれる。それに対して、私は「何かの間違いですね」と答えることにしている。私はただ先生に与えられた道をよろよろ歩いて来たばかりで、本来は「鶴田村」の一村夫子で終っていい人間なのである。最終講義の挨拶で榎本学部長は「誰が先生ほどのことをこの学部のためになさったであろうか」と、学部長としてはやや穏当を欠くような発言をしていたが、あれを不当な言葉ときいた人はいなかったろう。先生は学問のため、早稲田のため一刻も休むことなくひたすら走り続けて来られた。私を含めてまだ先生を必要とするものは多い。しかし、今は奥様ともども、ちょっと一服なさって下さいと申しあげたい気持だ。

今日は久々に先生の古いお手紙を出して読みながら、懐旧の情おさえがたく私事ばかりを書いたが、私のように先生の手紙に助けられた教え子は数知れないはずである。

（「わせだ国文ニュース」30、昭54・5）

ある大正的精神の死

本年（昭和六十二年）一月十日午後十時五十八分、高田瑞穂先生は不帰の客となられた。一昨年十月十一日に亡くなられた静子夫人のあとを追うように、やゝ慌しい旅立ちであった。行年七十六歳。眠るような最期だったという。

ほとんど病気らしい病気をされたことのなかった先生が、二、三年前から何度か入院を繰り返されるようになった。最後の入院は、昨年十二月十五日で、翌日それを知って病院を見舞ったが、先生は半ば意識朦朧として、私を認めて下さっているかどうかさえおぼつかない状態で、強い衝撃を受けた。翌週の二十二日に伺ったときは、かなり回復しておられて、私をみて「おお」と声をあげ、手を握ったり、「こいつ」という、あの独特の仕草をされたりした。その後行かれた今井信雄氏や中村完氏の話では、さらに状態がよくなって、成城国文学会の昔話などなさったという。この分では大丈夫、正月の松の内でもあけたらまたお伺いしようと思っていたところへ、今井氏から電話で逝去されたことを知らされたときは、ただ呆然とするばかりで、先にもう一人の恩師川副国基先生を失ったときのような強い悲しみは、不思議に湧いて来なかった。やがて、悲しみというよりは、ある寂寞のようなものが徐々に身をひたしていった。自宅に帰られた先生のお顔は、何かひと仕事終え、ほっとして眠っておられるように、穏やかだった。お通夜の十二日は、夕方から大雪となって、帰り道は難渋したが、それがいかにも自然なことのように感じられ、先生と出会ってからの三十年をあれこれ思い起しながら、深い雪の中をおそくなって、ひとり八王子まで帰った。生前の先生は、近くの駅から急な坂道を登って、しばしば私の陋屋を訪ねて下さったのだった。翌日の告別式の日は、うって変わった晴天で、受付を手伝う教え子の誰かが、やっぱり先生にふさわしい日になったなあ、呟くのが聞こえた。

　学者としての先生については、いずれ誰か語る人があるだろう。私は三十年前に早稲田の教室で初めてその謦咳に接し、特に晩年の十六年ほどはおそば近くで過ごしたものとして、その風貌の一端をしるして、なつかしい面影を偲ぼうと思う。先生は、明治四十三（一九一〇）年――やがて自身の専攻対象になる大正文学・反自然主義文学が胎動しはじめる年に生まれ、中学までの少年期を大正時代に過ごされた。私などの目には、まさに大正という時代が生んだ、ひとつの典型的な人格であるように見えた。その一生は、文学ひとすじの一生であった。文学することへの懐疑など、いちども抱かれたことはなかったにちがいない。その意味では、まことに幸福な、先生のよく使われたことばでいえば「わがまま」に生きた生涯だったと思う。先生はよく漱石の『それから』の一節「歩きたいから歩く。すると歩くことが目的になる。考へたいから考へる。すると考へるのが目的になる」ということばを引きあいに出されたが、それをもじっていえば、文学が好きだから文学する、するとそれが自然に目的になり、職業となって生涯を過ごされた方ではなかったろうか。それが先生の「自然主義」だった。だから、文学や学問をそれ以外の目的のための「方便の具」とすることをもっとも嫌われた。文学は先生にとって、虚業などではなかったのである。まことに、よき時代の文学青年をそのまま、純粋に生き通された。

先生の文学への開眼は、浜松一中時代の昭和二年に芥川の死に接し、当時の中学生にとっては高価なあの岩波版八巻本の最初の全集を購読されたことによるという。静岡高校文丙に進まれてからは、むしろ外国文学に親しまれ、大学進学に際しては、仏文にするか国文にするか迷われたほどだった。東大時代の先生については、何よりもまず第十一次「新思潮」にふれなければならない。この雑誌は、昭和七年五月から九年三月まで全十三冊を出しているので、ちょうど先生の大学二、三年の時期にあたる。同人としては、井上正蔵、太田静一、杉森久英、中村哲らの名がみえる。先生はこの雑誌に、四篇の小説と戯曲二篇、詩一篇を書いておられる。第二号（昭7・6）にのった小説「均衡を患ふ」は、私の知るかぎりで、最初に活字になった先生の文章だ。一か月後にある令嬢との結婚をひかえた主人公が、その婚約者と東北の田舎出の女中との間で揺れ動く心理をアラベスク風に描いた短篇である。すでに後年の高田瑞穂の個性の明らかな刻印はあるものの、四十代からの先生しか知らぬ私には、この大学二年生の処女作は、むしろほほえましいものにうつる。その凝った技巧的な文体には、新感覚派とくに横光利一のあらわな影響がみてとれる。のちに「『紋章』ノート」（「評論」昭9・10）などの論があり、戦後は「文芸読本」の一冊も書かれているように、明らかに横光への傾倒の時期があったのである。同人の中で、職業作家となるのは、杉森氏だけだが、先生はよく、われわれは作家になるつもりなどなかった、ただ作品を書いて、文学論をたたかわすのが楽しかったのだ、と述懐しておられた。

大学の卒業論文は「谷崎潤一郎研究」二百三十枚である。先生の書斎でそれを瞥見させていただいたことがあるが、「人は様々な可能性を持つて此の世に生まれて来ます」というように書き出され、「実に、至嘱！　谷崎潤一郎」という論文らしからぬことばで結ばれていた。スタイリスト高田瑞穂の出発である。このとき、谷崎はまだ数え年四十八歳、「春琴抄」を書いたばかりだったはずで、後年の先生は学生に現役作家を卒論の対象にするのはよくないといっておられたが、先生こそ当代におけるもっとも新しがりやの先端的学生だったのだ。卒業後は、東大の明治文学会の機関誌「評論」や「国語と国文学」などに論文を書く一方で、同人誌「群島」（酒井森之介編集）に、木原信輔の名で主として詩を発表しておられる。これは昭和四十五年に先生が満六十歳になられたのを記念して、周囲のものが勝手に詩集『冬眠帖』として一冊にしたので、目にされた方もあろう。先生が本質的に詩人であることを示す透明で清潔な抒情詩集である。東大同期の盟友酒井森之介氏は、その詩集にはさまれた栞に、「その名自体に澄江堂の風韻がうかがえる詩人木原信輔は、朔太郎・龍之介流の精神貴族で、遊俠と交り、長安市上酒家に眠るの放逸こそなかったが、鋭いアフォリズムと洗練された感性で、あばれることでは無頼といえた」と回想しておられる。

戦時下の文章で、ふれてみたいものもいくつかあるが、なかで小文ながら印象に残るものに「悪歴史主義——浅野晃氏の『現代人の生き方』を読んで——」（「群島」昭16・6）がある。浅野晃氏がその年の「文芸春秋」五月号に書いた文章の中で、現代知識人の「自己侮蔑」の源を、明治の文明開化主義の「愚劣な自己忘失」にありと断じ、漱石もまた「歴史を有たず古典を有たない未開野蕃の民だつた」として、その「倭小と貧困」を難じたのに対し、木原信輔は「思ひ上つた後代の知識をまざまざと見た思ひ」がして「一日中不愉快であつた」と猛然と反論を展開し、「氏の論法に、私は不快な悪歴史主義の歪みを看る。今こそ、われわれは今日の偉大を可能ならしめた文明開化への先人の情熱を仰慕すべきである」とのべ、浅野氏の論を浅薄な「時局便乗」だと否定し去っている。周知のように、浅野晃氏は転向した有名な国粋主義者であった。イデオロギーにとらわれぬリベラリストとしての先生の気骨がうかがえる一文といえよう。

曖昧なことの嫌いな先生は、時に歯に衣着せぬような率直なものいいもされたが、おのずからそなわった徳があって、多くのすぐれた友人に恵まれておられた。特に晩年はその友人たちとの楽しかった交友を好んで話題にされた。府立一中で、昭和十六年五月からわずか一年たらず同僚であったことが縁になって、生涯にわたって続く川副国基先生との類稀な友情については、別のところに書いたので（「成城国文学」第3号）、あらためてのべることはしないが、お二人のことでは、やはり文庫の会にふれぬわけにはいかない。敗戦を三十代半ばで迎えられた両先生は、二十二年八月、早稲田の焼跡にたった「早稲田文庫」の一室で、近代文学の研究会を始められる。東大と早稲田の学風の交流をはかろうという意図もあったらしく、東大系からは、伊沢元美、酒井森之介、杉森久英、田中保隆氏らのほか、英文学の松村達雄、中橋一夫、海老池俊治氏ら、早大からは、柳田泉先生を顧問格として、稲垣達郎先生をはじめ、桜井成夫、山崎八郎、中村俊定氏らが加わった。川副先生の記録によれば、柳田泉先生の「明治の美学と亀井滋明」（昭22・10）をかわきりに、高田瑞穂「木下杢太郎について」（昭22・11）、川副国基「島村抱月について」（昭23・1）、稲垣達郎「二葉亭の『平凡』について」（昭23・4）などというふうに続けられていったようだ。高田先生の『木下杢太郎』が出るのは、二十四年一月だが、その「後記」は二十二年十一月の日付になっているので、先生は書きあげられたばかりの内容の一部をそこで語られたのであろう。戦後の第一着手がほかならぬ杢太郎であったところに、先生の真面目があらわれている。以後、この会は「文庫の会」と称して、学閥をこえて、若い研究者たちも、多少の出入りはあるものの三十人以上が集まり、川副先生が亡くなられた年の十一月まで三十二年余にわたって続く。私は四十一年に中村完氏からこの会の幹事を引つぎ、川副先生追悼を兼ねたしめくくりの会までその役をつとめた。文庫の会では、教室における高田先生とはまた異なる舌鋒の鋭さを目のあたりにしながら、他の秀れた先達からも多くのことを学んだ。高田先生も川副先生も、ある時期までの文庫の会こそ真の大学院だった、と口を揃えていわれた。学校を出るとすぐから高校教師をはじめた私は、大学院などには縁がなかったので、とりわけ、この贅沢な大学院の末席につらなったことを、ひそかな誇りにしている。

話が前後するが、先生は府立一中を経て、二十一年から成城学園に移られる。そこにはやがて成城大学文芸学部草創のメンバーとなる坂本浩、池田勉、栗山理一氏らがいて、成城国文学会を組織しており、この会も昭和二十年代の高田先生の活躍の場となる。よく知られているように、成城国文学会は、昭和二十三年から、「文芸読本」叢書全四十五巻を刊行するという壮挙をなしとげた。本の乏しかった時代に、「新らしい日本の夜あけを告げる自由の鐘が鳴っています」という、清新な書き出しではじまる序文(坂本浩執筆)を巻頭に掲げた小冊子を手にした人は少なくないはずだ。鹿児島の田舎の中学生であった私も、そのうちの何冊かを学校の図書室で読んだ記憶がある。高田先生は、この叢書のうち『谷崎潤一郎』『志賀直哉』『横光利一』の三冊を書いておられる。中学高校生向けの啓蒙書とはいえかなり高度な内容で、今日でも十分読むにたえる創見を含んでいる(先年何冊かは復刻された）。特に『志賀直哉』は、作家自身の認めるところとなり、先生はその「命令」によって、月に一度ずつは、志賀邸を訪問するのがならいになるのである。

成城学園では、選ばれて、中学・高校長、文芸学部長、短期大学部長などの役職もつとめられたが、先生は冗漫や迂路を嫌い、論理を重んじつつも、事を行うに果断であった。ためにする発言などに対しては、時に峻烈な態度でのぞまれたが、その高潔な人柄は、学生・生徒にも教職員にも敬愛された。成城ではよほどの失政がないかぎり、部長などの役職は二期つとめるのが慣例のようになっているが、先生はいずれも一期でさっさと辞退された。そんな雑用より、読み、書き、教える方がずっと好きだったのだ。先生の文芸学部長時代の四十四年には、のどかな成城にも大学紛争が波及し、学生によるストライキや大衆団交の要求などもあったが、先生は終始毅然たる正攻法で学生に対処し、一ヶ月後にはついに学生大会が自主的にスト解除の決議を行ない、機動隊の導入も暴力沙汰や施設の破壊なども一切なく紛争は終結する。何ごとにつけても、先生には、搦手とか自己韜晦とかいうやりかたはないのであった。私は先生の成城における最後の十年間を同じ職場で過ごすという、思いもよらぬ僥倖に恵まれた。その間、先生から受けた人間的・学問的恩恵は、はかりしれないものがあるが、それに報いることのできなかった菲才を今は恥じるばかりである。ただこの卓越した精神に接しえたことは、私の生涯の至福だった。

さて、早稲田における先生についても書いておきたい。先生は昭和三十二年から早稲田大学にも出講されるようになり、以後二十四年間、先生の月曜日は「ワセダ・デイ」だった。もちろん、川副先生の招聘による。私も先生の早大における最初の講義を聴いた学生の一人である。まだ四十七歳ぐらいだったはずだが、貴公子然としたダンディぶりが、まず印象にのこっている。日本近代詩史を講じられたが、先生の講義は毎回きちんとしたノートを作って来られて、それを読みあげるやり方で進められた。論文と同じく独特の美文調の格調高い講義で、私の場合、それを筆記することから学んだものは大きかったと思う。今もそのノートだけは大事に保存している。この講義ノートは、早稲田での講義の記念にという、晩年の川副先生の遺言で、昭和五十五年に早大出版部から『日本近代詩史』として刊行され、巻頭に「本書を旧友川副国基氏の霊前に捧ぐ」とある。先生が自著をデディケートされたのは、他に御父君の霊に献じられた『木下杢太郎』があるのみである。四年生のときには、外遊される川副先生の代講をされ、耽美主義の講義を聴いた。これは『岩波講座・日本文学史』の一冊『耽美派の文学』となって刊行されたものである。先生にあっては、講義ノートと論文は別のものではなかった。それは、先生にとって、教育と研究が同じ比重をもっていたことを示している。鷗外のいわゆる「日の要求」だと称して、講義には終始全力を傾注された。

思えば、私が講義を受けた昭和三十年代前半は、先生にとっても、もっともブリリアントな時代だった。リアリズム系の文学——特に自然主義の研究などが主流であった当代にあって、犀利な理論的分析を通して耽美派の本質を論じ、反自然主義の系譜を追求して、いわば大正文学的なるものの体系化を果された功績は、その後の研究の細分化によって部分的修正を受けることはあったとしても、あの個性的な文体とともに消えることはないであろう。

先生は耽美派の研究に多くの業績をあげられたが、潤一郎のデカダンスや荷風のシニシズムなどとはおよそ無縁の人であった。むしろ気質としては、志賀直哉にもっとも親近感をもっておられたのではなかろうか。あの「暗夜行路」の中の時任謙作のことば「取らねばならぬ経過は泣いても笑っても取るのが本統だ」を好んで引かれた。著書『木下杢太郎』の中でいみじくもいわれたように、先生自身いわば「道徳的唯美派」だった。学としての文学は人間学だ、という信念をもって、一種の人格主義美学を貫かれた先生は、つねに明晰で本質的なもののみを指さす詩人学匠だった。

先生の目はいつも美的なもの、本質的なものを見抜くべくとぎすまされていた。しかし、生き残ったものの傲慢を承知であえていえば、見え過ぎる目の不幸ということはなかったろうか。あるいは、鋭敏過ぎる感性の悲哀を味わわれることはなかったであろうか。先生は、物事の核心を一挙に捉えて、あらゆる混濁したものや、現象的な夾雑物を切り捨てることの名人であり、何ごとも先取りして明確に割り切ろうとされた。それも、しばしば性急に。自らの信念に基づいて非本質的と考えられるもの、自己の美学に照らして美的ならざるものを、次々に切り捨てていったとき、そこには荒涼たる風景しか残らないということになりはしないか、と考えるのは、凡人の賢しら、不遜というものかもしれない。ただ、ここでまた『木下杢太郎』の中のことばを借りれば「享楽主義の、まぬがれ難き宿命は、生自体との背離による感動の源泉の涸渇にあつた」というようなことが、最晩年の先生の上に生じなかったろうか、とひそかに思ってみるのである。杢太郎が「『不可思議国』遊行の果に、遂に精神の空洞につき当」ったようなことが、先生の中で起らなかったであろうか。杢太郎の場合、詩の泉は涸れても医学があった。しかし、意外に聞こえるかもしれないが、先生は文学以外にはほとんど無趣味の人であった。

かつては誰よりもモダンであった先生が、ある時期から文学作品を含めて新しいものに関心を示されなくなり、面白いものがなくなった、胸のときめくことがなくなった、といわれるようになった。先生はかねてから芥川の「自動作用が始まつたら、それは芸術家としての死に瀕したものと思はねばならぬ」（「芸術その他」）ということばをあげ、研究者の場合も同じだとして、自他を戒めつつ常に前進し続けて来られたが、いつの頃からか自分にもとうとう「自動作用が始まつた」という嘆きをもらされるようになったのである。先生の中で、確実に何かが変化しつつあるように見えた。身辺にも少しずつ寂寥の影がしのびよりつつあった。実業界に活躍しておられた愛弟の死もあった。そして、昭和五十四年の川副国基先生の急逝も大きな衝撃だったようである。川副君が生きていたらなあ、と長嘆されるのを何度聞いたことだろう。

つねに理性的で自他に厳しく、ある意味ではこわくて近づきがたい存在でさえあった先生が、しだいに淋しがりやで好々爺の一面をのぞかせられるようになり、何か心に「あったかいもの」を求められるようになられた。晩年には「戯れ歌」と称して即興の歌のごときものをもてあそばれたが、その折の一首に次のようなものがある。

行き行けど冷たき風の吹き荒れて何処にありや温柔の里

晩年の先生の双眼に映っていたのは、寒々とした無味乾燥な世界だったのではないか。黄昏の成城の町を、帰って行かれる先生の後姿を、傷ましい無残な思いで見送ることがしばしばあったことを、告白しなければならない。あるとき中村完氏がいきなり、先生は自殺するかもしれないぞ、といったこともあった。そういう先生の上にもうひとつの痛撃が訪れる。静子夫人の死である。先生は停年後ますます持前の「わがまま」ぶりを発揮され、特に奥様には駄々っ子のようにふるまわれた。奥様が気づかって何かいわれると「母親のような口をきく老いた妻」という、新聞でみた川柳をもって応じられたりした。奥様もまた戯れに「この子を残しては死ねません」と笑っておられた。先生が二度目の入院から家にもどられると、その奥様が入れかわりのように入院され、卒然として逝かれたのである。生活のことなど一切かまわず、文学研究ひとすじに生きられた先生を支え続けて来られた、美しく気品あふれる気丈な夫人だった。

ことわるまでもなく、私は、ここで先生の晩年の不毛をいいたてるつもりなどない。誰にも老いと死はやって来る。明敏な先生は自らの老いを誰よりも強く自覚し、その死も予測しておられたはずである。停年後も四冊の著書を刊行された先生が、自らの生をそれに重ねつつ、死の直前まで推敲の筆をとっておられたのは「近代作家晩年の風貌」という三百十六枚の論考である。何ごとにも潔癖なまでに、自己完結を求めようとされた先生らしい遺稿となってしまった。

実はここまで書きながら、書くことを逡巡して来た事実がある。それは今年の五月、先生夫妻を偲ぶ親しい者の集まりで、遺族がもらされたことであり、決して先生の名誉を傷つけることではないと考えるので、私の独断で思い切って書く。穏当を欠くいい方かもしれぬが、先生の死は、ある意味で自らの意志で選びとられた死であった。先生はもともと極端な少食であったが、奥様の一周忌を過ぎたころからほとんど食事を拒絶されるようになり、その結果ついに倒れられて、最後の入院となったのである。お嬢様の一人が、おそらく父の死期は自身の予定よりほんのわずか遅れただけだったろう、といわれたとき、ああ、やっぱりそうか、と思った。こういういい方は誤解を招くかもしれないし、それ自体ことばの矛盾だが、あえていえば、先生は自分の意志による一種の自然死をとげられたのである。少くとも私は先生の死をそう考えたい。小倉脩三氏などと話しあってみても、先生が昨秋あたりから、ひそかにその仕度をしておられたことに、今にして思いあたるのだ。それはやはり高田瑞穂らしい剛毅にして周到な結着のつけ方であったと思う。その意味で、先生は最後まで自己の美学を手放されなかった。

故人を悼むにふさわしくない文章になってしまったが、最後に『冬眠帖』から若き日の詩人木原信輔の詩一篇を、青春の形見として天上の先生に手向けよう。

昇　天

闇の中に鶴が死んだ
氷上に伏す鶴のうなじは
新月の様に青く輝き
丹色の頭頂から
やがて
静かに太陽が上つた
（昭10・1）

（「日本近代文学」37、昭62・10）

ある友情について

昭和十六年春、東京の府立一中に、三十をこしたばかりのひとりの青年国語教師が赴任して来る。職員室に入ると、待ちかねたように彼に声をかけた先任の国語教師がいた。出身校も異なる二人は初対面だったが、お互いに書いたものによって相手の名は知っていたのであった。新任教師は、ほかならぬ高田瑞穂先生、それを迎えたのが川副国基先生である。これが私一己としても、三十年にわたるかけがえのない恩師となるお二人の出会いだった。川副先生はすでに昭和十二年から一中の教師だったが、十七年からは、第一早稲田高等学院に転じられるので、お二人が実際に同僚であったのは、わずか一年にすぎない。しかし、二人はたちまち意気投合、以来、川副先生の死まで四十年に及ぶ類まれな交友が始まる。学校の帰りには、二人揃ってよく神田に出て本を買い、それについて語りあった。性格もまったく対照的な若い二人は、時に激しい議論になることもあったようだが、喧嘩をすればするほど仲よくなるのが、本当の友人だというのが高田先生の持論だった。

敗戦を三十代半ばで迎えられたお二人には学問への強い渇きがあった。昭和二十二年八月には、二人で語らって、早稲田の焼跡にたった茶房「早稲田文庫」で、近代文学の研究会を始められた。「早稲田の実証性と東大の観念性」を統合したいというねらいもあって、東大系からは伊沢元美・酒井森之介・杉森久英・田中保隆氏のほか英文の松村達雄・中橋一夫氏ら、高田先生の同人誌「新思潮」や「群島」時代の仲間の方々、早大側からは稲垣達郎先生をはじめ山崎八郎・桜井成夫・中村俊定氏らが参加した。第一回は柳田泉先生の研究発表からはじめられた。以来この会は「文庫の会」と称して、学閥をこえて若い研究者たちも集まり、川副先生の死まで三十二年にわたって続くのである。私は四十一年からこの会の幹事をつとめ、多くの秀れた先達の教えを受ける幸運に恵まれた。高田先生はよく、文庫の会こそ真の意味の大学院だといっておられたが、私はこの贅沢な大学院の学生であったことを、ほこらしく思っている。

先生は昭和三十二年から早稲田大学に出講されるようになる。近代詩の講義をしてもらいたいという川副先生の招聘によってであったが、非常勤ながらゼミももち卒業論文の指導までされた。私も昭和三十二年に先生の早大における最初の講義をきいた学生のひとりである。他の早稲田の専任の先生方は講義ノートなしの雑談のようなのどかな講義が多かった中で、高田先生は毎回きちんとしたノートを作って来られてそれを読みあげるようなやり方だった。やや美文調の格調高い講義で、今でも忘れられないのは蒲原有明を論ずるくだりで「かくして有明は悪魔とともに官能の道を行く人となったのであります」というような一節などもあって、鹿児島の山の中から出て来た私などすっかり肝をつぶしてしまった（この講義ノートは、のち川副先生の遺言で早大出版部から『日本近代詩史』として刊行され、川副先生の霊前に捧げられることになる）。四年のときには耽美主義の講義をきいた。以後、先生は月曜日は「早稲田デー」だと称して、ほとんど一日も休まず、二十四年間早稲田に通い続けられた。早稲田の学生は、気持がいいからというのが口癖で、それをまた川副先生がことのほかよろこばれた。私も昭和四十七年から一非常勤講師として同じく月曜日に早大に通いはじめたが、川副先生は高田先生が来られるのを講師室で迎えて、お茶をのみながら談笑するのを好まれた。私はいつも楽しげな両先生を傍で眺めながら、お二人の稀有な友情を羨やんだ。特別の用がないかぎり、帰りは必ず新宿までいっしょで、晩年は高田先生が下戸の川副先生を誘って小田急ハルク地下の花屋というところでビールをのまれた。一方川副先生は、高田先生の求めに応じて、成城の大学院で隔年ごとに自然主義を講じられた。川副先生も成城の学生の明るさを愛して、講義のあとは必ずお茶や食事に誘われた。高田先生は晩年の川副先生について、彼は自然主義、私が反自然主義だったのに、年をとってからは逆になってしまったといって笑っておられた。

昭和五十四年の川副先生の急逝は、高田先生にとっても大きな打撃だったと思う。川副君が生きていたらという嘆きを聞くたびに、お二人の友情の深さをあらためて思い知らされた。偶然にもお二人のお墓は、生田の春秋苑にある。今度もまた川副先生が、新参の高田先生を迎える側である。今ごろは、あの世で再会されて、柳田先生や稲垣先生ともども、第二次文庫の会をはじめておられるのだろうか。川副先生が何か諧謔をいって豪快に笑われると、その背中をうつような独特のしぐさをされる高田先生の姿が目にうかぶ。

（「成城国文学」3、昭62・3）

柳田泉先生臨終前後

柳田泉先生について書かれた多くの追悼文のうちでも、稲垣達郎先生の数篇がやはり秀逸だろう。抑制された筆の間から故人への敬愛と惜別の情がにじみ出ている。その中で「群像」（昭44・8）に発表された「柳田泉の足跡——その一斑——」は「去る六月十四日になくなった柳田泉氏…」と書き出されている。自家版『角鹿の蟹』に収められるときもそのままで、後註に葬式の日をうっかり命日と誤記してしまった旨書いておられる。本にするとき、素知らぬふりして直してしまわれないところが先生らしい。筑摩書房から改めて出されるに際しても、訂正しないで、後註に「榎本隆司もこれに気付かず、東郷克美に指摘されて知ったそうだ」と書きそえてある。冒頭から、ご自身も認めておられる先生の瑣々たる誤記をあげつらって、いささかえげつない仕儀ながら、人一倍記憶の悪い私が柳田先生の命日を忘れなかったわけを書いておこうと思う。

学校を出ると、すぐ高校教師の生活を始めた私は、大学院というところに縁がなかったので、残念ながら柳田先生に親しく指導を受ける機会には恵まれなかった。ただし、先生の最晩年の講筵に連なったことはある。昭和三十九年に都立小平高校に転じて、柳田先生の著作目録作りのお手伝いなどをしているころだったと思う。その年は柳田先生の早稲田における最後の年にあたっており、たまたま学校の研修日が柳田先生の講義のある火曜日になったので、できることなら先生の最後の講義をきいてみたいと思いたって、川副国基先生にお願いしたところ、直ちに紹介状を書いて下さった。川副先生はいつも柳田先生のことを早稲田の至宝のように誇らしげに語る方だったので、私の中にもいつの間にか柳田先生への憧憬のようなものが育っていたのである。

雨の降る日だった。文学部のエレベーターの前で待っていると、和装コートに足駄といういでたちで現れた先生は、その場で川副先生の手紙を読んで、すぐ聴講をお許し下さった。授業料なしの聴講だったが、あの年の大学院の教室にはそういう人が少なくなかったと思う。それから一年間「小説神髄」研究の講義をきいた。確か同人の山本昌一氏や佐々木雅發氏もいっしょだったと記憶する。熱烈な柳田先生ファンの三輪巌さんなどは、毎回テープ・レコーダーを持ち込んでいた。先生はいつも羽織袴姿で、半紙を綴じた講義メモを片手に、黒板をいっぱいに使いながら講義をして行かれた。先生のお話を伺っていると、逍遙がついこの間まで生きていた人のように身近に感じられるのだった。時々逍遙邸訪問のときのエピソードなどを話されて、まず自らおかしそうに目を細めて破顔一笑されるときの表情がなつかしい。先生の自伝「われは百姓の子である」は、私の愛読する文章のひとつだが、先生のお顔はいかにも村夫子然として気取りがなく、同じく百姓の末裔で、先祖に先生とそっくりの老人がいた私などには、親しみのもてる好きな顔だった。最終講義の「古賀茶溪の『度日閑言』について」も、何か貴重な古酒でも味わうように、名残惜しい気持で感銘深く聴き、茶溪の名もそのとき初めて知ったのである。

昭和四十四年の六月初旬はあつい日が続いていた。肺炎で虎の門病院に入院された柳田先生は、六月に入って危篤状態が続いており、万一の場合にそなえて、文学批評の会同人を中心に交替で病院につめていた。六月六日はその頃勤めていた早大高等学院がたまたま小学院祭と称する球技大会で授業がなかった。先輩の榎本隆司氏にいわれて、その日は私たち二人が病院に泊り込むことになった。先生はもう昏睡状態になっておられて、梅子夫人が終始枕許に付添っておられた。鼻や腕にいろいろな管類をつけられた先生の姿が痛々しかった。

榎本氏は清水茂氏や畑実氏などとともに、おそらく大学院における先生の最初の教え子のはずである。病室に近いロビーで、先生のことをぽつりぽつりと語られたが、その夜の榎本氏について忘れられないことがある。夜中になってソファーに横になりうとうとしておられた氏が、いきなり大きな声で、あっ、今そこで手当をしなければ、という意味の寝言をいわれたのである。この愛弟子は夢の中でも先生の回復をひたすら願っておられたのであろう。しばらくすると、病室があわただしくなり、当直の医師が器具類をのせた手押車のようなものを押した看護婦など数名を引きつれてかけつけて来た。私は榎本氏を揺り起し、様子を窺ったが、胸がしめつけられるようだった。そのうち、病室からベッドのきしむ音がし始めた。あいているドア越しにみると、医師がベッドの先生にのしかかるようにして、人工呼吸の処置を施しているのであった。先生のお体は何かの物体のように、頼りなげに上下にはずんでいる。これがあの鬱然たる碩学の最期かと思うと耐えがたかった。近代医療というのは、このような大悟の巨人にさえ安らかな末期を与えないのかということを思った。やがて、その音もやみ臨終の時が訪れた。私たちが病室に入ると、もう看護婦たちは手早く器具類をかたづけ始めていた。管の類がとり除かれ、奥様の手でお顔を清められた先生は、もう安らかな面差にかえっておられた。

並んで立っている傍の榎本氏の口から、心なしかかすかに欷歔の声がもれたように感じると、私にもこみあげて来るものがあった。六月七日午前六時。先生との縁のもっとも薄かった私が、いわば高弟の榎本氏とともに、偶然にも先生の臨終に立ち会うことになったのである。梅子夫人は連日の不眠不休の看病で疲れておられたであろうのに、涙ひとつみせずに、まず医者や看護婦に向かって、そしてわれわれにもありがとうございましたときちんと挨拶された。その凛然たるお姿が印象に残っている。

気がつくともう朝の光が射し込んでいた。それから榎本氏と手わけして、しかるべきところへ電話をした。久保田芳太郎氏や中村完氏のところには、私がしたように思う。起きぬけの久保田氏の気落ちした応答の声が耳底に残っている。昼前に勤め先の学院に帰り、教員室で長島健氏に訃報を伝えた。一瞬はっと顔をこわばらせられた長島氏の悲しげな表情を思い出す。長島氏は会津八一の門下生だが、中央公論美術出版から柳田先生と共編のかたちで『坪内逍遙 会津八一往復書簡』を翻刻上梓されるにあたって、晩年の柳田先生のお宅に通い、その学問と人柄に深く傾倒し、私淑しておられたのである。

お葬式は六月十四日に白山の寂円寺で行なわれた。あつい日だった。ながい間の親友である木村毅氏が弔辞をのべられたが、そのさびしげな後姿が忘れられない。年譜によれば、昭和二十年四月十三日から十四日にかけての空襲で、小石川のお宅とともに文字通り万巻の書を焼かれた先生は、一時この寂円寺に身をよせられたことがある。

先生のご逝去後、ご遺志によって蔵書が早稲田大学に寄贈されることになり、稲垣先生や榎本氏を中心にその整理が行なわれ、私も同人の諸氏とともにお宅に伺った。その折の印象もいろいろあるが、あれだけの大学者のものとしては、先生の書斎はまことに簡素なものであった。これは今あらためて銘記しておきたいことのひとつである。その際、稲垣先生のおはからいで、柳田先生の蔵書の中から、手伝いのものが各自適当なものを一冊ずつ、記念に頂戴することになった。私の架蔵する内田不知庵の『文学一斑』の初版本は、その時いただいた柳田先生の旧蔵書である。戦後に古書展で求められたものらしく、時代や書店の札がはさまれている。

〈追記〉

「明治文化研究」第六集『柳田泉自伝』に収められた故木村毅氏の「柳田泉君を哭す」は、無二の親友であった木村氏でなくては書けない貴重な文章だが、続篇「最後の笑顔」のところの「どしゃ降り」の臨終場面は、おそらく臨終の日より前に先生を病院に見舞われたときのことを、臨終の日と勘違いして書かれているようだ。僭越であるが、後々のために付記しておきたい。

（「文学年誌」8、昭61・9）

半眼微笑の人

田舎育ちの無骨者だから、身辺を書画のようなもので飾る趣味はない。その私がただひとつ大事にしている色紙がある。吉田一穂の「半眼微笑」という書である。詩人の伝記には昭和八年秋に京都・大和をめぐり「半眼微笑」の原理を発見したとある。この色紙は池田勉先生からいただいたものである。先生が成城大学を退休される日が近づいたころ、研究室をお訪ねすると、机の引出しから出されて「これをあなたにあげよう」といって下さった。先生に『半眼微笑』という美しい随筆集がある。その巻頭の「半眼微笑など」（初出は「成城教育」昭49・3）という文章に、この色紙は先生が今井富士雄先生とともに詩人を訪ねられたおりに揮毫してもらったものであることが書かれている。先生はその肉細ながら力勁い色紙の文字について「清痩、気鋭の筆勢」と評しておられる。その文章を感銘して読んでいたので、私は驚き、恐縮した。

先生は切れ長の大きなお目をもっておられた。そして、人と対されるときは、微笑をうかべつつその大きな目をしばしば半眼に細められて、独特のあたたかい表情をなさるならわしであった。先生は「半眼の光の中に、あらゆる物質は、その形姿のあざやかさを蘇らせ、語りあいを求めて、身を寄せてくる。この神秘の驚きに、私はしばしば陶然とする」として、その秘密をこう説いておられる。

半眼の形を作っているとき、口のまわりの筋肉は、緊張を忘れ和らぎ、頬の筋線も感情の波立ちを超えて静まる。これは生理の確かな形態である。が、生理の形態は、精神のしるしに、ほかならないであろう。何の精神か、と問うまえに、半眼微笑とは、微笑が半眼を生みささえ、同時に、半眼が微笑の意味するものを意識させる、こういう両者の形態の、相互に関連する構造の機微に注目するがよい。

先生の詩人学匠としての一面をよく示している一文だが、あのなつかしい温顔微笑の奥にこのような深くしなやかな精神が秘められていたことに今にして思いあたるのである。慈しみにみちた、しかしものごとの本質を見誤たぬあの美しい目。

誰もがいうように、坂本浩・池田勉・栗山理一・高田瑞穂という明治生まれの先生方がおられたころの成城大学国文学科（国文学コース）がひとつの黄金時代であったことはまちがいあるまい。たまたまその四先生のおそば近くで過ごしたことは、わが成城時代の至福というをはばからない。四先生はそれぞれご性格も学風もちがったが、相手を認めあって傍目にもまことに仲がよく、文学を文学として翫賞するという文芸学的姿勢においても共通しておられた。それがおのずと成城国文の独自の伝統を形成することになったのである。成城国文学会が、まだ学園の教員だけの組織であったころのなごやかな雰囲気も忘れがたい。

池田先生は播州多可郡中町のご出身。広島文理科大学卒業後は、高師の訓詁注釈中心の学風にあきたらず、恩師齋藤清衛先生を敬慕してあつまった学友清水文雄・蓮田善明・栗山理一とともに、昭和十三年七月に雑誌「文藝文化」を創刊し、十九年三月まで七十号を刊行したことは周知のとおりだが、その編集の実質的な中心は池田先生だったろう。戦後の時勢のなかで時に批判的に扱われたりもしたが、先生はこの雑誌に強い自負と愛着をもっておられた（のちに復刻）。学習院時代に清水先生のすすめで、この雑誌に「花ざかりの森」を発表した三島由紀夫は、後年四人の同人を「清水氏の純粋、蓮田善明氏の烈火の如き談論風発ぶり、池田勉氏の温和、栗山理一氏の大人のシニシズム」（「「文藝文化」のころ」）と評している。先生の「温和」の裏に隠された勁く透徹した精神に、少年平岡公威はどこまで気づいていたろうか。この四人の同人たちは、時期こそ少しずつずれるが、みんな成城学園にかかわられた。文芸学部の名の由来も、この「文藝文化」と何がしかの関係があるはずだ。

ひところ今井信雄先生の肝入りで、教え子の故羽入田宏さんたちと十二月十五日のお誕生日に池田先生を囲む夕を催していた。今井先生は、諏訪中学時代の恩師蓮田先生の縁で、戦後池田先生を頼って信州から上京し成城学園に勤められた方で、池田先生を格別に大事にしておられたのである。私が池田先生ファンになったのは今井先生の影響が大きい。

池田先生は昭和十九年から五十三年まで三十五年を学園ですごされ、その間、図書館長、大学院研究科長、民俗学研究所長、文芸学部長などをつとめられた。特に草創期の図書館長として十年間その充実に尽力されたことは記憶されるべきだろう。柳田国男の蔵書が成城大学に寄託・寄贈されるようになるのは、同じ播州出身である池田先生の誠実な人柄に対する柳田の信頼があったからであることはよく知られている。先生も柳田先生を深く敬愛しておられ、柳田国男について書かれた何篇かの文章は、いずれも珠玉と呼ぶにふさわしい。あるとき、先生から文章の極意とでもいうべきものについて示唆を受けたこともあったが、文字どおりの拙文を書きつつある今はふれない。

九月に入って、小倉脩三さんから先生が七月に長逝されていたことを知らされた。すでに三先生なく、これでひとつの時代が終わったのである。感慨なきをえない。成城をこよなく愛し、成城一筋に歩まれた立派な先生方だった。それにひきかえ、後進として余りに無力・無能であったことをあらためて恥じている。私は先生の訃音をきいたとき、あの温顔とともに、ただちに「半眼微笑」の文字を思い出した。大切にしておられたはずの色紙を、先生はなぜ特に私に下さったのだろうか。ともすれば口をとがらせ、目をいからせてものをいいがちであった若き日の私の圭角をひそかに案じて、これをお恵み下さったのだろうと、このごろではひとりぎめしている。今でも、気の向かない会議のために家を出るときなどは、この色紙の前でわざと半眼を作ってから出かけたりするのである。凡愚の私は先生から、その深い学問も、文人の風格も何ひとつ学ぶことなく、ただこの「半眼微笑」の四文字のみをうけついでいる。（平成十四年十二月七日・成城国文学会の日に）

（「成城国文学」19、平15・3）

伊藤博之さんのこと

他にもっと適任者があるはずだが、機会を与えられたので、二十数年を同じ学園で過ごしたものとして、もっとも敬愛する先輩だった人のありし日を偲ぶことにする。

昨年の四月十九日（日）の夜、久々に伊藤さんから電話があった。今あなたの家の近くの病院に入っている。癌の告知を受けたからあさって手術すると淡々と語られたので驚いた。お見舞いはひかえていたが、五月三日にまた電話があり、手術も順調にいって気分もいいということだったので、すぐ病院にかけつけた。病状や手術について当方が気になるぐらい詳細に語られた。体重も術前と変わらないとのことでちょっと安堵したのだった。九月に再入院し、以後は二十四時間点滴の自宅治療に移られたが、今年に入って正月の四日に電話をしたら、例によって長話となり、ご自分の体のことよりも、改革のおくれているかつての職場のことを深く憂えておられ、暖かくなったらまた会いましょうといって電話をきったのが最後になった。満七十三歳の誕生日を迎えた翌日の一月三十日に不帰の人になられたのである。

伊藤さんは浄土宗の寺に生まれ育った。ある時期に得度・修行して、浄土宗の僧としての位階ももっておられたはずである。しかし、長いおつきあいの中で、抹香くさい話をされたことがない。ご自分の信仰については、いつも含羞のうちに否定的に語られるならわしだった。世俗的な話題を忌避されたわけではないが、それでもどこか脱俗の雰囲気があった。「仏の伊藤」とは誰がいい出したのか知らないが、その「仏」は巷間にいう意味とは異って、その心優しく清潔な人柄をさしていたように思う。老成ぶったり、悟りすましたりするようなそぶりはみじんもみせなかったので、特に若い同僚に慕われた。研究会でも旅行でも、いい意味でのオルガナイザーだった。下戸なのに酒の席にもつきあってくれたが、人の悪口をいうのをきいたことがない。謙譲の人だった。時に謙遜にすぎはしないかとはがゆく思うこともあったが、それは仏門に育たれたからというよりは、自然にそなわっていたものであったろう。しかし、すでに中学時代から「国家を無条件に正当化する思想には深い疑惑を覚え」(年譜) たという反権力の一面ももっていたことは、知る人ぞ知るはずである。

浦和中学四年修了で旧制浦和高校・東大と進んだ文字どおりの秀才で、緻密な頭脳の持主だった。企画力や事務処理能力も抜群だったから、大学でも停年まで教務関係の面倒な仕事を引き受けさせられた。しかし、いわゆる秀才のもつ冷たさとは無縁で、たとえば何度もいっしょに旅行したが、そのたびに作られる綿密な計画や資料などにもしばしば小さなポカが用意されていて、それがかえって周囲をなごませるのだった。正直で隠しごとのできない人だったので、密談・密議の類の相手としてはいささか不安なところもあったが、もとよりそれは俗人の感想である。

伊藤さんの学問について語るのは私の任ではない。卒業論文は心敬を中心とした連歌論だったという。卒業後は京華学園に勤め、日文協はじめ各種の研究会に参加したが、特に研究者を目指してはいなかった。研究論文を書くようになったのは、京華の同僚だった竹盛天雄氏に強く勧められて岩波の

「文学」に投稿した「心敬論」が最初で、それがなかったら、研究の道を歩むことはなかったろうということを、しばしば語られた。早く父君をなくされた伊藤さんが、アルバイトに忙しくて、電車の中で原稿を書いたことは有名な話だ。竹盛氏によれば、「文学」の論文も、生徒を引率しての修学旅行の車中で書き継ぎ、旅先で投函したものだったという。伊藤さんの関心領域は広かったが、中心は、やはり西行・親鸞・兼好・芭蕉など仏教文学・隠者文学の系譜であったろう。なかでも親鸞は、伊藤さんにとって単なる研究対象とはいえぬ格別の存在だったように思える。小文をのぞけば実質的な絶筆となったのは、手術後に書きあげられた「親鸞聖人と『歎異抄』」「親鸞の和讃」（いずれも「解釈と鑑賞」平10・10）だろう。前者の中で伊藤さんは「歎異抄」の悪人正機説の享受を批判的に検討し、むしろ親鸞の真面目を「願力自然」にみようとしている。病床で書かれたのが親鸞であり、しかもその「自然《じねん》」の思想についてであったことは偶然とは思えない。法然の門流であったはずの伊藤さんの葬儀は、先生を尊敬するという浄土真宗の導師によって行なわれた。親鸞につぐもう一つのテーマは西行で、退職後は西行伝を書きおろすのだといっておられた。ついに自らの手でまとめられることのなかった論文集とともに心残りだったことだろう。

さて、周知のように伊藤さんはまさに日本文学協会の人であった。日文協にはたんなる学会と違った強い愛着をもっておられた。一九五一年に入会し、最初は国語教育部会で活動した。一九八一年からは委員長もつとめられた。道子夫人との縁も日文協を通してであったときいている。かくいう私も伊藤さんの勧誘によって会員になった一人である。伊藤さんは大学退職後も初心にもどって、一会員として中世部会に出席し研究報告もしている。日文協が変わりつつあることを嘆く向きもあるが、

「運動体」としての日文協の精神を継承している数少ない一人であったといえよう。日文協への深い思いは、「日本文学協会について思うこと」(「日本文学」平8・11)や「日文協の五十年」(平9・1)に語られている。特に後者では「綱領」問題にもふれ、その表現を現状に即して改めることに賛意を示しつつも「『研究者』という特権的な視点から日本文学をとらえることは、日文協の原則と背馳するので『広汎な民衆に基礎をおく』といった綱領の主旨だけは適切な言葉に替えてでも、新綱領をかかげ、アカデミズムとは一線を画した『団体』であることを明示すべきであろう」と書いている。故人には反アカデミズムの意識があったが、それをも含めてむしろ一切の地上的権威を仮象とみるようなところがあったのかもしれない。図らずもこれが伊藤さんの日文協への遺言となった。

家族思いの人だった。どちらかといえば晩婚だったが、いい家族に恵まれていた。一九七〇年代の幾夏かを、伊藤家のみなさんと、信濃追分にある成城の寮ですごした日々が忘れがたい。白樺の木洩れ日の中で遊ぶ二人のお子さんたちに注がれる、あの慈愛にみちた目差し——。退院後の手紙の中には「残された時間は、遠は宇宙の秩序、中は社会組織、近は家族を中核とした人間関係に支えられて生かされているだけですが、自ずから然らしめる所(自然《じねん》)に従って、たまたま恵まれた幸せを有難く受けとめて生きる所存です」と書いている。

それにしても慌しい旅立ちだった。それこそ「自然」に従い、ものごとに深く執着する人ではなかったとはいえ、研究についても、社会や家族のことも、余りに思い残すことが多かったに違いない。

わが家の狭い庭では、伊藤さんが持って来て下さったドウダンツツジが、今年も芽吹きはじめたが、凡俗の私には伊藤さんがいなくなってしまったことを、とても「自然」などとは受けとめられない。

まだ話は終っていなかったのに、中座したまま帰って来ない人のようで、心の遣りようがない。

〈追記〉

右の拙文に、竹盛天雄氏の話として、伊藤さんが修学旅行先から投函された原稿を「心敬論」としたが、これは私の記憶ちがいで、別の論文だったようだ。竹盛さんから指摘があったので謹んで訂正したい。故人の「ポカ」などいう資格はないのである。「心敬論」投稿のときの伊藤さんは、締切り間近になって、竹盛さんに促され、勤め先の京華学園の自転車で、岩波書店に原稿を届けられたそうだ。(再三再四引合いに出して恐縮ながら、この追記を書いてから、念のために竹盛さんに確かめたところ、自転車ではなくてタクシーだったかもしれないということになったが、この際私は自転車だったと思いたい。まなじりを決して自転車をこぐ、若き日の伊藤さんの姿が目にうかぶではないか。)

(「日本文学」平11・5)

わが前田愛体験

いつだったか、近代文学研究の先達の一人が研究論文の賞味期限（?）はせいぜい五、六年だという意味のことをいっておられるのを読んでまさかとは思ったが、しかし、この三十年余り業界の一隅からその動向の栄枯盛衰を眺めていると、歯に衣着せぬ警句で知られたその人の言葉が、あながち鬼面人を驚かせるていのものとばかりはいえないように感じられてくる。こころみに見よ、インターネット時代にふさわしく「注」の量を競うような近年の若手の論文に引かれる研究者の固有名の変転推移ただならぬさまを。かつて学界を席巻した畏友小森陽一の名さえいまや寥々たるものではないか。

その小森が真の意味で師と仰いだ前田愛が亡くなって十八年がたち、「前田愛対話集成」全二巻（みすず書房、二〇〇五）が刊行された。没後二年にしてすでに著作集全六巻が出ているが、いまになって二十六本の対話・座談を集めた対話集『闇なる明治を求めて』『都市と文学』が出版されること自体、国文学系の研究者としては異例のことで、いまもって前田愛の発言が十分に「賞味」に値するものであることを示している。前田はつねづね論文には「花」がなければいけないといっていたとのことだが、まさに彼の論文には「花」があった。「学界の沢田研二」（谷沢永一）と呼ばれたゆえんでもある。それだけではなく、前田の仕事には、テクスト論、読者論、都市論、メディア論をはじめ、いまや流行の文化研究的なものも含めて、現在の若い研究者たちが取り組んでいるテーマや方法が、すでに先見的に出揃っていたのである。ただあえていえば、近世から近代への連続と不連続の問題をはじめ、文学を多元的・複合的にとらえようとしていた前田愛のこころざしを、若き後進たちが十分に正しく継承しているとは必ずしも思えないが、いかがであろうか。

前田愛に後れること五歳の私自身はといえば、一九七〇年代初頭からはじまった前田のめざましい活躍ぶりを遠望しながら、テクスト論とも都市論とも縁遠いところで、ほそぼそとひとりよがりの作品論めいたものを書いていた。いわゆる作品論はどちらかといえばモノローグに傾きがちであるのに対して、前田はつねに挑戦的であり、ダイヤローグ的であったといえよう。二冊の対話集を読めば、その該博な知識やユニークな発想もさることながら、前田が何よりもまずすぐれた対話者だったことがわかる。能弁家でありながら聞きじょうずでもあり、相手から聞き出したことを、思いがけない方向に広げ、深めていくことにたけている。しかも、どんな相手に対しても、いかにも育ちのよさをしのばせる折り目正しい言葉遣いで接しているのだ。いい意味で都会人であり、模型飛行機や天体望遠鏡が好きな少年が、そのまま大きくなったような好奇心と天真爛漫さをそなえている。それが「声」として伝わってくるところに「対話」の妙味がある。(さすがの前田も博識能弁の種村季弘に対しては、時としてその勢いに圧倒されがちであるのはほほえましい。一方、ドストエフスキーの川端香男里や小林秀雄の吉田凞生のような専門家を相手に堂々たる自説を展開するところなど面目躍如。)

生前の前田が著者略歴などで自らの生年を一貫して一年若く一九三二年(昭7)とし、指摘されても訂正することがなかったというのは、知る人ぞ知る謎である。本名の「愛《よしみ》」を「愛《あい》」で通したように、もう一人の前田愛という仮構の生を生きようとしたのだといえば、深読みにすぎようか。それはともあれ、彼は旧制中学二年で敗戦を迎えたはずである。敗戦当時に旧制中学一年であったか二年であったかは案外重要な差異だと思うが、いまは問わない。対話者の大半が国文学畑以外の人々であるのは、前田の学問の脱領域的な幅の広さを示すものだが、その多くが、彼と同年の一九三一年（芳賀徹、山口昌男、磯田光一、磯崎新、清水徹）か、三〇年（高田衛、平岡敏夫、上田篤、吉田凞生）生まれであるのは興味深い。彼らは戦中・戦後の政治的イデオロギーの空しさを知りぬいている世代である。その点、私などは戦争にも戦後にも「遅れて来た」少年だった。

そこでの話題は多岐にわたるが、端的にいえば、戦後の近代文学研究が見落としてきた領域を掘り起こし可視化しようとすることである。前田が幕末・維新期の文学についてしばしば「闇」と呼び「幻景」（これは前田の愛用語。造語か）と名づけたものがそれだといえる。対話の内容については、巻末の解説（金子明雄）に尽きており、私としては付け加えるものはない。ここでは、いつも中途半端な場所からその華やかな活躍を眺めてきたものとして、いまとなっては目新しくもない私的な感想を、恥をしのんで書いてみよう。

前田愛というモンスターは、一九七〇年代に入って突如としてその姿を現したという印象が私には残っている。もとより前田は有名な「音読より黙読へ」（一九六一・六）のような論文をすでに六〇年代前半に書いており、やがて『幕末・維新期の文学』（法政大学出版局、一九七二）や『近代読者の成立』（有精堂出版、一九七三）に収められることになる江戸末期から明治初期にかけての文学やメディアに関する画期的な論文も、一九七〇年ごろまでにはほぼ書き上げられていたのだが、右の二冊の論集が高度成長期の終焉を示すオイル・ショックの前後に出たことは、やはり象徴的な出来事だった。時あたかも大久保典夫によって近代文学研究における高度成長期的産物とされた「作品論」の限界が指摘されつつあった時期に、近世文学から近代文学への連続と不連続（近代の相対化）をテーマに、方法としてのメディア論や読者論などのコードによって解明しようとする前田愛が登場し、たちまちブリリアントな存在になったのは、その才能もさることながら時代の要請でもあったのである。かくして前田は七〇年代の星としてめざましい光芒を見せながら世紀末の時代を駆け抜けていった。

私自身の関心に引き付けていえば、戦後ながく「見捨てられた作家」（三好行雄の言葉）であった泉鏡花の岩波版全集が実に三十数年ぶりに再刷配本されはじめるのがオイル・ショックの一九七三年十一月のことで、同じ月に『近代読者の成立』がいまはなき有精堂から出版されるのだ。（有精堂が戦後の日本文学学術出版史のうえで果たした役割は記憶されていい。）それは高度成長に代表される日本的「近代」のオプティミズムに対する懐疑と無関係ではなかった。前田が『幕末・維新期の文学』巻頭の「近世から近代へ」という論文を「日本近代文学の形成は近世文学の悪しき遺産を批判し、克服する過程であった――この観点が一面的に強調されるかぎり、文学史における近世と近代との関係は断絶として処理され、連続の関係はネガティヴな形でしか考えられないであろう」と書きはじめているように、近代的自我史観にもとづく戦後の近代文学研究が切り捨てて「闇」に葬ってきたものにようやく光が当てられようとしていた。滝沢馬琴を否定し、泉鏡花を近世文学の亜流としてきた近代文学の研究には、どこか怪力乱神を語らず式のところがあったのかもしれない。前田はそれに異議申し立てし、怪力乱神を語る文学的想像力の意味を積極的に評価する道を拓いたのであった。私がはじめて書いた「『高野聖』の水中夢」（一九七五・三）という鏡花論は、いま読むと恥ずかしくなるほど露骨に、前田氏の「泉鏡花『高野聖』──旅人のものがたり」（一九七三・七）の影響を受けている。それ以前の「『お伽草紙』の桃源郷」（一九七四・一〇）をはじめ、私の異界論は、一種のユートピア論という側面をもっていた。その早すぎる死で未完に終わったが、前田にもユートピア論の構想があった。「世紀末と桃源郷──「草枕」をめぐって」（一九八五・三）、「明治二三年の桃源郷《ユートピア》」（一九八五・六）などがそれである。このたび前者の論文を著作集『テクストのユートピア』（筑摩書房、一九九〇）で読み返していて、そこに「『草枕』──水・眠り・死」（一九八二・五）という拙論からの引用があることに気づいて一驚し、ちょっとうれしかった。わずかながら前田との間に接点があったわけだ。ユートピアの夢は近代がはらむ「闇」と表裏するものである。前田は「獄舎のユートピア」（一九八一・三）などで、松原岩五郎『最暗黒の東京』（一八九三）をはじめ都市空間の闇としてのスラムのルポルタージュに注目しているが、私の「泉鏡花・差別と禁忌の空間」（一九八四・一）も、前田の論文や松田修『闇のユートピア』（新潮社、一九七五）などに触発されて書いたものである。私はそのなかで、前田が『最暗黒の東京』について、それが「さぐりあてた宇宙論的ひろがりをもった暗黒のイメージが、同時代の文学、例えば悲惨小説や深刻小説の世界から孤立していることは、明治の文学が抱えている大きな謎である」（「獄舎のユートピア」）と書いている文章を引いて、鏡花の「貧民倶楽部」（一八九〇）こそ、まさにその直接的影響下に成立した作品であると、したりげに断定したこともあった。前田ほどの人にもこんな見落としがあるものかと内心得意だったが、いまにして思えば、そんなことなど彼は先刻承知だったのかもしれない。その後私は初期鏡花を論じた「鏡花の隠れ家」（一九九〇・三）

という文章を書いた。内容はともかく題名だけはひそかに気に入っていたのだが、これにも前田の「濹東の隠れ家」（一九七七・七）という先蹤があることに今回気がついて愕然としたしだいである。ことほどさように、私のような者にも、前田愛の影は消しがたく落ちているのである。

恥のかきついでにもう一つ書こう。私は一九五九年に「北村透谷序論」という幼稚な卒業論文を書いて大学を出た。透谷についてはその後二、三活字にしたものもある。今回の「対談集成」のなかでも、前田は意外なほど繰り返し透谷の名を出している。思えば『幕末・維新期の文学』の扉には、「文学は時代の鏡なり、国民の精神の反響なり」という一文を含む北村透谷「明治文学管見」の一節が掲げられていたのだった。巻頭の「近世から近代へ」にも「愛山・透谷の文学史をめぐって」という副題が付されている。巻末にすえられた「明治ナショナリズムの原像」も透谷が希求した「民衆の原像」をめぐる論で結ばれており、「あとがき」には幕末から明治初期へという「半ば闇に閉ざされた未知の領域を照らし出して行く方法」として「草莽の文学と戯作文学を同時に眺めわたす複眼の設定」を、透谷とその研究者である色川大吉から学んだと述べられている。同じ論文集の「『八犬伝』の世界――「夜」のアレゴリイ」では、富山という幻想空間の象徴的位相を解明するにあたって、透谷の「処女の純潔を論ず」を高く評価しながら引用しているのだ。そういえば『闇なる明治を求めて』のなかで、前田は透谷の腕にあったとされるザクロの入れ墨について、それが「八犬伝」の犬士たちにあった牡丹の痣を連想させるという「仮説」を繰り返し語っていた。つまり、八犬伝にはすでに自由民権運動のウルタイプが予告されているというのである。それは私などが思いも及ばなかった透谷の深い「闇」を照らし出していた。現今の透谷研究は、そのような「闇」にまで踏み込んでいるのだろうか。いうまでもなく、前田愛とてオールマイティではない。たとえば吉田凞生は、「批評と研究の接点・その後」（『都市と文学』）のなかで、前田には「地方がない」と鋭く指摘している。たしかに、前田のまなざしは「地方」の闇、あるいは「地方」出身者の抱える闇にまでは、十分に届いていないないように見える。柳田国男、折口信夫などの民俗学への言及が少ないのもそのことと関係があるかもしれない。

私は前田愛の熱心な読者ではなかったが、それでもこのたび確かめてみたら『鎖国世界の映像』（毎日新聞社、一九七六）をのぞけば、生前の著書はすべて架蔵していることがわかった。いずれも個性的風貌をそなえた書物たちだが、代表作となればやはり『都市空間のなかの文学』（筑摩書房、一九八二）ということになろう。しかし、私としては『成島柳北』（朝日評伝選、朝日新聞社、一九七六）も捨てがたい。まさに「一身にして二世を経るが如く」幕末から維新後にかけて生きた柳北ほど、前田愛的主題にふさわしい人物はいないだろう。この本は著者が一九七四年に柳北自筆の『硯北日録』を入手したのを機に一気に書き上げられたものであり、何よりもまず「作品」としてすぐれている。『硯北日録』は前田の没後、アメリカの大学に寄贈されるにあたって、影印本が作られて頒布された。私はろくに読めもしない漢文体の本を早速購い、いまに死蔵している。これも前田の評伝の魅力がそうさせたのである。

「前田愛対話集成」の書評という依頼にもかかわらず、後ろ向きの退屈な思い出話に終始したが、いまあらためて思うのは、前田愛はやはり一九七〇年代が生んだ存在だったということである。前田自身一九七〇年という年の意味について、全共闘運動に代表される「「悔恨共同体」の崩壊とともに顕在化した時間から空間へ、歴史から神話へ、イデオロギーからユートピアへ、男性原理から女性原理へ、主語的統合から述語的統合へ、という一連のパラダイム変換」をあげている（「一九七〇年の文学状況――古井由吉「円陣を組む女たち」をめぐって」一九八六・三）。小森陽一は、そのすぐれた「解説 前田愛の物語論《ナラトロジー》」（前掲『テクストのユートピア』所収）の冒頭で右の言葉を引用しながら、「それ自体前田愛自身の学問と思想の展開についての、みごとな自己言及的見取り図にもなっている（未完に終わったが）」と指摘している。繰り返すが、前田自身が世紀末の「闇」のなかに消えたことによって未完に終わったその「見取図」を、私を含めて二十一世紀まで生き残った後代はどれほど継承し深めているのだろうか。

いまホラーをはじめ非日常的な怪異への関心が、文学の領域を超えてブームであるという。怪異や幻想がはやるのは、あまりいい時代ではないような気もする。それは、例えば一九七〇年代に盛行した鏡花を含む幻想文学の再評価の動きとどう違うのか。アニメもホラー映画も観ない私には手に負えない問いだ。前田愛が健在であれば、たちどころに明快な解説をしてくれるだろう。

（「幻想文学、近代の魔界へ」平18・5）

II

文体は人の歩き癖に似てゐる

この一年余り清水町をお訪ねするのをひかえているうちに、突然の訃報に接することになってしまった。翌日は弔問も失礼し、長年かけて蒐集し愛読して来た著作の棚の前に終日坐り込んで過した。無名時代を含めると七十年に及ぶ作家生活の中で生み出された気の遠くなるような量の言葉の群――。ひたすら言葉を選び、錬磨し続けた生涯だった。その言葉のひとつひとつに紛れもない刻印が押され、一行読んだだけでもそれとわかる個性的な格調ある文体をもった文人は、井伏鱒二をもって最後とする。たしかにひとつの時代が終った。

随筆に逸品の多い井伏鱒二の最初の随筆は、大正十五年四月に田中貢太郎主宰の雑誌「桂月」に載った「言葉」である。井伏氏の田舎で「江戸言葉《えどっこ》」と呼んで珍重されていた東京弁の威圧感とそれへの違和がほろ苦い諧謔のうちに語られている。氏が最初にきいた東京弁は、小学六年の秋の夜更けに井伏家にやって来た強盗の「あけろ！　あけろ！　戸をあけろ！」という物凄い言葉だった。その「荒涼」たる声色と調子は、十五年たった今東京で聞く言葉と変らないというのである。この体験はよほど強い印象を残したらしく、後年「雞肋集」「半生記」などの自伝でも繰り返し語られ、短篇の傑作「「槌ツア」と「九郎治ツアン」は喧嘩して私は用語について煩悶すること」にも巧みに生かされている。これは井伏文学の原風景と呼んでもいいような象徴的な事件だった。東京という荒涼たる都会への違和感と、備後加茂村への望郷の念とは、終生消えることがなかったにちがいない。土くさい風土に根ざしながら、それを洗練された独自の気品ある文学にまで高めた点でも、最後の人だった。

　東京弁への違和とは逆に、地方色の濃い方言への親和と関心が早くからあった。「桂月」大正十五年七月号の「言葉（その二）」は、大正九年夏に旅した隠岐島の言葉について書いたもので、これものちに短篇「言葉について」の素材になる。「朽助のゐる谷間」「シグレ島叙景」「丹下氏邸」などにおけるあの古色をおびた珍奇な人工の方言も、「在所言葉」への強い関心と好みの所産である。これらの言葉は、朽助や丹下氏、男衆エイなど頑固な田舎びとのユニークな風貌・姿勢とともにながく読者の記憶に残るだろう。もとより土俗の言葉がすべてなつかしいものとして肯定的にのみ捉えられているわけではない。名作「遥拝隊長」では、素朴な在所言葉さえ冒してしまった戦中・戦後の空疎な観《イデ》念《オロギー》語流行の滑稽さを浮彫りにすることで、日本社会の浅薄な側面を鋭く刺し貫いている。ここでも言葉は注意深く選びぬかれ、その組合わせのもたらす微妙な効果は正確に計量されているのである。しかもその文章は、熟練した手仕事の風味と光沢を失うことがない。

　井伏鱒二の恐るべき改稿癖は余りにも有名だが、その作家的出発は「山椒魚」をはじめ「夜ふけと梅の花」「鯉」「たま虫を見る」など旧作の改稿・再発表によってなされた。再発表の作品はいずれも徹底的な修正が加えられており、作者がいかに頑固に自己の資質に執着し、その表現に工夫をこらし続けたかを示している。文章・文体の工夫とは、対象との距離と角度のとり方についてのきわめて知的な修練であるといってよい。そこからあの独自のユーモアも生まれて来るわけである。井伏文学に対する常套的評語に「飄々」「淡々」というのがあるが、これは知的に造型されたその作品について何ごとも語らないに等しい。周知のように初期作品には欧文直訳体や古語の使用、意図された冗漫さなどのもたらす効果をねらった表現がみられる。それらは言葉の機能を知り尽した上で、若き日の作家が試みた独創的な実験であり、井伏流のモダニズムであった。しかし、この試みは昭和八年ごろを境にしだいに見捨てられていく。作家自身創作集『シグレ島叙景』の跋文の中でそこに収められた初期作品について「わざとらしい文章や、誇張にすぎた表現が随所にあつた。無理やり自分の表現を持ちたいと焦燥した結果である。いま私は、それを恥づかしい行為であつたとは思はないが、その努力が局部的に片よつてゐたことは私の手落ちであつた」と自省している。以後、とりわけ初期作品には終始きびしい態度をとり続けるのである。

「私は自分の作品を読みなほしたり訂正してみたりすることが好きでもある」(『川』はしがき)と自ら認めているように、作家は初期作品を中心に単行本収録のたびに自作に斧鉞を加え続けることになるが、その改稿は基本的には加筆よりも言葉の過剰や逸脱を削ぎ落す方向で行なわれた。それは最晩年の『自選全集』に至るまで一貫する態度であった。今年は学生たちと「川」や「さざなみ軍記」などの詳細なヴァリアントを作成しながら井伏作品の精読を試みているが、その彫心鏤骨は感動的ですらある。まさに「推敲の魔術」(亀井勝一郎)と呼ばれるにふさわしい苛烈な作家精神である。『自選全集』の際の改稿についても「まず、持って回った言い方」の手直しに最も力点を置いた(河盛好蔵氏との対談)と語っているが、仔細に点検してみると、特に接続詞と文末表現の改訂に意を用いていることがうかがわれる。文体について語った「「が」「そして」「しかし」」でも、接続詞とともに「語《マ》尾に手こずつてゐる」とのべている。文末表現が日本語の基本的情調を規定するものであることを考えれば、井伏鱒二がいかに文章のリズムと節度に細心の注意を払ったかがわかる。

右の文章のサブタイトルは「文体は人の歩き癖に似てゐる」というのだが、井伏氏によれば人の歩き方には地方色があり、自分の歩き方が「せかせかしてゐる」のは、坂道の多い田舎に育ったせいだというのである。お元気なころの氏の歩き方は、見方によってはたしかに「せかせか」していたともいえようが、その文体はまったく正反対であった。にもかかわらず、文体がその人の身体的機構と結びついていることも事実であって、「文体は人間の歩きかたのやうなものではないだらうか」という仮説は正鵠を射ているのである。さらに氏は文章において感傷や詠嘆を回避しようとする自らの性向にふれて、「私の文体にも、田舎の言葉づかひや気風が大きに影響してゐるだらう」とのべ、その作品が表現のスタイルの上でも故郷の風土に根ざしていることを自認している。これはその文体の骨格を形成しているのが、身体と同様にほとんど生得的なものであるということだ。確かに井伏鱒二の文体の基軸は、出発時にすでにできあがっていたといえる。また同じ文章において、甲州の静かな釣宿で書いた「おこまさん」とその二年後に戦地で書いた「花の町」が同じ文体であるのは、自分でも不可解であり「自慢になることではない」とした上で「文体といふものは倫理道徳の現はれ方とは違つてゐる筈だから、時と場合によつては少しは違つてゐるべきではないか」と書いている。しかし、文体はその人の気質という不変のものの直接的反映であり、それこそ時と場合によっては「倫理道徳の現はれ」でさえあるはずだから、右の二作品における文体の不変は、戦場でも平常心を堅持しえたという点で作家の名誉でこそあれ、欠点などではないのだ。

九十五歳――この長命は井伏鱒二の場合特別の意味を持っている。それは何よりもその文学姿勢そのものにかかわっているからだ。誤解を恐れずにいえば、この作家にとって老いることは必ずしも悲しむべきことではなく、ひょっとしたら理想でさえあったかもしれない。若いときから老人を好んで書く作家だった。頑固ではあっても自然の秩序のような老人の堅固な生き方が好きなのだ。井伏鱒二の文学的精進は、「山椒魚」における「岩屋」のような現実の中で、いかに破滅することなく自己を生かしていくかに向けられていたのではなかったか。文章についての刻苦もそのためのものであった。悲しみや不安を内包しつつも、その文体を支えた絶妙の平衡感覚――仮りに今それを日本的上層農民のみがもっていた良質の悟性と呼んでもよい。

同世代の横光利一・川端康成や門下の太宰治がいずれも中道で斃れたり、不自然な死をとげたりしたのに対し、井伏鱒二のみが悠々と生き続けて天寿を全うし、早稲田大学入学の年に成立したソ連邦の崩壊までも見届けて長逝した。太宰治は生活においても「不敗」である師の文学を「旅上手」にたとえたが、その「旅上手」はたゆまぬ工夫と思索によるものであり、「不敗」の裏には人知れぬ忍耐と深い叡智が秘められていたはずである。それは文章の修練と別のことではなかった。「文章といふものは難《いた》しいもんぢや」という「黒い雨」の主人公の嘆きは、ほかならぬ井伏鱒二自身の終生の嘆きだったろう。まことに文体は人の歩き癖に似ている。その道は決して平坦ではなかったが、肩肱はらずにみごとに自己流の歩き方を貫き、それによって井伏鱒二はおのずと前人未到の高みと豊穣に到達したのである。真に畏怖にたえない。

（「海燕」平5・9）

「井伏鱒二自選全集」のことなど

井伏鱒二という作家が好きである。その人も文章もすべてが好もしい。都会生活特有の索漠たる場面に接するなどして、気が滅入ったり荒んだりしたときなど、その文章の一節あるいは『厄除け詩集』の一篇を読むだけで、気持が落ち着く。浄化されるという感じなのだ。近ごろは都市論ばやりだが、私は昔から反都市志向である。はじめて井伏鱒二に関する拙文を書いたのは、もう二十年以上前になる。自分としては、研究論文を書くつもりなどまったくなく、ただ敬愛する作家についてのオマージュを書いてみただけだった。今でも私の書くものは、当該作家・作品へのオマージュ以外ではない。それをできれば少しでも客観的・論理的に書きたいだけだ。最初に拙文を発表したころは、いわゆる研究者による井伏論もまだ寥々たるものだったが、今や磯貝英夫編『井伏鱒二研究』(昭59)のような本格的な研究書をはじめ、単行本だけでも十指をこえる盛況である。地味な作風でつねに文壇の傍流を歩いて来た人だが、現存作家の研究としては量質ともに例をみないのではなかろうか。

この「現点」は「現代日本文学研究」を標榜し、主として戦後に出発した現役の作家たちの特集を次々に組んでいる。特に同人による当該作家のインタビューは、事前の勉強が十分になされているので充実していて面白い。雑誌を送っていただくと、私は真先にこれを読む。それにしても「現代文学」の「研究」はいかにして可能か。そもそも近代文学研究などというものが学として成立しうるかどうかについて、私はいつも懐疑的だ。少なくとも私にとっては、「研究」は一種のポーズであり擬態にすぎない。私などはせいぜい文学愛好家といったところである。

それはともかくとして、生きて活動しつつある作家を「研究」するとは、どういうことなのか。現在刊行中の「井伏鱒二自選全集」を読んでいて、いろいろ考えさせられることがあった。帯に「米寿をむかえた著者が、初めて作品を厳選し徹底的な削除・加筆・訂正を行なった決定版」とうたったこの全集は、各方面で様々の論議を呼んでいる。特に「山椒魚」末尾の削除などが話題になった。当然のことながら、野坂昭如氏のような「異議」申し立てもあった。私もこれまであの和解の部分を重視しながら「山椒魚の憂愁と絶望から諦念と和解への過程は、そのまま井伏鱒二における『幽閉』から『山椒魚』への道程に重なっている」（拙稿「井伏鱒二の〈方法〉」）という立場から、初期井伏鱒二論を組立てて来たので、今回の削除によって立論の根拠が大きく崩れたといえなくもない。この削除によって、山椒魚と蛙の意地の張り合いは、ほぼ永久に持続することになるはずで、その結果、作品もよりいっそうながい時間と深い絶望とを内包することになったわけである。ことほどさように、その生と文学を完結させていない作家の全体像を把握するのは、困難を伴う仕事だ。どのような作家でも、その作家が生きているかぎりは、作品も生きて動き続け生成の過程にあるといえるのかもしれない。

とりわけ井伏鱒二の場合、作品改訂にあらわれているようなねばり強い持続力（太宰治はそれを「不敗の因子」と呼んだ）は、ほとんどこの作家の本性なのである。その改訂癖も今に始まったことではない。「山椒魚」も原型の「幽閉」からの改作は別として、「文芸都市」初出（昭4・5）以来、戦前の四回を含め、今回の改訂まで少なくみつもっても大小七回にわたって斧鉞が加えられている勘定になる。作家自身つとに「私は自分の作品を読みなほしたり訂正してみたりすることが好きでもある」（『川』はしがき）とのべている。初期作品に関していえば、創作集『シグレ島叙景』（昭16）における改訂が最も大きい。その「跋」には次のようにある。

これ等は一度、十年前に「夜ふけと梅の花」といふ表題の短篇集その他にまとめたが、今回、私は再びこれを校正するに際し、殆ど全部の文字を書きなほしたい気持であつた。わざとらしい文章や、誇張にすぎた表現が随所にあつた。無理やり自分の表現をもちたいと焦燥した結果である。いま私は、それを恥づかしい行為であつたとは思はないが、その努力が局部的に片よつてゐたことは私の手落ちであつたと考へる。

戦後になってからは、筑摩版全集によって大きな改訂が行なわれたが、今回はそれを上まわる大改訂である。井伏鱒二の作品改訂は、加筆よりも削除の方向で行なわれて来た。特に戦後の改稿はその傾向が強い。いわば文学的贅肉を削ぎ落とす努力である。今回の「自選全集」の改訂も、表現のよりいっそうの正確さを期するとともに、「わざとらしい文章や、誇張にすぎた表現」を取り除くことに向けられている。新興芸術派のモダニストたちが、泡沫のごとく消え去った中で、その一隅にあった井伏鱒二は、こうした文学的精進によって生き残り、今日の高みに到達したのである。このたびの修訂で目立つことのひとつは、「！」のような感嘆符を含めて「のである」「のであつた」などの文末表現の削除・訂正である。いうまでもなく、日本語における文末のことばは、感情表出を左右することが多い。たとえば「のであつた」の削除によって、この断定的表現が含んでいる、ある種の詠嘆や情緒が除去されるのである。これはたぶん、「山椒魚」末尾の削除とも照応しているはずである。

ここで思い出されるのは、中学時代の井伏鱒二が「伊沢蘭軒」連載中の森鷗外に「悪戯」の手紙を送り、それが添削のうえ作中に取り入れられた有名なエピソードである。井伏鱒二は「テニヲハをちよつと変へ、語辞を入れかへるだけで、私の稚拙な文章が生れかはつて大人びてゐた。文章の秘密は怖しい。私は鷗外の大手腕に舌を巻いた」(「森鷗外に関する挿話」)と回想している。井伏鱒二のあくことなき作品改訂は、少年の日に鷗外から啓示された「文章の秘密」に関する教訓の実践であったともいえる。その結果、この作家の文体は、最終的に近作『鞆ノ津茶会記』(昭61)のあのそっけないまでに抑制された文体に到りつくのである。

「自選全集」の作品の選択もきびしい。きびしすぎるという評もあった。筑摩版全集のときも、惜しげもなく自作を切り捨てるのを、編集者が「国賊のようにいった」と笑っておられた。「自選全集」で採られている昭和十年以前の小説は、わずかに八篇である。たとえば「川」(昭7)などのような佳作が捨てられたのは、私などにはもったいない気がする。しかし、この作品の不自然に歪曲された風物の描写やわざともってまわった表現を、作者は忌避したのであろう。その意味で「自選全集」は、作品の改訂も選択もみごとに一貫した論理で行なわれていることを認めざるをえない。全文業のトータルな評価は、いずれ後世の「研究者」がするとして、作家自身としてはこれでよいのである。というよりは、むしろ表現者として稀にみる誠実な態度というべきであろう。私は井伏鱒二のそういう作家態度を支持したいと思う。もとより作家は「研究者」や「文学史家」のために書くのでも存在するのでもない。ただ、このようなヴァリアントは、かえって作家の創造的営為の秘密に迫る手がかりを与えてくれるだろう。

かつて河出書房新社の「日本文学全集・井伏鱒二」（昭45）の解説を書かせていただいたことがある。拙文を井伏さんにお送りしたことはないが、無名の私の文章がどこかで目にふれたらしく、編集者に解説の執筆者として、私の名をあげられたときいている。本が出たとき、編集者につれられて、初めて清水町のお宅に伺った。そのときの興奮と緊張が忘れられない。まず紅茶にどくどくと注がれるブランデーからはじまり、そのまま酒になって、やがて佳境に至ると「おい、これから○○《マルマル》方面に行くぞ」と奥様に声をかけられ、大久保の「くろがね」という店につれていって下さった。小説は体力だから、小説を書くときには肉を食べるのだといって、すき焼をご馳走していただいた。その折の話の飄逸な面白さ。以来、作品もさることながらその人柄に惚れ込んでしまった。文は人なりということを身をもって知らされたわけである。最近では、年に一、二度清水町のお宅か富士見の山荘に伺ってお話をきく。私が酒のみであることを知っておられて、いきなり酒から始まる。いつも私の方が先に酔ってしまって、貴重な話の大半を忘れてしまうのが情ない。その人柄に接するようになって、私はしだいに井伏鱒二論が書けなくなってしまった。自分の書くものがいかにも薄っぺらなものに思えて来るのだ。というよりも、井伏邸を訪ねたあとは、浄福とでもいいたいような豊かな気持に包まれて、論文や「研究」のようなさかしらは、どうでもいいような心境になる。これも現存作家を「研究」する難しさのひとつであろうか。

＊

井伏邸で聞いた話を一つだけしるして、このとりとめもない小文の結びとしよう。鷗外全集をくっていて、大正四年四月十二日の項に、「井伏太郎見むことを求む。井上円治をして応接せしむ。井伏は所謂真人道を唱ふるものなり」という記事が目についた。井伏という姓は、非常に珍しく、井伏の一族以外には四国にその姓を名のる者があるらしいということをご本人からきいていたので、ひょっとしたら血縁者ではないかと思って、清水町訪問の折（昭和六十年四月三十日）に尋ねてみた。やはり井伏太郎なる人物は、一族だった。以下はそのときの話（例によって酒が入っているので、記憶の怪しいところもある）——。井伏太郎の家は、以前井伏家から二、三丁のところにあり、粟根で井伏を名のる三軒の家のひとつであった。太郎は東京に出て、大逆事件に連座した。隣りの岡山県出身の森近運平の影響を受けたのかも知れない。事件後太郎は一種の宗教活動に入った。「真人道」がそれであろう。大逆事件関係者は、宗教に入ることでその罪を許されるということがあったらしい。宗教関係のパンフレットのようなものを出していた。（鷗外訪問の目的も、そのようなものに執筆を求めるためではなかったろうか。こうしてみると、井伏少年が鷗外に手紙を出す二年前に、すでに鷗外と井伏一族の接触があったことになる。）いちど井伏太郎の娘という人が、四国から荻窪の井伏家を訪ねて来たこともあったという。これはまた別の話だが、昔、太郎の父にあたる人宛の手紙が井伏家に誤配されて来て、井伏さんのおじいさんが開封したところ、おおっぴらにできない女性からの手紙だったので、おじいさんは驚いて、以後他人の手紙を開封することをしなかった。井伏さんの祖父民左衛門の風貌姿勢は、「書画骨董の災難」（昭8）その他に、親愛をこめて描かれているが、昭和四十七年七月加茂町粟根の井伏家を訪ねた折に、その裏の墓地で写した碑文を左に掲げておく。民左衛門の生前に刻まれた「小伝」である。

井伏民左衛門親賢本姓橘名書院日末雲号詮山又譫語天保十四年六月十八日生於備後粟根与村政三十又余年頗輿望及老辞之郷人惜之農耕之旁盛営牧畜性風流温籍愛翫書画骨董多蒐集古泉珍奇恬淡虚懐不知老今茲丁亡妻三回忌辰使余記小伝於墓所謂寿碑之意也

明治四十三年六月

稲田斌撰幷書

〈追記〉

明治三十七年九月二十四日付読売新聞の「新著梗概」欄には「苦学の伴侶（井伏太郎編）」なるものが紹介されており、「当代名家の苦学奨励談を募集したるもの蓋し学生頂門の一砭たり（定価三十銭、有隣堂）」とある。早稲田大学図書館所蔵のものによれば、編輯「苦学社代表者井伏太郎」、発行は明治三十七年四月二十八日「日高有隣堂」となっている。寄稿者には内村鑑三、坪内雄蔵などともに幸徳秋水の名が見える。いうまでもなく井伏太郎が大逆事件にかかわる以前のことである。

（「現点」7、昭62・5）

「井伏鱒二全集」編纂にあたって

「山椒魚は悲しんだ」と書きはじめられる井伏鱒二の名作「山椒魚」(昭4)は誰でも知っているだろうが、早稲田出身者なら大学時代の亡友青木南八への追懐の情を一尾の鯉に結晶させた「鯉」(昭3)や大正期の教室風景を描いた「休憩時間」(昭5)などに、古きよき時代の早稲田の青春をしのんだことのある人も少なくないはずである。戦後の作品では学生時代に吉田絃二郎先生に提出すべきレポートの代りに、長兄へ金を無心する手紙を出してしまった失敗談にからめて、女子美術の生徒へのほろ苦い恋愛を書いた「無心状」(昭36)の飄逸味を愛する人もいるかもしれない。

井伏鱒二は「早稲田の文科を出さへすれば小説家になれると教えられ」(「郷里風土記」)て、大正六年に早稲田に入学し、大正十一年に余儀ない事情で退学するが、その後も昭和二年に荻窪に移るまで早稲田周辺の下宿を転々としながら、苦節の習作時代を過すのである。後年「私は青春時代の十年間、この界隈の町に縁があつた。云ひなほせば私は青春といふ青春をこの辺のどぶのなかに棄ててしまつた」(「牛込鶴巻町」)と回顧しているように、井伏氏は終生早稲田をなつかしみ、くりかえしその思い出を書いている。のちに早稲田大学が、この中退したもと学生に第一回早稲田大学芸術功労者賞を贈ることになるのは周知のとおりである。

その井伏鱒二が九十五歳の天寿を全うしてから三年半がたとうとしている。この十一月からその全著作を収めたはじめての本格的全集（全二十八巻別巻二）が、筑摩書房から出るはこびとなった。縁あって私はその仕事のお手伝いをすることになったので、新全集の内容を校友のみなさんにも紹介しておきたい。井伏鱒二は生前二つの「全集」を出している。昭和三十九年から四十年にかけて出た筑摩書房版全十二巻（のち二巻増補）と、米寿を記念して新潮社から刊行された「自選全集」（全十二巻補巻二）である。人一倍自作にきびしい人だったから、いずれも作品は作家自身によって厳選され、しかもそのほとんどに斧鉞が加えられたもので、二つとも実質的には「選集」だった。特に「自選全集」では、「山椒魚」の末尾における山椒魚と蛙の和解の部分が、五十六年ぶりにばっさりと削除されて論議を呼んだのは記憶に新しい。いかに自作とはいえもはや国民的文学ともなっているものに、半世紀もたってから大改訂を加えるとはという批判がある一方で、老作家の作品に対する執念が読者にある感銘も与えたのだった。

ところで、翻訳の一部をのぞき活字になった全著作を収めることをめざして編まれた今回の全集の収録作品は、篇数にして二千二百余篇、そのうち五割以上が初出以来著作集に一度も入れられたことのないものである。原稿枚数にして三万三千余枚。これが九十歳まで現役であり続けた作家の全文業である。没後わずか三年にしてこれほどの数の作品を蒐集しえたのは、作者を敬慕する多くの研究者や篤実な編集者の長い間の調査・蓄積があったからである。たとえば、最初の全集の担当であった編集者の故瀬尾政記氏（早大文学部中退）は、著者にみせるのを楽しみにひそかに作品の初出を集め続けて「井伏鱒二著作目録稿」（昭63）を残して五十二歳で作家自身より先に逝った。

新全集では、長い間読者の目にふれることのなかった多くの重要な作品を読むことができる。第一巻巻頭を飾るのは、単行本未収録の習作「幽閉」(大12)である。「山椒魚」の原型であるこの作品は、大正十二年七月、早大仏文関係者を中心に創刊された稀覯の同人誌「世紀」に載ったものだ。井伏文学における随筆は小説に匹敵する重要性をもつが、今回発掘されたものでも、特に随筆に逸品が多い。変ったところでは、大正十年早稲田が全国で初めて七人の女子聴講生を受け入れたときの一波紋を描いた「あのころ」(昭14)のような初収録の小説もある。

なお、無名時代の井伏鱒二が訳したズーデルマンの『父の罪』(大13・聚芳閣)は現在古書価数十万ともいわれているが、これも収める予定である。どんな作家でも断簡零墨まで集めた全集が必要とはいえないが、井伏鱒二は完全な全集を出すに値する数少ない作家の一人だと思う。一行読んだだけでそれとわかる個性的な格調ある文体をもった文人は、井伏鱒二をもって最後とする。

今度の全集編纂にあたっての最大の難題は、本文(テキスト)の確定であった。「推敲の魔術」(亀井勝一郎)と呼ばれるほど、名だたる改稿癖の持主で、極端にいえば本に入れるたびに作品に手を加えつづけたこの作家の場合、作品によっては夥しいヴァリアント(異本)が存在するわけで、どのテキストを底本にするかが重大な問題になって来る。早い話が「山椒魚」には厳密にいえば七十冊近い異本がある。そこで熟慮の末、単行本未収録のもの以外は当該作品が最初に収められた単行本を底本にすることにした。つまりその作品の執筆・発表にいちばん近い時点で作者の修訂が加えられたものをテキストにすることで、作品生成の原点にできるだけ接近しうるよう配慮したわけである。したがって「山椒魚」については、筑摩版旧全集本でも、大改訂が加えられた「自選全集」本でもなく、第一創作集『夜ふけと梅の花』（昭5）所収の本文が採られることになったが、「自選全集」版「山椒魚」のように大きな異同のある本文は、異文・別稿として別巻参考篇に収めるという処置をとった。かくして、井伏鱒二は、言葉の正確な意味で今はじめてその作家的全貌を、われわれの前にあらわそうとしているのだといっても過言ではない。ちなみに全集本の函を飾る装画は、各巻ごとに作者の描いた絵や皿絵を用いた贅沢なもので、さながら「井伏美術館」（三浦哲郎氏）のていをなしている。

今回の全集が作者を敬愛する多くの人々の協力によって推進されていることは先述したが、このたびお願いした六人の監修者の中に、早稲田の学生時代から井伏鱒二に師事してその才能を愛された小沼丹氏と三浦哲郎氏が加わって下さった。特に三浦氏はわざわざ八ヶ岳山麓の仕事場から編集会議に毎回出席して、適切な助言を惜しまれなかった。生前の井伏氏は自分の没後の全集について「小沼と三浦といりゃ大丈夫だ」といっておられたそうだから、きっとよろこんで下さっているだろう。

私自身は、高等学院の教師であった昭和四十五年春に、望外にも著者の指名で解説を書いた河出書房版「日本文学全集・井伏鱒二篇」をもって、編集者とともに清水町のお宅に伺って以来、信濃境の山荘にまでお邪魔して坐談の名手の滋味あふれる話をしばしば拝聴するという至福を与えられた。早稲田の後輩ということで、無名の私にも目をかけて下さったのだと思う。この全集配本中に井伏鱒二生誕百年がやって来る。たまたまこの時に生きあわせて、早稲田が生んだこの比類のない作家の全文業を集成する仕事に携わることができる僥倖を、緊張しつつもかみしめている。

（「早稲田学報」平8・11）

全集の至福——編集を終えて

ようやく最終巻となった。全集の編纂に参加することになって、井伏鱒二の鬱然たることばの森をさまよいはじめたころには、この仕事に完結という日が来るだろうかと途方に暮れたこともあった。もとよりこの種の事業に真の意味での「完結」などあろうはずはないが、一応全三十巻が（たぶん大方の予想をうらぎって）ほぼ予定どおりに刊行されたので、若干の感想をしるしておきたい。

「全集」とは何か、なぜあえて全集なのかについては議論の余地があるが、この全集では翻訳の一部をのぞいて、井伏鱒二が発表したすべての作品の収録をめざした。どんなにささいな文章も味読に値し、それらの総体で評価されるべき作家だと判断したからである。それにしても、六十年余にわたって活動して来た作家の全業を、没後わずか三年ばかりで集成するのは並大抵のことではない。それでも何とか刊行にこぎつけたのは、井伏文学を愛する篤実な研究者・編集者の蓄積があったからである。刊行開始後も、多くの方々から好意ある教示をうけた。これも作者の徳に帰すべきであろうが、ありがたかった。今のところ収録作品は二千二百余編。筑摩版旧全集（増補版）の収録は四百五十九編だから、単純に編数だけを比較すれば五倍に近い。原稿枚数にして約三万三千枚。旧全集の約一万三千枚に比べると、二・五倍ということになる。もちろん、遺漏も少なくないだろう。当該巻刊行後も続々と逸文が出て来ていて、今回の「補遺」に収めえたものだけでも七十編をこえている。

一例をあげると、「別巻二」入稿間際になって、長兄文夫編集の雑誌「郷土」の大正十二年一月から五月にかけての詩欄に、「土井浦二」の名で詩四編が掲載されているのが確認された。そのうちの二編はのちの「つくだ煮の小魚」と「紙凧のうた」の原初型である。「別巻一」では、慎重に「土井浦二名義『郷土』掲載作品」として収めたが、これはもう井伏作品と断定してもさしつかえあるまい。井伏文学の出発期を知る上でも重大な発見であった。今後も逸文は出て来るだろうから、「別巻二」解題に記したような事情で収録できなかった諸文を含めて、近い将来補巻が出されなければならない。なお「別巻一」に、井伏文学の二つの源泉ともいうべき井伏素老詩文と青木南八遺文を収めえたのは、編者一同のひそかなよろこびである。

次にテキスト（底本）をどうするかが、恐るべき改稿癖をもって知られる井伏鱒二に固有の難題だが、今回は単行本未収録以外の作品については原則として初収刊本を底本とした。生前の筑摩版全集や新潮版自選全集では、作品選定はもとより、本文に関しても著者の意志が反映されている。したがって、このたびの全集は、はじめて著者以外のものの手で底本が選ばれ、かつ厳密なテキスト・クリティクが加えられたもので、正確な意味ですべての本文が、旧来の全集・単行本のそれとは異るものであることを確認しておきたい。

本文校訂については、凡例にのべたように「明らかな誤記・誤植は訂正」するとともに、「底本を尊重し、著者の使い癖と思われる表記はそのまま」とする方針に従ったことはいうまでもないが、これがまたいうは易く行うは難い。何をもって「誤記」とし「誤植」とするか。どこまでを「使い癖」

と判定するか。それはおのずから井伏語彙のようなものを追尋していくことにもなり、そのなかであらためて父祖相伝の漢学をも含む作者の教養の奥深い背景に思い至るということもしばしばあった。できるだけ「底本を尊重」するように努めたつもりだが、編者として神をも恐れぬ行為が皆無であったとはいいきれない。

校異については、初出と底本の間の異同にとどめた。早稲田の若い仲間の助力をえたとはいえ、それを調査し記述する作業は難渋したが、井伏鱒二の文体錬磨の工房をかいまみるような感銘も与えられた。特にこの作家の場合、初収刊本以降の異同も明らかにしておきたいところだが、これは今後に俟ちたい。

著者没後日の浅いこともあって、未発表の草稿や日記・書簡類の収録は見合わせた。やがて、それらを集めた補巻が企てられるだろう。また井伏鱒二は滋味あふれる書や絵画作品も多く残している。『井伏鱒二書画集』のようなものを編んでみたいと夢想している。「別巻二」には標題索引を付したが、作家は人物の風貌姿勢を描く名手であったから、人名索引も作ってみたいものだ。

このたびの全集編集を通して、何よりも幸いだったのは、著作権者である節代夫人が、終始あたたかく寛大な理解を示されたことである。監修者の方々にもお世話になった。なかでも門下の末弟を自認される三浦哲郎氏のご支援が忘れがたい。心残りは全集刊行をよろこんで下さっていた小沼丹氏が、刊行開始直前に長逝されたことである。またこの全集を順調に刊行できたのは、経験豊かな編集者中澤新吾・面谷哲郎両氏の力が大きかった。非力な私一己としては、優れた井伏研究者である寺横武夫・前田貞昭という同志に恵まれたことも含めて、この全集の完成は、いくつもの僥倖に助けられたという思いを禁じえない。辛苦もなくはなかったが、ながく敬愛して来た著者と、じかに向かいあい続けた至福の五年間であった。

（「井伏鱒二全集」別巻二 月報、平12・3）

井伏鱒二書簡集という夢

幻の資料などということばもあるが、どんなものでも出て来るときは出て来るものだと感じたのは、平成五年秋、岡山の吉備路文学館の井伏鱒二展で、少年時のスケッチ画の前に立ったときだった。中学卒業後、画家をこころざして写生旅行に出たことは、「雞肋集」その他で繰り返し語られている。その時期の写生画帳がきわめて保存のいいかたちで出現し、いま眼前にあるのをみて身うちが震えるような感動をおぼえた。全集編纂中から企画されていた井伏鱒二画集も、藤谷千恵子さんの尽力によって、近く筑摩書房から出ることになっている。刊行が待ち遠しい。

井伏全集編纂の手伝いをしているときにも、思わず眼を疑うような資料に何度も出会ったが、なかでも驚いたのは、全集配本がはじまったばかりの段階で、山崎一穎氏の手によって東大の鷗外文庫の中から、中学生井伏満寿二の鷗外宛書簡が発見されたときだった。「伊沢蘭軒」連載中の鷗外に朽木三助の変名で書簡を送ったことは「森鷗外氏に詫びる件」(昭6・7)によって明らかにされ、「伊沢蘭軒」に鷗外の手が加えられたその文が引用されていることもよく知られている。今回のものは、その朽木三助が逝去したという「虚報」を書きおくったものであった。早速月報4で紹介してもらったが、この書簡は今日確認できる最も古い肉筆の井伏文であり井伏書簡である。行文・筆跡ともにとても中学生のものとは思えない。井伏さん健在であったら、どういう感想をもらされたろうか。

筑摩書房版全集は、生前に「発表された全ての作品を収録する」という方針で始めたので、活字になっていない草稿・日記・書簡の類は除外した。書簡集のことも一応話題にはしたものの、歿後間もないということもあり、関係者のプライバシイなどの問題もあって、厖大な量になるであろう書簡を短期間に蒐集するのは困難だと判断し、将来を期すことにして断念した。しかし、太宰治宛のものなどすでに活字化されている書簡をみても、滋味あふれる魅力的な手紙の書き手なので、書簡集を作ってみたいというのが私の夢だ。しかし、独力では限界がある。現在すでに、山梨県立文学館をはじめ、ふくやま文学館、神奈川近代文学館などいくつかの公共機関をはじめ、個人所蔵のものの所在もあるていどは知られている。古書目録等でも見かけるようになったが、個人所蔵のものを蒐集するには、どのような方法をとればいいのか見当がつかない。まず所蔵者ないしは所蔵の可能性の高い個人のリストを作る必要がある。コピーを含めて少しずつ集めていくしかないが、公開を原則に山梨県立文学館のようなところが中心になって推進していってくれることを望みたい。

それはともかく、まず隗より始めよう。私自身も何通かいただいているので、最初に頂戴したものをこの誌面を借りて紹介しておく。(かつて、井伏節代夫人のお許しをえて、早稲田大学図書館の井伏展に出したものである。)

昭和四十五年五月七日付のもので、時に井伏鱒二七十二歳。

拝復

先日は失礼しました。「文学入門」という文章拝見しました。相当以上に讃めすぎてあるので汗顔です。とにかくお手数をかけて恐縮です。

さて仰せの件について

一、早稲田入学以前に習作したことはありません。画家になるつもりでしたからスケッチだけはたくさんしました。

二、鷗外は早稲田に入つてから読みました。尤も新聞連載の伊澤蘭軒伝は中学時代に読みました。蘭軒は郷党の憎まれ児であつたので、そんなことから読んだやうな次第です。

正宗白鳥のものは雑誌に出てゐるものはたいてい読みました。正宗さんの見方でものを見るやうにしたいつもりでした。しかし、小説は正宗さんのものより鷗外のものが好きでした。どちらも文章がうまくて大したものだと思ひます。柳田さんのものは戦後になつてから読みました。

三、プロレタリア文学よりもプロレタリア文学運動といふ流行運動に影響されました。学生時代からの友人はみんな左傾するし自分は独りぼつちになるやら何やらで散々でした。あのころゴルキーやチエホフを読んでゐました。

四、庶民的な題材のものは書きいいやうな気がするためです。貴族社会のことを知らないためもあるのです。身近なことに興味をもつせゐもあると思ひます。

以上

いづれそのうちお目にかかつて。　不一

井伏鱒二

東郷克美様

四百字原稿用紙二枚に一枡ごとに筆でほとんど消しもなく几帳面に書かれている。白面の一書生のぶしつけな質問によくぞていねいに答えて下さったものだと思う。書簡中の「文学入門」というのは、河出書房版「井伏鱒二〈日本文学全集24〉」（昭45・4）に書いた拙文で、今となってはそれこそ「汗顔」ものである。どこかで私の書いた井伏作品についての文章を目にされて、この者に書かせてほしいと、三十すぎたばかりの無名の高校教師であった私の名を、編集者にあげられたと聞いている。（井伏さんに有名・無名の区別はなかった。たとえば中込重春のように、むしろ無名の市井人をこそ好まれた。）手紙の内容は、井伏鱒二の読者なら、よく知られたことで、特に目新しいことはないといえばいえるが、「プロレタリア文学よりもプロレタリア文学運動といふ流行運動に影響されました」といういい廻しなどはいかにも井伏風ではないか。「柳田さん」は柳田国男のことで、井伏鱒二がいつごろから柳田を読みはじめたかを知りたくて質問したのであった。そのころの私は井伏鱒二の庶民と柳田の常民に通底しているところがあるのではないかと考えて「井伏鱒二の庶民的思想」などという論文のようなものを書いたりしていたのである。

河出の本が出来あがったとき、編集者の青木健氏に伴われて初めて清水町のお宅に伺った。同じ本に「作家の横顔」を書いておられる田代継男もいっしょだった。早速本に署名し、下手な字を印でごまかすのだと冗談をいいながら、鱒二という卵形の大き目の印をおして下さった。うれしかった。例によって紅茶にどくどくと注がれるブランデーからはじまってやがて酒になったが、宴たけなわになると、夫人に「おい、これから○○《マルマル》方面に出かけるよ」といわれ、雨の中を開店して日の浅い大久保の「くろがね」につれていっていただき、すきやきをご馳走になった。小説は体力だから、小説を書くときには肉をくうのだといわれた。それから、梶井基次郎の文章をしきりに褒められたこと、作品を書きかけて休むときには、ひと区切りついたところで止めるのではなくて、次の話の書き出しのところを書いておくとよいとか、朝書き始めるときには、筆ならしに手紙の返事を書くと語られたことなどが記憶に残っている。

浅見淵氏のパーティで紹介されてちょっとご挨拶したことはあったが、その日がほとんど初対面で緊張しつつも座談の面白さに引き込まれているうちに、聞いてみたいと心づもりにしていたことを聞けないままでしたたかに酔ってしまったので、後日まことに失礼ながら、質問事項を箇条書きにした書状をお送りしたのに対する返事が、右の書簡である。

昨年の暮は、面谷哲郎・中澤新吾両氏と三人で久々に「くろがね」で浅酌の会をした。ご両所ともすでに筑摩書房を定年退職しているが、井伏全集の担当者である。寺横武夫・前田貞昭というすぐれた井伏研究者の存在もさることながら、この二人の老練の編集者とのチームワークがなかったら、あの全集は予定通りに完結しなかったろう。優秀なヴェテラン編集者というものの底力を感じさせられることがしばしばだった。全集が終わるころには、二人とも生はんかな研究者など及ばないような、井伏についての知見を備えるにいたっていたのである。大久保の夜は、仕事のことをはなれて、あれこれ話がはずんで久しぶりに楽しかったが、ともすればやはり全集のことに話題がもどっていきがちであった。「くろがね」の夜更けのカウンターでよく見かけた小沼丹さんも、もうおられない。

〈追記〉

余白を与えられたので、全集編纂後の経過二、三をつけ加えておきたい。予想していたとおりに、逸文はいろいろ出てきているが、今のところ大物はないように思う。所在はわかっていながら雑誌所蔵者の許可が得られずに（こんなこともあるのだということを知ったのも全集編纂の貴重な経験だった。それに比べれば、遺族としてはさまざまな思いがあられたはずなのに、最終的に一切を編集委員にゆだねられた著作権者節代夫人の決断はみごとだった。）収録をあきらめた諸文をはじめ、草稿類なども含めていずれ補遺集が作られねばならない。お気づきのことはどんな小さなことでもご教示いただきたいが、私としては編集委員中、もっとも電子機器に強く、かつ前途春秋に富む前田貞昭氏が情報を集約してくれることを望んでいる。山梨県立文学館が収蔵原稿の翻刻校異につとめてくれているほか、ふくやま文学館が所蔵資料の影印紹介を始めていることもありがたい。

全集編纂中に蒐集使用した初出誌紙のコピーをはじめすべての資料は、筑摩書房の好意によって早稲田大学図書館に収められた。資料の分散はできるだけ避けたいので、井伏資料収蔵関係機関の連絡網のようなものもほしい。全集の校異調査という気骨の折れる仕事に当たってくれた早稲田大学の院生・卒業生を中心に、井伏鱒二全集人名索引・引用作品名索引を作っている。コンピュータ時代とはいえ、予想以上に面倒な仕事だったが、作業は終盤に近づきつつある。何らかのかたちで公刊し、読者・研究者の利用に供することをめざしたい（平成十五年三月、双文社出版から刊行）。

（「資料と研究」7、平14・1）

二つの生涯

井伏鱒二氏がなくなった。九十五歳。門下の太宰治が四十歳にみたずして不自然な死をとげたとき、氏はちょうど五十歳だった。それからさらに四十五年を生きたことになる。文壇生活にかぎっていえば、それ以前の二十年の倍以上の歳月をつねに現役として通し、数々の名作・大作を残して逝った。私一己としても三十年来愛読し、敬慕し続けた辱知の作家の長逝を目のあたりにして、強い衝撃とともに、森厳とでもいうべき一種の感銘を禁じえなかった。一方、太宰治が健在なら、今年八十五歳になるはずである。老いたロマン主義者は例外なく醜いといったのは誰であったか。八十歳をすぎた太宰治など想像もできない。彼が不惑の前に自裁したのはその点でも意味深い。

太宰治が死んだとき、井伏鱒二は「太宰君の家出は意外であった。私は衝撃を受けた」(「太宰治のこと」昭23・8)と、珍しく強い調子でその驚きを語った。若き日の井伏鱒二にも破滅やデカダンスへの傾斜がなかったわけではない。その影は『夜ふけと梅の花』一巻にも落ちているはずである。しかし、「山椒魚」における絶望から諦念へのプロセスが象徴しているように、井伏鱒二の文学的精進は、ある極限的状況の中でいかに破滅することなく、自己を保持するかに向けられていたともいえよう。それに対して、自己の感受性や内的真実に忠実であるためには死も辞さない太宰治の生き方は、結果として、井伏鱒二の冷静な観察者的生活態度にとって、ひとつの批判になっていたかもしれない。だとすれば、太宰治の不自然な死は、単なる不肖の弟子の死にとどまるものではなかったはずである。

私は太宰君の作品が好きである。それにも増して太宰君の人柄が好きであつた。（中略）太宰君は四十歳で自分の生涯を閉ぢた。それが惜しい。五十になつても六十になつても小説は書ける筈だ。一時的に行きづまりのときがあつても恥かしくない筈だ。書くために生きると太宰君は断言したことがある。小説は、どんなにいい小説でも百点満点といふことはあり得ない。それなのに、小説のために生きるといふ人間が自殺するとは生意気である。

（「おしい人　太宰君のこと」昭23・8）

やりどころのない痛惜の気持を抑えかねたような文章であるが、ここにも井伏鱒二の作家的姿勢がよく表れている。同じころに書かれた「婦人客」（昭23・10）という作品がある。太宰治の死にかこつけて保険の勧誘に来た女の話だが、「万一のとき」にとすすめる女客に対して、井伏鱒二は「いや、僕はまだ生きます。もし人が駄目だと云つても、仕切りなほして、まだ生きるつもりです」と、腹立たしさをこらえて決然たる調子で断言する。太宰治の死が井伏自身にとっても切実な問題であったことを端的に物語るものだろう。

ところで、今日みることのできる井伏鱒二の太宰治宛書簡は、「虚構の春」に引用された三通をふくめて五通ある。その中で井伏鱒二が、この文字どおりの不肖の弟子に与え続けている懇切な忠告は、生活と文学の調和を保って強く生きよというに尽きる。ことの是非はともかくとしても、井伏鱒二という「後見人」がなかったら、今日の太宰文学、わけても中期以降の豊かな稔りはなかったということだけは確実である。まことに昭和文壇史にも例をみない師弟の関係であった。

もとより、単に長寿のみが尊いわけではない。このたび求められて書いた井伏鱒二追悼の文章の中で、私は「この長命は井伏鱒二の場合特別の意味を持っている。それは何よりもその文学姿勢そのものにかかわっているからだ」（「文体は人の歩き癖に似てゐる」「海燕」平5・9）とのべた。ところが同月の別の雑誌で愛弟子の三浦哲郎氏は「長寿の哀しみ」（「新潮」平5・9）という文章を書き、作家として言葉を失った最晩年の師の「哀しみにあふれた、痛々しいお姿」を痛切に描いている。私などの傍観者的観念論とちがって、三浦氏の文章は、長年師事し、しかも同じ作家であるだけに、思わず襟をたださしめるようなものをもっていた。また、三浦氏は「先生の遺訓」（「文学界」平5・9）と題された高井有一氏との追悼対談の中で、初めは太宰治を愛読したが、太宰のように自滅した兄姉たちをもつ氏は、井伏文学にふれるに及んで、太宰治とは反対の立場に立ち「石にかじりついても、どんなに哀れなことになっても生きていなくちゃいけない」と思うようになったと語っている。死の誘惑に耐えて生きぬくことは、三浦文学の根本的なモティーフだが、ここに三人の師弟の内面のドラマが期せずしてうかびあがる。

太宰治と井伏鱒二の間には、戦後になって一種の感情的な齟齬が生じていたことも事実のようである。井伏鱒二は「ことに最近に至つて、或は旧知の煩らはしさといふやうなものを、彼に感じさせてゐたかもわからない」（前掲「太宰治のこと」）とのべている。太田静子や山崎富栄との関わりが生じたりして生活を乱していた太宰治にしてみれば、誓約書まで入れてした美知子夫人との結婚の媒酌人であり、また家庭を破壊することなど決してない生活者井伏鱒二が、しだいに恐ろしくも疎ましくもある存在になっていったことは想像できる。それがあの「井伏さんは悪人です」という不可解なことばの出て来た所以でもあろう。このことばは太宰の真意とは別に、多くは皮相なレベルで取沙汰されて来たが、不安や苦悩を内に秘めながら、決して弱音をはかず、自己とそれをとりまく世界を深く見据えることで、己れを生かしていく「不敗」の人が、太宰治のような人間から見て、「悪人」と感じられる瞬間があっても不思議ではない。そのことについて川村二郎氏は、追悼文「花の雲」(「海燕」平5・9)の中で、「何の悪意もなしに、ただ見ているのだが、見る力があまりにも強いために、人が見せたくないと思っている所まで、全部見えてしまう。そういう眼の持主こそが、悪人の称号を受ける資格があるような気がする」といっている。それにふれて三浦氏は前記の対談で「弟子というのは、何かこう、悲しかったんじゃないですか」というい方をしていた。また、井伏鱒二をよく知る河盛好蔵氏は、「山路こえて ひとりゆけど」(「新潮」平5・9)という文章の中でこういう。

太宰君の葬儀のとき、井伏さんが烈しく慟哭したのを私はこの目で眺めているが、晩年の太宰君を井伏さんは弟子というよりも親愛なライヴァルとして見ていたような気がする。「ヴィヨンの妻」が発表されたとき、「僕は太宰に抜かれたと思った」と言われたことを私はよく覚えている。井伏さんが同時代の作家で心から敬服し、尊敬していたのは志賀直哉先生であった。それだけに太宰君が「如是我聞」で志賀先生に毒づいていた時は、本当に気にして、腹を立てていた。

太宰治の志賀批判は戦前からあったのだが、戦後の太宰・井伏の齟齬ないしは「悪人」説の背後にあるものは、「如是我聞」で展開されることになる志賀直哉批判――いわば日本的父性へのなりふりかまわぬ、しかしどこか甘えを含んだプロテストと通底するところがあるのではないかというのが私の意見である。つとに寺田透氏が「太宰の死後の作品が特に凄い」(「最近の井伏氏」昭28・12)といったように、井伏鱒二にしても、この弟子の死に衝撃を受けながら、それを冷静に見つめ、その死屍をのりこえることで、自己に固有の方法・姿勢を一層確かなものにしていったところがあるはずで、「遙拝隊長」から「黒い雨」に至る作品の凄さは、太宰治の死とまったく無関係とはいえまい。

昭和二十三年五月の「新生」には、杉浦明平氏の「太宰治氏へ」という公開書簡がのっている。その中で杉浦氏は「井伏先生と貴下とをぼんやり思い較べているうち、どうしてかしら、柳田国男先生と折口信夫の関係に比例してるような気がして来た」として、柳田は滅びつつある常民を愛しているが、折口は人間を憎み、その絶滅さえ願っているとのべている。両者の関係を柳田・折口のそれになぞらえたのはいいえて妙、さすがは「庶民文学の系譜――井伏鱒二について」(昭24・2)の筆者の炯眼だが、続いて杉浦氏は次のようにも書いている。

井伏先生は「佗助」以下きわだってヒューマニスチックな色合いを濃くしみ出させ、「橋本屋」のあわれな家族など、亡びゆく以外にないことを見透しながらいたわっているのに、貴下はエピキュリアンだから井伏先生の小説には、心からの悪党が出て来られないのに、貴下は自分(たとえば女生徒)のほかは、或は自分も含めて、みんないやな自嘲の色でぬりまくる。

この文章は当然太宰治の目にもふれたはずだが、彼にはもはや返答の余裕もなかったのであろう。死を目前にした彼が、井伏作品には「心からの悪党が出て来」ないという、この手紙をどんな思いで読んだだろうか。

昨年八月十四日は井伏家の初盆にあたっていたので、せめて焼香でもさせていただこうと思いたって久しぶりに荻窪のお宅を訪ねた。たまたま三浦哲郎氏も来ておられ、二人で退院後間もない夫人から故人の晩年のことなど伺った。そのとき故人が線香の匂いやお経が嫌いであったことなどもきいたが、その中でもっとも印象深かったのは、すっかり寡黙の人となられた最晩年の故人の口癖は「要するに……（沈黙）」ということばと、ややあって「……しようがないな」の二つだったというお話であった。終生ことばを求め、ことばを磨き続けた文人の最後の姿としていかにも象徴的だと思われて、胸をつかれた。かくして、太宰治をもっともよく知る人であった井伏鱒二氏は、愛弟子への愛惜のことばをあつめた『太宰治』一巻を残して逝った。泉下の太宰治こそもって冥すべきであろう。

井伏氏の訃報を聞いてからしばらくして、八王子の街で太田治子さんを囲む小さな集まりに誘われて出た。太田さんとは彼女が中学生の時分にふとしたことから今は亡き静子さんとともに目黒のアパートであって以来、三十年ぶりの再会であった。結婚するのが夢だとくりかえし書いていた人だが、今や愛娘万里子さんといっしょに母親ぶりも板についた彼女を三十年前の母子像に重ねて眺めながら、私は深い感慨にとらわれた。かつてあったはずの親たちの生々しい劇も、すべて時間が浄化していく。確かにひとつの時代が終わった。太宰治研究もこれから新しい段階を迎えるだろう。そして、井伏鱒二研究もまた。

（『太宰治事典』平6・5）

太宰治と井伏鱒二

井伏鱒二に「点滴」（昭24）という随筆がある。甲府に疎開中、太宰治と思われる「友人」と水の「したたりの音」の好みについて無言のうちに対立する話で、太宰が「ちやぽ、ちやぽ……」と一分間に四十滴ぐらいの雫が垂れるのを好んだのに対し、井伏は「ちよツぽん、ちよツぽん……」と一分間に十五滴ぐらいを理想としたというのである。太宰は「生くることにも心せき、感ずることも急がるる」という言葉通りに生き、そして破滅していったが、井伏はむしろ、書くことによってつねに平常心を保ち続けて来た、生き方の達人である。たとえば、昭和五年に上京した太宰は、まず「一種の慈善運動に引き入れる目的」で井伏を訪ねて来たが、井伏は二年の間に逆に「彼を転向させてしまった」（「太宰君」昭11）という。昭和五年の井伏は、三十二歳にしてようやく第一創作集『夜ふけと梅の花』を出したばかりで、それまでにながく苦しい習作時代を経て来ていた。昭和二年には、彼の属していた同人誌「陣痛時代」の同人が彼をのぞいて全員プロレタリア文学運動に加わり、彼だけが孤立するという苦境にも立ったが、何とか「左傾することなしに作家としての道をつけたい」（「雞肋集」）と願って、ながい間の不遇に耐え、自己の資質が認められるのを辛抱強く待ったのである。大正末期から昭和初期にかけての井伏の中にも、太宰におけるような虚無と破滅への傾斜がなかったとはいえまい。『夜ふけと梅の花』一巻を蔽う濃い憂愁の色がそれを示している。ある意味で、井伏の文学的刻苦は、太宰が過剰な自意識と感受性によって陥ったような生の悪循環を断ち切ることに向けられていたといえるかもしれない。それは、庶民の倫理に身をよせ、歴史と自然のサイクルに受身的に同化することで自己を生かそうとする努力であった。

昭和十一年のパビナール中毒事件や十四年の再婚に際して、苦労人の井伏が太宰の生活再建のために温情のこもった助力を惜しまなかったことはよく知られている。太宰の中期以降の文学的豊饒は生活者井伏の温かい配慮なしには実現しなかったであろう。しかし、所詮はまったく異なる資質をもった師弟であった。とりわけ、敗戦前後の両者は、太宰の多産、井伏の沈黙とまことに対照的である。太宰は、十九年、二十年という戦争末期の文学史的空白の時代に、「津軽」「新釈諸国噺」「お伽草紙」など多くのすぐれた作品を残した点で記憶されるべきだ。この時期の太宰の特色は、自己を生み育ててくれたものとしての故郷や民衆的伝統への回帰志向であるといえる。敗戦後も故郷にあって、いちはやく「パンドラの匣」で出発するが、特にその「便乗思想」批判など戦後社会に対する否定的言辞は激越をきわめる。「冬の花火」「春の枯葉」「斜陽」と、太宰はいらだたしげに「戦後の絶望」（井伏宛書簡）を語った。彼が絶望したのは中央ジャーナリズムだけではなかった。一年余の疎開生活で彼は故郷の津軽にも幻滅する。「津軽」（昭19）におけるあの「甘い放心の憩ひ」とは裏腹に、疎開者の太宰が現実の津軽人にみたのは「欲」と「嘘」でかためられたエゴイズムであった。かくして、故郷にかけた「桃源」の夢は無残に打ち砕かれ、太宰は自己の根所をこの地上のどこにも見出すことができなくなった。「落ちるところまで、落ちて行」（「冬の花火」）くべく上京した彼は、「人間失格」への急坂を一気にかけくだることになる。ここに、土と民衆に根ざしている井伏との決定的な違いがあった。

正確な月日は不明だが、終戦直後と推定される太宰の井伏宛書簡によれば、戦後の井伏は、この愛弟子に対し、努めて「沈黙」して「心境澄む」のを待つようにという意味のことを書きおくっていることがわかる。しかし、太宰は師の教訓に忠実であることはできなかったわけである。一方、井伏は敗戦前後の二年間をほとんど沈黙して過ごす。彼は十九年五月、甲府に疎開し、さらに二十年七月には広島県深安郡加茂村の生家に再疎開して敗戦を迎え、引続き二十二年七月まで滞在した。疎開は太宰より一年早く、東京転入は八か月おそい。これも井伏らしい。この間、十九年と二十年には作品らしい作品がない。のちに井伏は「敗戦の年――昭和二十年には私は五枚の随筆を一つ発表しただけで、但し日記だけは殆んど毎日つけてゐた。その頃、自分の貧弱な空想でまとめた物語などよりも、庶民の一人として経験する実際の記録の方が、文字として幾らか価値があると思つてゐたからである」(「佗助」後記)とのべている。太宰が戦後社会に向かって憤死同然のかたちで死んだのに対し、井伏は「庶民の一人」として故郷の生活にとけこみ、未曾有の混乱に際しても、「沈黙」して平常心を保持し、ただひたすら自己を「見る人」に化そうと努めたのであった。しかし、二十一年に入ると、「二つの話」「経筒」「佗助」「追剝の話」「当村大字霞ヶ森」「橋本屋」など良質の作品を一斉に発表しはじめる。いずれも、戦争と疎開の「実際」の体験が色濃く反映しており、それまであった諧謔味がうすれ、抑制のきいた批判精神が作品に辛味を加えて来ている点で、戦前の作品とは一線を画すべき作風の深化がみられる。ここにはたしかに井伏の戦後がある。二年間の「沈黙」が単なる「沈黙」でなかったことの証左である。「遙拝隊長」も「黒い雨」も戦争と疎開でこの作家がみたものを抜きにしては考えられない。

井伏鱒二は太宰治についてすぐれたエッセイを数多く書いているが、その死についてはさすがに、「太宰君の家出は意外であつた。私は衝撃を受けた」(「太宰治のこと」昭23)と珍しく強い調子で書いている。井伏の文学的努力が、一面において、太宰のように性急な反自然の生きざま・死にざまをいかに回避するかにあったとしたら、その死は単なる不肖の弟子の死にとどまるものではなかったはずだ。「点滴」には、「敗戦後、彼は東京に転入したが、結果から云ふと無慙な最期をとげるため東京に出て来たやうなものであつた」とあり、その「無慙な最期」が、あのせわしない点滴の音への好みと無関係でないことが暗示されている。続いて井伏は、「彼の死後、私は魚釣にますます興味を持つやうになつた。ヤマメの密漁にさへも行きかねないほどである」とも書いている。井伏の釣好きは有名であるが、釣の愛好は彼の文学的姿勢に通じるものがあるようだ。いささか大仰ないい方をすれば、釣にはいわば個の意識を放棄した自然との同化が要求されるのではあるまいか。井伏の釣の師匠であった佐藤垢石は、「まづ、山川草木にとけこまなくつちやいけねえ」(「恐るべき風月老人」)と教えたという。作家井伏鱒二は垢石の教え通りに、「山川草木」(自然)に対立するのでなく、それを受け入れ、それに「とけこむ」ことで自己を生かそうとしたといえる。彼が太宰の死後「魚釣にますます興味を持つやうになつた」のは、太宰の死に「衝撃」を受けながらもそれを冷静にみつめ、その死屍をのりこえることで、自己に固有の方法を一層確かなものにしていったことを物語っていないだろうか。「点滴」によれば、井伏は太宰の死後一か月たってからも、死場所の玉川上水土手に残る太宰の下駄のあとを見に行っている。また、井伏は太宰の死を惜しんで次のようにもいっている。

太宰君は四十歳で自分の生涯を閉ぢた。それが惜しい。五十になつても六十になつても小説は書ける筈だ。一時的に行きづまりのときがあつても恥かしくない筈だ。

（「おしい人　太宰君のこと」）

激するものを抑えかねたような文章だが、痛恨のうちにも、やはり井伏流の批判がこめられている。それは井伏の自戒でもあったろう。寺田透氏もいうように、「太宰治の死後の作品が特に凄い」（「最近の井伏氏」）所以である。

（「解釈と鑑賞」昭52・12）

太宰治受容史一面

大学二年の夏休みに帰省して、母校鹿児島県立宮之城高校の若い国語教師であった池上司氏（現在千葉在住）の下宿を訪ねると、刊行中の太宰治全集をみせられて羨ましかったことを覚えている。クリーム色の表紙で函入りの立派な全集だったが、一冊四百二十円は貧しい学生には高かった。本格的太宰治研究は、この筑摩書房版『太宰治全集』全十二巻・別巻一（昭30・10〜昭31・9）の刊行によってはじまる。もとより今日からみれば不備なところも少なくないが、ここに初期習作や書簡を含む太宰治の文業がはじめて集成されるに至ったのである。その完結をもって太宰治研究元年と呼んでもよい。「後記」には書誌的事項のほか主な本文異同も記されているこの全集こそ、以後実に十一次（ちくま文庫版をのぞく）にわたって繰り返し刊行される筑摩版全集の基本になったものである。

筑摩版に先立って、太宰治全集は二回出ている。作家生前に企てられた八雲書店版全集全十八巻は十四冊（昭23・4〜昭24・12）で中絶、近代文庫版全集全十六巻（昭27・3〜昭30・11、版元は最初が創芸社で、途中から近代文庫）は、八、九、十三巻をのぞいて津島美知子の「後記」が付いていて貴重だ。これは単なる遺族の回想的文章などではなく、この時点では最も精細な作品の成立事情や書誌的事項を客観的（学問的といってもよい）に記述したみごとな文章で、のちの文献的・伝記的研究の礎となった重要な資料である。私は日本文学研究資料叢書『太宰治』(有精堂出版、昭45・3)の編纂にあたって、特に夫人にお願いして収めさせていただいた。名著『回想の太宰治』(人文書院、昭53・5、増補改訂版、平2・8)所収の諸文とともに研究者がまず第一に参看すべき文献である。

第一次筑摩版全集刊行中に出版された奥野健男の『太宰治論』(近代生活社、昭31・2)は、それまでの友人や弟子たちの太宰治論とはまったく異なって、はっきりとした理論的な分析の枠組をもった評論で、その後いくつかの修正はうけながらも、六〇年代以降の研究史の指標となっていくものである。たしか普及版がゾッキ本になって出たのを、早稲田の古本屋で求めてむさぼるように読んだ記憶がある。奥野氏の処女作だが、戦後の批評史にも残る作品だろう。その基幹部分は早く東京工大文芸部雑誌「大岡山文学」八十八号(昭27・6)に発表され、のち改稿して「人間と思想の成立」の章が「三田文学」(昭29・12)に、「生涯と作品」の部分が「近代文学」(昭30・3、4、6、7)に掲載された。本書はフロイトなども援用しながら、太宰文学を「下降指向の文学」と規定するとともに、そのコミュニズム体験を重視し、「太宰の文学も生涯もすべて、コミュニズムからの陥没意識、コミュニズムに対する罪の意識によって、律せられている」とした。この本が太宰治研究史上に屹立するブリリアントな達成であることは先述したとおりだが、一九六〇年代からの研究は、筑摩版全集をもとに本書をいかにのりこえていくかというところからはじまったといってもよい。私も批評の面白さをこの本から学び、その影響からながく脱け出せなかった。

ところで、一九六二年(昭37)は、私自身にとって思い出深い年である。その年の八月、当時東京都立深川高校の教師だった私は、秋の修学旅行の下見を命じられて岩手から青森へかけて旅をした。

青森で同行の旅行社員と別れてから、当時県立図書館長だった小野正文氏を訪ねた。その年二月に『太宰治をどう読むか』（弘文堂）という書き下ろしの著書を出されたばかりだった。氏はまず近くの病院に勤める外崎勇三氏（「津軽」のT君）のところに案内して下さり、さらに翌日は弘前の相馬正一氏にも引き合わせていただいた。相馬氏からは出たばかりの「太宰治と「家」の問題1」（「郷土作家研究」昭37・7）の抜刷を頂戴した。ついで、やはり小野氏の紹介で五所川原の中畑慶吉氏を訪ねたのち、津軽鉄道で金木に行き、はじめて斜陽館に一泊した。以来金木は何度も訪ねたが、斜陽館に泊ったのはそのときだけである。世話をしてくれたのは、後年斜陽館を訪問する研究者や編集者たちの間では知る人ぞ知る存在となる女性だった。二階の和室に案内されたが、他に泊り客もなく、あのときほど津島修治という人間を身近に感じたことはない。その翌日は青森に引きかえし、津軽線を北上して蟹田の中村貞次郎氏（「津軽」のN君）を訪ねた。

この旅は修学旅行の事前調査が目的だったので、学校の備品である扱いなれないミノルタ一眼レフを携行していた。それで撮った太宰ゆかりの人や場所の写真は、翌一九六三年四月号の「國文學」に撮影者「東郷克美」の名とともに八葉掲げられている。小野氏が当時の竹内編集長に推薦して下さったのだときいた。この号の「特集　太宰治における人間と風土」は、「國文學」によるはじめての太宰治特集号だった。相馬正一、山内昭一（祥史）、鳥居邦朗氏ら六〇年代の太宰研究をリードしていくことになる先輩たちとともに、私も小さな文章を載せてもらっている。

個人的な思い出を書きすぎたかもしれない。しかし、今にして思えば、この一九六二年は、太宰治研究史上画期の年であったといっても過言ではない。（前記「國文學」の特集もそのような動向の中で組まれたのであろう。）相馬氏は前掲の論考をかわきりに、のち『若き日の太宰治』（筑摩書房、昭43・3）にまとめられることになる瞠目すべき伝記研究を次々に発表していった。

たとえば、相馬氏はそれまで名門・旧家とされて来た津島家の成立過程を史料や聞書きによって実証的にたどり、明治維新当時は十町歩余の地主にすぎなかった津島家が、明治三十年代には二百町歩をこえる津軽屈指の大地主にまで急速に膨張していった背景を初めて明らかにした。これは研究史上の事件といってもよいほどだ。もとより太宰治は、自らの生家について「私の生まれた家には、誇るべき系図も何もない。どこからか流れて来て、この津軽に土着した百姓が私たちの祖先なのに違ひない。／私は、無智の、食ふや食はずの貧農の子孫である。私の家が多少でも青森県下に、名を知られはじめたのは、曾祖父惣助の時代からであつた」（「苦悩の年鑑」）とほぼ正確に書いてはいるのだが、父源右衛門が衆議院議員や貴族院多額納税議員などをつとめたこともあってか、いつの間にか津軽屈指の名門というような表現がひとり歩きしていたようなところがあった。津島家が明治以降の典型的な成上がり商人地主であることが明らかにされたことによって、たとえば名家の出身であることへの負い目から来る上昇感性の否定（下降指向）という奥野健男氏の有名な図式は、少なくともその重要な前提が崩れることになる。相馬氏は筆力旺盛であるのみならず、一種の文章家である。もちろん事実の裏付けはあるものの、事実と事実をつないでいく語り口が絶妙で、時としてちょっと面白すぎはしないかとさえ思うこともなくはなかった。

相馬氏は太宰治とコミュニズムの関係についても否定的だった。その非合法運動との関わりは少なくとも「思想としてのコミュニズムそのものの信奉から生じたものではなかった」と断じている。これも奥野理論の根幹に対して疑問を投げかけるものであった。その柔軟で周到な考察によって、六〇年代以降の研究を主導していく一人となる鳥居邦朗氏も「太宰治における文学精神の形成」(「国語と国文学」昭34・11)において、太宰治におけるコミュニズムの意味をあまり重視すべきではないという立場を示していた。ことがらは微妙な問題であるが、にもかかわらず私は当時から太宰治の初期作品は「転向」の問題を抜きにしては読みとけないという気がしていた。その後、一九三〇年から三二年にかけての伝記的「空白」がしだいに埋められていくにつれて、太宰治と非合法運動との関係はやはり無視しえないものになって来ているように思われる。それは今日もっとも詳細で信頼できる山内祥史作成の「年譜」(筑摩版全集別巻、平4・4)を一瞥するだけでも明白だろう。

一九六二年は、山内祥史(当時は昭一)氏が手書きのガリ版刷りによる個人研究誌「太宰研究」(昭37・7〜)を出しはじめる年でもある。内容は、「太宰治批評スクラップ」「参考文献目録」「太宰治書誌」などからなっている。前記の津軽の旅に出る前だったと思う。新聞記事で創刊のことを知り、早速申し込んだのだが、限定二十五部の創刊号はすでに品切れとのことだった。のちにコピーを入手した創刊号の「序」には、太宰治の誕生日と自分のそれが同じであることを知ったとき「わが身に得体の知れぬ運命のようなものを感じ、搔毟られたように胸が鳴った。(中略)それがきっかけで、太宰治にわれながら呆れるほど異常な執心をもって暮した」と書かれている。山内さんがこのように自己を露出してパセティックに語った文章をみたことはない。研究者として山内さんは誰よりも自己抑制的である。しかし、その禁欲的な姿勢の背後には、かかる激しい情念が隠されていたのである。「太宰研究」は、一九六二年十一月一日発行の第二号からはずっと送っていただいている。一九七三年六月発行の二十一号からは誌名を「太宰治　研究資料」と変更し、それから十年余の間隔をおいて二十二号（昭64・5）がはじめてワープロ印刷で出た。架蔵のものの奥付には限定二十部のうちの第十番とある。発行人はこの私を太宰治研究者十人のうちの一人ぐらいには認識して下さっているのかとうれしかった。「太宰研究」のバックナンバーは、私の架蔵する貧しい太宰治研究資料の中でも、もっとも貴重なものである。（追記・この文章を書いてからしばらくして、山内氏が古書目録でみたからといって、「太宰研究」創刊号を送って下さった。）

山内氏の業績は多岐にわたるが、やはり文献的基礎的研究が中核であろう。山内氏が研究をはじめるにあたって、基礎的資料の蒐集整備からはじめなければならなかったほど一九六〇年ごろまでの太宰論は、研究の名に値しない恣意的なものが多かったのである。山内氏が精力的に発掘・提出した厖大な資料は、やがて山内氏の個人編集による初出本文を執筆年月日順に配列した第十次筑摩版全集全十二巻とその別巻に集約され、さらには太宰治全作品の翻印状況の記録と主な同時代評の翻刻は浩瀚な『太宰治著述総覧』（東京堂出版、平9・9）として集大成された。すべての本文を初出により、しかもそれらを厳密な考証推定にもとづいて執筆順に配列した全集は、近代文学の作家でも他に例をみないのではなかろうか。いわば玄人向きの全集だ。太宰研究者は多いが、私は山内氏の仕事を、あえて太宰没後半世紀最大の功績というをはばからない。

さて、六二年には、山内氏の「太宰研究」から三か月おくれて「太宰治研究」（審美社、昭37・10〜昭45・6、臨時増刊を含め全12冊）なる一字違いの雑誌が出る。ここには相馬氏の「高校時代の太宰治」、法橋和彦氏の「太宰治における転向の前景と後景」、山内氏の「『晩年』の書誌」などすぐれた論考が載る。私自身も「太宰治とその故郷」（6号）という小文を書かせてもらった。その頃の編集担当者は故郷津軽を出て何度目かの東京流離の身であった高橋彰一氏で、寄稿が縁で、氏とは思いがけずプライベートなつきあいが生ずることになった。もともと高橋氏は作家志望で、木山捷平に私淑し、小山清らの「木靴」の同人だったのであるが、その頃はどこか荒涼たる境涯を生きていた。二人で、目黒の寮に太田静子・治子母子を訪ねてビールをご馳走になったことも忘れがたい。治子さんが処女作「手記」（「新潮」昭40・4）を発表する前後のことだったと思う。やがて高橋氏は帰郷して津軽書房をおこし、多くの太宰治関係書をはじめ、『葛西善蔵全集』など、出版史に残るみごとな本造りをして先年長逝したのは周知のとおりである。

　太宰中期の作品に新しい光をあてた渡部芳紀氏やユニークな伝記研究家長篠康一郎氏など個性的な研究者が輩出する六〇年代後半の受容史にもふれねばならないが、もはや紙数が尽きた。最後にかく申す私自身の受容史はといえば、鹿児島北薩の高峰紫尾山を望む新制中学で「思ひ出」を読んで以来無為にして五十年がすぎた。

（「国文学」平14・12）

津島美知子という存在

平成十年は、太宰治没後五十年ということで各種イヴェントや雑誌特集などが企画されたり、「人間失格」草稿をはじめとする新資料の発表もあった。青森県金木町の生家（斜陽館）も没後五十年を機に町営の太宰治記念館として復元・整備された。昨年夏久々に金木を訪れる機会があったが、町の入口には「太宰のふるさとへようこそ」という巨大な広告塔があり、メインストリートは「太宰通り」と名づけられ、「太宰治思い出広場」なるものもできていた。生家前の物産店では「太宰餅」「太宰最中」というものさえ売っており、近くを走る津軽鉄道の列車には「走れメロス」号と名づけられたものもあると聞いた。その生涯において、故郷に顔向けできないような数々の不始末を重ねてきた太宰治も、今やふるさとの町おこしの一翼を担っているわけである。

そのような動きの中で、かすかながら甲府・石原家への方位をはらむ一筋の流れも見てとれた。たとえば「新潮」平成十年七月号は、「太宰治歿後五十年」の特集として「人間失格」草稿の内容紹介などとともに、津島家家蔵資料より「お前を誰よりも愛してゐました」という一文を含む、美知子夫人への遺書の写真版も一部を伏せたかたちで「初公開」された。そこには控え目ながら遺族のある強い意志のようなものが感じられた。津島美知子夫人は、没後五十年を一年余り後に控えた平成九年二月一日に八十五歳でひっそりとなくなった。遺書はもとより「人間失格」をはじめとする草稿類も、おそらく夫人が五十年間篋底深く保存してきたものであったろう。「新潮」には夫人の実弟である石原明氏の「明るい陰に——義弟から見た太宰治」という一文も載っており、目をひいた。

おりしも太宰治の次女津島佑子が「群像」に平成八年八月から九年八月まで一年余連載して来た長篇小説『火の山—山猿記』が平成十年六月一日に本になった。これは甲府の石原一族のクロニクルを素材にしたもので、津島佑子が病気療養中の母美知子を意識しつつこの作品を書き続けたであろうことは容易に想像できる。残念ながら母は作品の完結を見ずに逝ったが、単行本奥付の「一九九八年六月一日」が、父太宰治の没後五十年、いや母美知子の半世紀にわたる苦しみのはじまったあの「六月」を意味していることも、疑う余地がない。（連載完結から単行本になるまでの十か月は、もちろん推敲その他に費やされたものであろうが、「六月」というタイミングはやはり偶然ではあるまい。）なお津島美知子にとっても記念すべき小説「富嶽百景」の冒頭部の叙述が、美知子の父石原初太郎の著作によっていることは周知のことであるが、『火の山—山猿記』も、石原初太郎をモデルとする有森源一郎の著書の引用から始められている。この長篇の執筆余滴ともいうべき「『山梨県名木誌』と『唐詩選』」（「図書」平10・9）という文章の中で、津島佑子は自分の知らない祖父と亡き母をしのびつつ「この小説を母が読んだら、祖父をこんな軽々しい人物にしてしまって、とどれだけ叱られるだろう、ともおそれていた。ところがこの母は小説が完成しないうちにこの世を去ってしまった」とのべて、あの世から響いてくる母の「叱責」の声を書きしるしている。「家」の物語であるこの作品のモティーフが、母方の石原一族の鎮魂と同時に「家」の神話の超克をめざすものであることは明らかだろう。

ところで、没後五十年の前年にあたる平成九年八月に、津島美知子の『回想の太宰治』の増補改訂版が二十年ぶりに人文書院から出た。刊行を楽しみにしていた著者がその年二月に急逝したので、「あとがき」は「津島園子／里子」の姉妹連名で書かれている。そこには「発刊は母の没後になってしまいましたが、その人生の最後の日まで、自分の夫太宰治について読者のために記録すべきことは正確に記録しておくことを、妻であるわが身の義務に感じ続けていた母でしたので、今度の刊行について、心から安堵し、満足してくれていることと思います」とあって、太宰文学に対する母の強い使命感を伝えている。連名とはいえ津島佑子が「里子」の本名を使うのもきわめて珍しい。また、津島佑子は父太宰治に直接ふれて書くことの少ない作家だが、『火の山—山猿記』には太宰治をモデルとした杉冬吾という画家も登場する。しかし、それも有森家の女たちの物語の中にのみこまれているように見える。

石原美知子は明治四十五年一月三十一日、石原初太郎・くらの四女として、中学校長であった父の赴任先島根県那賀郡浜田町で生まれた。甲府高等女学校をへて、昭和八年東京女高師文科を卒業し、太宰治と結婚する前まで山梨県立都留高等女学校の地歴の教師をしていた。太宰文学のトポス（論点・命題）としての甲府というとき、美知子夫人をぬきにしては語れない。前期の太宰治が井伏鱒二という存在なしにはありえなかったように、中期以降の太宰文学が彼女なしには存立しえなかったことはあらためていうまでもない。それにしても、文学への関心も十分にもっていたこの女性が、太宰治との縁談があるまで「太宰治の名も作品も知らなかった」（『回想の太宰治』）というのは、いささか意外に思えるが、それだけ当時の太宰治がマイナーな存在だったということでもあろう。婚約するまでに『晩年』『虚構の彷徨』という二冊の創作集と「姥捨」や「満願」などを読んだ。特に「姥捨」については、「この人は自分で自分を啄《ついば》んでいるようだ」と感じた。そのころまでには離婚歴のあるこの作家について、さまざまな風評も耳に入っていたであろうし、作品の内容からもそれは推察できたはずなのに、彼女は結婚を決意する。それについて「数え年で二十七歳にもなっていながら深い考えもなく、著書二冊を読んだだけで会わぬうちからただ彼の天分に眩惑されていたのである」といっているこ とは、後年の文章からも察しられるように、聡明で冷静・沈着な判断力の持主であると思われる人の言葉だけに注目に値する。彼女を結婚に導いたのは、太宰治の人よりもその文学的「天分」だったのだ。まさに運命的な出合いというほかないが、彼女はその運命を忠実に生きぬいた。津島美知子は太宰治のよき庇護者・同伴者であったばかりでなく、作家の没後はその緻密な頭脳とずばぬけた記憶力とによって、太宰治についての最良の伝記的・書誌的資料の提供者になる。

こんにち太宰治全集は昭和期の作家のなかでも最も整備された全集のひとつである。多年にわたる研究者・編集者の尽力もさることながら、その第一の功労者は津島美知子であるというをはばからない。著者の生前に刊行が始まり未完結に終った八雲書店版全集は別として、没後最初の全集は昭和二十七年三月から三十年十一月まで全十六巻が出て完結した「近代文庫」版全集（創芸社、のち近代文庫）であるが、全十六巻のうち第八、九、十三巻をのぞいて「後記」は津島美知子によるものである。それは収録作品の初出をはじめ、主要作品の成立事情を客観的に考証したもので、その周到にして的確な記述は、当時としては考えられる最高水準の書誌的・伝記的解題であった。以後数次にわたる筑摩書房版全集も、これが基礎になっている。津島美知子を最良の太宰治研究者と呼ぶのは決して過褒ではない。これは彼女の「義務」感のしからしむるところであるが、同時に彼女は博物学的な地質・動植物学者であった父石原初太郎の研究者的資質をうけついだ人であったように思われる。筆者はかつて日本文学研究資料叢書『太宰治』(有精堂出版、昭45・3)を編纂するにあたって、先の「後記」全文を収めることを夫人にお願いして許された。収録にあたっては、その後判明した事項がきちんと付記されていたのが印象にのこっている。近代作家の中にも、鷗外における「半日」がしげ夫人存命中は全集に入らなかったというようなことや、戦後のある作家の評伝が未亡人の忌避にふれて回収・絶版に付されるなどといった例もある中で、津島美知子がとった資料提供者としての無私の姿勢は、むしろ例外に属するのかもしれない。

津島美知子の人柄をしのぶには『回想の太宰治』一冊にしくはない。これは単なる遺族の回想記などではない。資料的に第一級のものであることはもちろんだが、何よりも作品としてすぐれている。その文章は抑制のきいた中にも、太宰治の人と文学への深い理解と愛情がにじみ出ていて格調が高い。歌論にいう「丈高し」ということばさえ連想させられる。「おのれの心象風景の中にのみ生きている」ような「常識圏外に住む人」であった夫太宰治を語ることばは、どこか透きとおった悲しみのようなものを感じさせるものの決して深刻ではなく、ときとしてほのかなユーモアさえ感じさせるところがいい。われわれはそこにしばしば作品から想像するものとはちがう人間津島修治を発見することになるが、それは妻美知子についても同じことがいえる。夫に注がれる眼差しは、妻のものというよりは、むしろ母ないしは姉のそれに近い。柳田国男のいわゆる「妹の力」とでも呼びたいようなものをそこに感じたといえば、人はその無稽を笑うだろうか。津島一族の人々にも愛された人らしく、疎開中の津島家での生活や一族の人々の思い出を書いた部分も貴重だ。

平成十年八月二十八日付「東奥日報」によせた一文の中で、長女津島園子は次のように書いている。

太宰の晩年はあまりにも悲惨で、父か母かどちらが死んでも不思議はない。結局母が生き残り、生涯苦しみと悲しみを背負うこととなる。父亡き後の五十年間、私はただひたすら母を悲しませないように、強く、正しく、美しく生きてきた。ほとんど神格化された父、天才の矛盾にほんろうされた母、今二つ並んだ遺影を前にして、娘は、その進むべき方向を見失っている。太宰の「美しき子」といふ幻影に包まれて私は生きてきたのではなかったか。

（「父の幻影に包まれて…」）

父の七回忌に佐藤春夫が彼女に書き与えたという「美しき子とよき文とを残して君去りにけり」という書にふれてのべられたものだが、ここにもひとつの哀切な「家」の物語、「女」の物語がある。『火の山―山猿記』における有森源一郎の曾孫パトリス・勇平は、これらの残された女たちの物語を二十一世紀の異国パリからどう読むであろうか。

（「国文学」平11・6）

「作者」という物語——太宰治とは誰か

このところ、三年続けて太宰治の故郷青森県金木町を訪ねる機会があった。町の入口には「太宰のふるさとへようこそ」という広告塔と作家の巨大なブロンズ像がたっていて、たじろがされる。旧津島邸は、没後五十年を機に町営の太宰治記念館として復元・整備された。その向かいにある物産店では「太宰餅」「太宰最中」というものまで売っている。町はずれには「太宰治思い出広場」なるものがあり、近くを通る津軽鉄道の列車名のひとつが「走れメロス」号だときいた。いわば町全体が太宰治という物語で被われ、そのかみの異端児も、今やふるさとの臆面もない町おこしの一翼を担っているわけである。

ところで、六十年代から七十年代にかけて、近代文学研究の業界で、「作品論」の時代ともいうべきものがあった。その多くは作家論的作品論であって、作品解釈と「作者」の文脈（物語）との安易な結合・癒着が、「作者の死」を主張するテクスト論の側から強い批判を受けた。以来、「作者」は近代文学研究のアポリアとなっている。

近代作家のなかでも、太宰治はとりわけ実生活と作品を結びつけて論じられることの多い作家である。彼自身「作品の面白さよりも（中略）その作家の人間を、弱さを、嗅ぎつけなければ承知できない。作品を、作家から離れた署名なしの一個の生き物として独立させて呉れない」（「一歩前進二歩退却」）という日本的読者気質を嘆いてみせたこともあるが、「作家の人間を、弱さを」意図的に露出してみせたのは、誰よりも作者自身ではなかったか。

太宰治は、この国の私小説的風土を意識的に利用し、いわば読者との共犯関係の中で、事実と虚構の境界を無化させつつ、自己＝作者を物語化していった。たとえば「狂言の神」は、新聞にまで報じられた自殺未遂事件を扱いながら「告白」とはほど遠い実験的作品《メタ・フィクション》だし、「虚構の春」は、虚実混交する太宰治宛書簡集という前代未聞の構成である。自ら「作中人物的作家」という世評も紹介しているが、「ダス・ゲマイネ」ではほかならぬ「太宰治」が、まさに一作中人物として登場しさえする。こうして、作者「太宰治」と作中人物「太宰治」との区別が曖昧になっていき、結果的に物語としての「太宰治」がしだいにできあがっていくのである。

結局、太宰治は一生かかって「太宰治」という物語を書きついでいったのではないか。作品が虚像としての「太宰治」を作り出し、その虚像に作家自身も逆に呪縛されつつ、むしろすすんでそれを演じさえしていく。自己の物語化のための自己劇化。「死刑囚にして死刑執行人」（「虚構の春」）というアクロバチックな自己言及的方法。「私は、やはり人生をドラマと見做してゐた。いや、ドラマを人生と見做してゐた」（「東京八景」）というのは、単なる反語などではなかった。しかし、ドラマ（物語）がひとり歩きしはじめると、「人生」との間に乖離が生まれ、それが自裁によってしか埋められない陥穽ともなった。

太宰治はまた、非私小説的なフィクションの語りの中でも、しばしば「私（DAZAI）」（「女の決闘」）

とか「筆者（太宰）」（「お伽草紙」）などと書く。そのようにして、わざと作者と語り手を同化させ、曖昧化するように読者を導くのだ。その結果、物語内容だけでなく、それを語る語り手「太宰治」の「声」とでもいうべきものが生成され、「太宰治という物語」をおびた作者の肉声があらゆる作品を薄い膜のように被うことになる。いわゆる太宰ファンはこの魔術にかかり、太宰治を生理的に嫌いだという人は、たぶんこの「声」に拒否的に反応するのだろう。

テクスト論以後、「作者」は一種の物語《イデオロギー》として、つねに負の記号つきで語られて来たが、それをもういちど反転してみること――実体としての「作者」ではなく、いわば機能としての「作者」という考え方は、いったんその「死」が宣告された「作者」のあらたな蘇生と、それによる作品の読みかえの可能性を示唆するように思うのだが、どうであろう。

（「ちくま」平13・4）

III

「文学研究」私感

小山内時雄編の津軽書房版『葛西善蔵全集』が完結した。周到ないい仕事だ。ながくこの全集に情熱を傾けて来られた小山内氏の温和だが、古武士のような風貌が思い浮かぶ。版元の津軽書房主人高橋彰一氏も若いころは小説を書いていた人で、これもなかなかの骨の持ち主である。この全集をめぐりながら、凡百の葛西論は消え去っても小山内氏のこの仕事は残る、と思った。このたび、八王子に居を移し、八王子在住の透谷研究家小沢勝美氏に労作『透谷と秋山国三郎』（私家版）を贈られた。氏は幾多の新事実にもとづいて透谷と秋山の関係を究明しているが、とくに秋山の句集「安久多草紙」を翻刻・解読するとともにその分析をとおして秋山の魅力ある人間像を浮き彫りにしている。これは透谷の「幻境」体験の意味を明らかにすると同時に、従来とかく曖昧に扱われがちであった透谷における「国民」のイメージにひとつの内実を与える仕事である。こういう研究の前にはなまくらの観念論などたちまち色褪せるであろうと感じられた。この小文を書き始めたところへ今井信雄氏の大著『『白樺』の周辺——信州教育との交流について』（信濃教育会出版部）が届いた。昭和二十四年以来の「打ち聞き行脚の記録」（あとがき）である。貴重な資料と当事者からの聞き書きよりなる本書は「白樺」の運動がたんに文壇的範囲にとどまるものでなかったことを、事実に即して感動的に描き出している。もしこの著者を得なかったら、信州「白樺」運動の実態の過半は伝説の中に堙滅してしまったであろうと思われるほどの労作だ。

このように新しい事実や資料に根ざした不動の研究に接すると自分の書くものがいっそう頼りなく思われてくる。研究とか学問とかいう以上は普遍性・客観的妥当性をぬきにしては考えられないが、文献的研究や伝記的研究はその意味で確かな「事実」に依拠しているだけに強い。これは怠け者には絶対にできない仕事だ。かく申す私はまさに怠け者だが、今のところの関心は文学作品の読みそのものにある。それにしても「文学」を「研究」するとはどういうことなのだろう。「作品論の限界」をいいたてるつもりはないが、作品分析における客観性とは何かという問いかけがときとして自分を不安にする。文学研究が文学的感動という個人の内的享受を起点として行なわれるものであるからには、たとえばそれは感受性というきわめて危ういものを媒介にしなければならない。にもかかわらず結局、文学論は根本に論者の私的モチーフがなければ成立しないのではなかろうか。少なくとも私の場合は、作品とのかかわり合いのなかに個人的なモチーフを展開し、それを客観化しうる可能性を見いだしたとき、はじめて何かを書き始めることができる。研究といえども対象をだしにして自己を語るという測面を否定できないとすれば、書くことは自己の貧しさ、浅ましさを露呈することにほかならない。因果な仕事を選んだものである。ともすれば恣意に逸脱しやすいが、単なる恣意は読み手にはもちろん、書き手にとっても無意味だ。感性の部分で把握したものを可能なかぎり論理によって客観化する作業、いいかえれば内なるものと外の世界をつなぐための主観と客観の不断の往復のみが恣意の陥穽を免れうる唯一の道なのだろう。

今春、芥川に関する小文を草する機会があって多くの先行論文に示唆を受けたが、なかでも私にとって最も刺激的な独創を含んでいると感じられたのは吉本隆明氏の「芥川龍之介の死」（「解釈と鑑賞」昭33・8）という論であった。私のような門外の徒の目にもいくつかの留保や修正が必要と考えられる部分があるにもかかわらず、なおかつこの論が芥川の秘められた内部を深々とさし貫いていると見えるのは、それが下町庶民層を出身圏とする吉本氏の「自己の出身階級にたいする嫌悪と愛着との複合体《コンプレックス》」（吉本氏のことば）に発しているからではなかろうか。いわゆる研究者の芥川論ではやはり三好行雄氏のものが一頭地を抜いていると感じられた。氏の論文の魅力はその強靭な論理もさることながら、むしろ、その柔軟で鋭い文学的感受性によって支えられている。氏はいわば見えすぎる目の悲しみともいうべき宿命を芥川とともに共有しているのだ。

大岡信氏の「朝日新聞」文芸時評に教えられて秦恒平氏の「谷崎の『源氏物語』体験」（「海」昭50・9）を読んだが、読みながらこれこそ作品論の極意というものだと感嘆せずにはいられなかった。氏は自身のユニークな源氏物語解釈を谷崎の「夢の浮橋」に重ねて透かし読みすることによってこの作品の内奥に隠されている作家の秘密に参入しようとしているのだが、ほとんど感性の綱渡りともいうべき危うい橋を渡って到達される読みの鮮やかさの背景に、氏がこれまで繰返し書いている自身の生い立ちにまつわるきわめて私的なモチーフが働いていることは確実だ。氏は「谷崎愛」という言葉を使っていたが、作家論は本質においてオマージュであるべきだということも痛感した。

最近、折口信夫の素人読みを少しずつ始めているが、この詩人学者の古代学の根底にあるのは、徹頭徹尾私的モチーフではないかというのが私の素人的感想である。折口は現在の「不幸」（いまとここ）の不承認から出発して、ほとんど神経症的衝迫にもとづいて未生以前の世界に無限に遡行する。折口の学問の根幹が発生論であることに示されているように、それは逆行のモチーフによって成り立っているのだ。折口にとって古代を明らかにすることは、とりもなおさず自己の内なる「古代」層を明らかにすることだったはずである。そのような、アイデンティティを求めてやまぬ個の「実感」を基底にして、常世という異郷幻想が生まれ、まれびとのイメージが喚起され、貴種流離譚の発想が出てきたのではあるまいか。しかし折口の個人的な希求がついに壮大な普遍の域に到達しているのは、かかってその狂熱の激しさ、純粋さによってである。それはあたかもあの「死者の書」において、南家の郎女がたった一人の俤人の「色身の幻」を描いたにもかかわらず、あの渇仰の熾烈さによってその絵はそれを見る人それぞれにとって「数千地涌の菩薩の姿」となってみえる「曼荼羅」と化したのに似ている。

　私などしょせんは誤読院深読居士に終わるしかないのであろうが、たとえ不可能ではあっても、その誤読や深読みをひとつの普遍に高めようとする緊張感だけはせめて文章の中にみなぎらせていたいものだとひそかに思っている。

（「解釈と鑑賞」昭51・1）

宿命と方法

秦恒平著『神と玩具との間』を読んだ。新資料の興味深さもさることながら、谷崎における昭和初年の芸術的豊饒の秘密をみごとにときあかしてみせた秦氏のしたたかな膂力に感嘆させられた。この本のみどころのひとつは秦氏独特の作品の読みである。たとえば、「武州公秘話」については、武州公以下の人物を当時の谷崎と彼をめぐる人々にあてて読めるとしている。当然予測される非難に対して、秦氏は「谷崎はいわゆる私小説作家ではないが、思いきった趣向に託して自己を語ること近代日本文学中最も大胆かつ細心な作家であって、むしろその所を丁寧に読み取ってはじめて谷崎文学の秘したる花をとくと嘆賞できるのだ」という。圧巻は「蘆刈」の読みである。秦氏の読みの結論だけをいえば、「蘆刈」で「わたし」に昔物語をする「男」は、当人がくりかえし自分は「お遊さま」の実妹「お静」の子だと明言しているにもかかわらず、実は彼の父が「お遊さま」に産ませた子なのだというのである。そう読むことによって、男を「お静」の子として読んだときの、この作品に対する「不満が雲散霧消して一気に月の光の玲瓏と美しく輝くように、『蘆刈』一篇の真価が立ちあらわれる」と主張するのだ。本文に即しての論証は「お遊さま　わが谷崎の『蘆刈』考」（「海」昭51・7）にくわしいが、その手際はまず絶妙といっていい。そして、「お遊さま」こそ谷崎が根津夫人松子に輪郭を重ねることで、はじめて創造しえた「神」にも「玩具」にも近い「母」だというのが秦氏の見方である。秦氏は先に「谷崎の『源氏物語』体験」(「海」昭50・9)において、「夢の浮橋」についての瞠目すべき解釈を「源氏物語」との重ね読みによって示したが、「蘆刈」の場合も「源氏物語」が隠し絵になっているとみている。

秦氏とて、このような実生活と作品の重ね合わせによる読みがあらゆる作家・作品に有効だと考えているのではなく、「隠して語る名手」であり、時として私生活上の「事実に芸術を摸倣させ、追体験させている」谷崎文学の独自性に即した方法なのであろう。秦氏の方法が私小説のモデル詮議とはまったく次元を異にしていることはいうまでもない。にもかかわらず、私はもうひとつしっくりしない。「武州公秘話」の読みはともかくとして、「蘆刈」は作中に秦氏の説を支持する「心証」もふんだんにあり、たしかに秦氏のいうように読むことで、「母恋い」の主題は明確となり、作品の奥行も深くなって来るのは否めないように思われる。しかし、仮りに秦氏の読みが正しいとしても、谷崎がわざと隠しておいたという謎に気づくのは、いかなる読み巧者といえども、至難に近い。秦氏にしたところで、谷崎の実生活における根津松子姉妹の存在、谷崎の「源氏物語」体験という、いわば作品外のデータを導き入れることなしには、自らの読みに確信をもつことはできなかったにちがいない。のみならず、この作品が発表以来「四十四年」目にして、作者自身と同じような「母恋い」の渇仰を自らの内に秘めた秦恒平という読みの手だれと出会ったのはいわば偶然である。「誤読と無理解の鈍雲」に永遠に蔽われてしまう可能性も十分にあったはずだ。その意味では宿命的な出会いであったのだが、作品の享受は本来一回性のものであるはずにもかかわらず、くりかえし精読してなおかつ見抜くことの困難な謎解き的読みを要求する作品を一体どう評価したらいいのだろう。とはいえ、私が秦氏の論を最近読んだいかなる谷崎論よりも面白く読み、その「谷崎愛」の激しさにしばしば圧倒されがちであったことも告白しておかねばならない。作品よりも作品論の方が面白かったといえば不謹慎になるだろうか。作品論はその作品内のデータだけで築きあげるべきだという意見もあり、それはもとよりひとつの正論なのであろうが、作品の読みは対象に応じ、論者の資質によって多様な方法があっていいのではなかろうか。大仰にすぎるかもしれないが、問題はもって生まれた資質ないし気質という宿命をいかに方法化するかだ。

それにしても客観的な読みとは何か。いうまでもなく作品の生きる場所は、宿命的存在としての個々の読者の内部にしかない。秦氏の谷崎読みがもともときわめて私的なモチーフに発するものであることは、秦氏の小説の読者なら一読して明らかなことだが、秦氏はその読みをあらゆる方法で論証し、客観化しようとしている。そこのところが実に熱っぽくて説得力があるのだ。一定の方法に基づいて読めば、誰が読んでも一定の結論が出るといった科学的方法が作品解釈の場合果して可能なのだろうか。読みにおける普遍妥当性などというのは夢想であるばかりでなく、考えようによってはかえって作品の死を意味しないか。それなら独り合点の恣意の中に閉じこもるしかないのか。否。それでは作品を論ずる意味などない。こんなところで立ちどまっている私の場合、「研究」というのはまったくの比喩にすぎない。ところで「作品論や作家論の領域に自己を閉鎖するかぎり、文学研究は学としての体系も自律性も獲得できない」(「作家論の形の批評」)という三好行雄氏の意見もある。作品の読みをいかにして「文学史」につなげるかという課題は、私などにはほとんど気が遠くなるほど絶望的なアポリアだと感じられる。「文学研究は文学史の体系によって完結する認識の純粋運動である」という三好氏が、近代文学研究の学としての自立という難題を、その困難を承知の上であえて自他に課そうとしていることはわかるとしても、それでは「文学史の体系」はいかにして可能か。平岡敏夫氏もいうように「文学史が『文学史』として成立するためには叙述されなければならない」(『明治文学史の周辺』)はずだが、あの果敢な『近代日本文学史の構想』の著者谷沢永一氏が「現在の私の考え方は、本当の公平な、文学史はありえない。そして、それぞれ個人個人が文学史を材料にして自分の知りたいこと、あるいは調べたいことを調べる。その結果を報告する。そういうことしかありえないんじゃないか」(『シンポジウム日本文学——大正文学』)と語っているのを読んで、この人にしてこの言があるのかと長嘆したことがあった。磯田光一氏は近代文学会のシンポジウムで「文学史というのは個々の人間がそれぞれ持っている神話ではないか」といっていた。平岡氏における『日本近代文学史研究』から『明治文学史の周辺』へ、谷沢氏の『近代日本文学史の構想』から『標識のある迷路——現代日本文学史の側面』へという書名の推移は単なる偶然であろうが、それはあたかも、昭和三十年代以降、最も刺激的な文学史像を提出したこの二人の先行者にしてなおかつ「文学史の体系」が一朝一夕にしてはならぬ至難事であることを暗示しているかのようだ。あるいは『研究』はつねに志向性においてしか存在しえない」(三好氏)のかもしれない。そういえば、前掲の三好氏の文章自体が「独断」「偏見」「不確かな予想」「夢想」といった限定留保つきの、ほとんど反語的な文章であった。

(「日本文学」昭52・8)

「作者」とは誰か

文学研究がながく文学テクストの起源を作者に求めて来たように、近代作家の個人全集も、作者の「意図」という大義名分のもとに、イデオロギーとしての「作者」の物語を作って来た。私見によれば、その元凶は没後一年目に第一次が出はじめた「漱石全集」だと思われるが、ここでは問わない。このたび縁あって「井伏鱒二全集」の編纂に携ることになって、しばしば「作者」とは何かということについて考えこまざるをえなかった。そのことを書こう。

井伏鱒二には生前に二つの「全集」がある。筑摩版全集と新潮版自選全集だが、いうまでもなくその実質は「選集」である。今回は翻訳の一部をのぞき、活字になったすべての著作を収録する初めての本格全集をめざしている。現在確認しえているものが、二千二百余篇。そのうち単行本未収録が篇数にして約五割をしめている。特に戦前の作品の蒐集については、いささか自負するところがある。生前の二つの全集で、作者は戦前の作品の大半を改変ないしは抹殺しようとして来ただけに、今回その全貌がはじめて明らかになるといっても過言ではない。

とはいえ、アンケート回答文や「わかもと」の宣伝広告文までも含む全著作を収めることは、当然のことながら故人の意志にそうものではない。まして、作者は自作に対して誰よりも厳しかった人である。生前の作者の謦咳に接して来ただけに、私にもためらいがなかったわけではない。現実的には著作権という避けがたい前提条件もあるのだが、以下のべるのは、純粋に文学論的話題に限定した上のことである。さて、「作者」の意図とは何か。仮りに「作者」の意図を最大限に重視するとなれば、「米寿を迎えた著者が初めて作品を厳選した決定版全集」をうたう自選全集があればさしあたり事足りるわけで、わざわざ没後に全集を出す意味はないことになる。

作家活動を持続しつつある作者は、作品の改稿はもとより、自己の作品を選別した「全集」を作り、その本文も指定するかたちで自作の享受のされ方まであるていど支配することができる。一方、作品は作者の手を離れて活字化された瞬間から、自立した世界を形成しはじめ、一人歩きをするようになる。読者には、作品を自由に読み享受する権利があり、作者といえども自作の読まれ方に容喙することはできない。何よりも作者は自作の最良の読者ではないし、すぐれた作品はながく享受されることによってひとつの文化の体系に組み込まれ、国民的共有財産にさえなる。著作権の問題とは別に、この事実は無視しえない。まして作者の没後にその「意図」を特定するのは、厳密にはほとんど不可能である。

作品の蒐集・収録もさることながら、本文をいかに決定するかが、名だたる改稿癖の持主であった井伏鱒二のばあい、とりわけ難題である。作者の最終的意図を重んじるのなら、「自選全集」に収められた作品に関しては、大改訂の「山椒魚」をはじめ「徹底的な推敲」を加えたその本文に従うべきであろう。しかし、そうなると、編年体的配列では、昭和初年代発表の作品と昭和六十年改作の「山椒魚」とが同一の巻に並ぶという奇妙な事態が生まれる。それが作者の意図を重んじることになるとは、到底思えない。一例をあげれば、最近復刻刊行された文庫本『仕事部屋』について、巻末の「作者案内」の筆者は、初版時の編成のままの出版は文庫本の歴史における「事件」だと称讃しているが、これは実は初版時の本文と、筑摩版旧全集や自選全集の本文とが混在する複雑かつ異様な本なのである。一般に全集編纂にあたって、作者の最終的手入れ本を底本にするというやり方が行なわれるが、特に井伏鱒二のように長命の作家にあっては、それも真に作者の意図を生かすことになるのか疑問である。そもそも作者の思想や感性が、半世紀以上も一貫した同一性・連続性を維持することなど考えられない。今回の全集では、できるだけ作品成立時に近いかたちを復元すべく、初収刊本を底本にすることにした。これなくしては、昭和文学史に比類のない文体実験の足跡をうかびあがらせることはできないと判断したからである。

底本がきまっても、本文の校訂がまた厄介だ。そこでも書き癖を含めて「作者」の意図が問題になるが、編者としては最終的に神をも恐れぬ行為に及ぶこともしばしばである。これは聞きかじりだが、本文批評の方でも先進国である西欧では、いわゆるグレッグ理論に代表されるような、「作者」の意図の科学的復元・再構成をめざす方法が批判され、「作者の意図」よりも「読者の受容の歴史」を重視しようとする考え方が有力になって来ているという。文学研究における「作者」から「読者」へというシフトチェンジとも、それは見合うものだろう。さらには「山椒魚」の本文としてどれを選ぶべきかについても示唆を与える。

しばしば引用されるように、ロラン・バルトは「作者の死」の中で、テクストにおける多元的なエクリチュールが収斂する場は「作者ではなく読者」であり、そのような「読者の誕生は作者の死によってあがなわれなければならない」とのべている。「全集」という制度の中で、われわれは余りに実体概念として「作者」を信じすぎて来なかったろうか。作業仮説としての「作者」ならともかく、実在としての「作者」などどこにもいないのである。読者自身のなか以外には。今回の「井伏鱒二全集」は、できるだけ客観的な資料の整備・提供をめざしたが、それとても究極的には「読者」としての編者が、井伏鱒二のテクストをいかに読んだかということの帰結にほかならない。

以上はもとより私一己の作者への敬慕の気持とは別のことである。

（「すばる」平9・3）

注釈と深読み

先ごろ『新日本古典文学大系・明治編』（岩波書店）のために、泉鏡花「高野聖」を精読する機会を与えられ、あらためてこのテクストが深読みに耐えるものであることを確認したが、同時にまた名作にもやはり瑕瑾のようなものがあることも看過できなかった。

作中の年立ての矛盾については、すでに指摘がある。物語の現在を仮に作品発表の明治三十三年とするなら、そのとき「年配四十五六」の宗朝が若き日に峠越えをしたのは、少なくとも二十代、つまり明治十年前後のことになろうか。そうだとすればまず冒頭の「参謀本部編纂の地図」がこの時点ではまだ存在しない。地図のことは目をつぶるとしても、なにより不審なのは、後半部で「親仁」が語る「十三年前」の洪水のことで、それはおおざっぱに見積っても明治維新前後の出来事になる勘定だが、そこに「白痴殿」の前身である少年の出生届を、徴兵免除を意図して遅らせた話が出てくるから厄介だ。周知のように、徴兵令の発布は鏡花が生まれる明治六年の一月のことである。その他、天生峠の位置や列車の運行など、実地や歴史的事実に還元して読もうとすれば、矛盾・撞着に行き当たらざるをえないことが少なくない。

このような齟齬にいちいち目くじらをたてるのは野暮の賢しらというものだろう。そもそもよほどの精読者でないかぎり、その矛盾など気づかず一気に読了させるだけの力をこの作品はもっている。「十三年前」の洪水のことはすでに峠の登り口で土地の百姓から聞かされているが、たとえば「第十三」章の水浴の場面からしきりに「十三夜の月」（旧暦九月十三日の月をいうが、宗朝の旅は「夏のこと」なので時期が合わない）のことが反復して点描され、女も月下の河畔で「十三年前」の洪水にふれる。「十三」は仏教でも聖なる数字であるとはいえ、これはやはり語呂合わせに近い無造作な使用とみたい。要するにこれらの時系列的な不整合も、つとに鈴木啓子氏が着目したように、「職業的語り手」としての「宗門名誉の説教師」宗朝の芸の範囲に収まるものともいえよう。ここでいう「説教」とは話芸性豊かな節談説教《ふしたんせっきょう》のことだと考えられるが、宗朝の話が「私」の再構成による間接的引用であるにせよ、その語りに節談説教特有の技法が含まれていても不思議ではあるまい。その意味でも「宗門名誉の説教師」という設定には、作者の深謀遠慮があったにちがいない。

　そうだとしても気になるのは、一夜の宿を請われた孤家の女が「私は癖として都の話を聞くのが病でござります（中略）あなた忘れてもその時聞かしてくださいますな」と仔細ありげな「戒」を与えることである。これは昔話の異類婚姻譚などによくある、異類の化身である女から求められた禁忌の「戒」を男が犯したために破局が訪れるという話型を連想させる。ところが、以後この話に呼応するプロットが作中にあらわれず、構想の「破綻」（朝田祥次郎）などとされて来た。もっとも、馬に変身させられた薬売りをはじめとする獣たちの姿こそ、「都の話」を語ってしまった男たちの変わり果てた姿だとすれば、プロットの呼応はそういう形で暗示されているとみることもできる。女は宗朝に対しても「都の話」をせがんだはずである。しかし、彼は「戒」を守ったのだ。

それにしても「都の話」に対する女の「病」的な執心は何に由来するのか。ここで作中に配置されている地図・鉄道・道路、そして徴兵制など近代中央集権国家のネット・ワークの表象に想到するなら、魔性の女と「白痴」の男とは、その過剰ないし欠如という逸脱のゆえに、「都」を中心とする近代のシステムから排除されたものたちといえるのではないか。憎しみと表裏する強い関心――だからこそ彼女は、「都の話」を聞きたがり、近代からやって来る男たち（たとえばそれは薬売りのように好色性というファロス的なるものによって表象される）を地図にも存在しない場所で待ち受けて、それに復讐しようとするのだ。すなわち「都の話」とは「近代の話」と読みかえてよいのではないかというのが私見である。

図式的に過ぎようか。それなら、もう一つの謎についていおう。それはまとわりつく動物たちに、女が繰り返しいう「お客様があるぢやないかね」ということばのことである。女は亭主の「白痴」に対しても同じようなことをいう。「高野聖」のプレテクストである「龍潭譚」でも九ツ谺の女が猷めいたものに向かって同様のことばを発する。これらのことばは客のいない夜に繰り広げられる動物と女との異様な交歓風景へと想像を誘わずにはいない。ひょっとしたら、それは陰惨な畜生道絵巻などではなくて、地母神的存在を中心とした一種汎神論的なユートピアであるかもしれない。「龍潭譚」の主人公が見たあの甘美な夢のように。「化鳥」の貧しい母子も、人間も「皆《みんな》おんなじ動物《けだもの》」で、人間よりむしろ動物や植物の方が美しいと信じていたではないか。そのように考えれば孤家の女との語られなかった夜も別のものに見えて来る。さらにいうなら、「龍潭譚」が神隠しによるイニシエイションの物語であったように、宗朝の孤家での体験も、いわば神隠しの変形であって、そこで彼がみた光景は、近代合理主義が迷信として追放した「木精」や「魑魅魍魎」たちがもたらした一夜の夢であった可能性も否定できない。

以上、注釈の仕事の過程で浮かんだ非注釈的な深読みの一端を、恣意を承知で書いてみた。深読みではなく誤読かも知れない。しかし、いささか遁辞めくが、誤読さえ誘い、受け入れるのが、作品の奥行きの深さというものだろう。

（「文学」平16・7）

鷗外贔屓と鷗外嫌い

一

ある作家についての好悪は、しばしばその人自身を語ることがある。とりわけ鷗外のように特異な個性をもった作家に対するばあい、それが顕著にあらわれるのではなかろうか。（このようなことを話題にするなら、さしずめ鷗外を「日本の人民および日本の文学の最もすぐれた敵」と評した中野重治の鷗外観などにこそふれるべきであるが、ここではもっぱら筆者の恣意に従う。）

晩年の芥川龍之介が、鷗外についてその小説や戯曲は「渾然と出来上つてゐる」のに対して「先生の短歌や発句は何か微妙なものを失つてゐる」としたうえで、「畢竟森先生は僕等のやうに神経質に生まれついてゐなかつたと云ふ結論に達した」（「文芸的な、余りに文芸的な」昭2・4）とのべたことはよく知られている。ここでいう「僕等」とは、同じ文章でその「晩年の絶句などはおのづからこの微妙なものを捉へることに成功してゐる」と評されている漱石をも含めたいい方のように受けとれる。

鷗外「先生の短歌や発句」とは最晩年の「奈良五十首」（大11・1）などをさすらしく、大正十一年一月十三日付渡辺庫輔宛書簡には「明星に観潮楼主人の奈良五十首が出てゐるのを読みましたか五十首とも大抵まづいですね」とあり、同年十二月二十九日付香取秀真宛書簡でも「森さんの歌は下手です

ね　僕の方がうまいでせう」などと書いている。歌の巧拙はともかく、「微妙なもの」の欠如という鷗外評は、「侏儒の言葉」（大13・11）にある「畢竟鷗外先生は軍服に剣を下げた希臘人である」という有名なことばにも通うところがあるように思われる。「微妙なもの」というのは、晩年の芥川がしばしば問題にした「詩的精神」というものとも関係があるだろうか。

しかし、一面で芥川は資質的には漱石よりも、むしろ鷗外の血族といった方がいいかもしれない。実際右の例をのぞけば、芥川が鷗外に言及した文章はすべて絶賛というにふさわしい。最も早い言及は、大正二年八月十九日付広瀬雄宛書簡である。その年に出た「分身」「走馬燈」「意地」「十人十話」らをみな面白く読んだことを伝え、「中でも「意地」の一巻を何度もよみかへし候」と書き送っている。文壇に出てからのものとしては、たとえば大正六年三月九日付江口渙宛書簡で「この間又山椒大夫をよんでしみじみ鷗外先生の手腕に敬服しました僕は二度よんで始めてうまさに徹することが出来たのですあのうまさはとても群衆にはわからないでせうあゝいふ所まではいりこまなくつちや駄目ですねえ」と賛嘆しているのが注目される。六年三月の芥川といえば、第一創作集『羅生門』の出版を準備する一方で、「偸盗」を書きなやんでいるころである。鷗外の「歴史其儘と歴史離れ」（大4・1）執筆の契機となった「山椒大夫」（同上）を、この時期にあらためて読み返しているところが興味深い。語の本来の意味でのスタイリストであった芥川が敬服したのは、総じていえば鷗外の文体・スタイルに対してであった。「ほんものゝスタイル――森鷗外氏の文章について――」（大6・11）において「読んで読み飽かない、読む度に寧今までの気のつかない美しさがしみ出して来る。さう云ふスタイルがほんとうのスタイルです。ほんとうのスタイルは今も数へる程しかありません。／森さんのスタイルは正にそのほんものゝ一つです」と書いたのは、「山椒大夫」再読後の感想でもあったろう。芥川にとって、ほんもののスタイルとは何よりもまず簡潔な文体によって支えられたものでなければならなかった。別のところでも芥川は「文芸上の作品にては簡潔なる文体が長持ちのする事は事実なり。(中略)鷗外先生の短篇の如き、それらと同時に発表されし「冷笑」「うづまき」等の諸作に比ぶれば、今猶清新の気に富む事、昨日校正を済ませたと云ふとも、差支へなき位ならずや」(「雑筆」大9・11)といっている。なるほどその短篇に比べれば、「奈良五十首」の詠みぶりは無雑作にすぎるということになろう。

ところで「鷗外全集」は、鷗外の芥川宛書簡四通を収めている。そのうち大正六年十月二十七日付の書簡は、鷗外がこの年九月から十月にかけて発表した史伝「細木香以」の「十四」に「頃日高橋邦太郎さんに聞けば、文士芥川龍之介さんは香以の親戚ださうである。若し芥川氏の手に藉つて此稿の謬を匡すことを得ば幸であらう」と書いたのに応じて芥川が書簡を送り、それに対して来訪を促したものである。十一月五日に観潮楼を訪ねた芥川から聞いた話の内容が「細木香以」の補記に書かれていることは、鷗外の読者なら誰でも知っていよう。いささか脇道にそれるが、ここではその補記の記述について、芥川自身の問題として気になることを一、二書きとめておこう。ある意味では当然のことながら、このとき芥川は香以の族人について語りながら、自らの生い立ちの真相にはふれなかったようである。まず鷗外は補記の中で、香以の姪である儔《とも》について「龍之介さんは儔の生んだ子である」と書いているが、いうまでもなく、儔は芥川の養母である。また鷗外は香以の孫娘えいの夫の名が新原元三郎でまちがいないことを確認しえたことも記している。芥川は元三郎が実の叔父であることにはふれなかったようだ。この新原元三郎は、芥川の実父敏三の弟である。儔が養母であり、実母はほかにいたことを語らない以上、新原元三郎がほかならぬ実の叔父（実父敏三の弟）であることにもふれえなかったのである。周知のように芥川が「狂人」の生母について初めて告白するのは、死の前年の「点鬼簿」においてである。ついでにいえば、芥川はこのとき香以の父龍池による「津藤紀行」（仮称）一巻を持参したようだが、この紀行はながく鷗外の手許におかれたらしく、大正八年一月二十九日付芥川宛書簡には「先頃御アヅケ置被成候津藤紀行頃日博物館員一見シ館へ御寄贈又ハ御売ワタシ被下候〻ハ出来ズヤト申候」とあり、同年六月二十日付書簡では「月水金曜日午前八時ヨリ午後四時マデ博物館ニ御来話候ハヽ最好都合ニ可有之候」と書いている。津藤紀行は鷗外の斡旋によって帝室博物館に入ったのであろうか。芥川と鷗外を結びつけた稿本の行方を知りたいものである。「細木香以」の補記には「幸に芥川氏はわたくしに書を寄せ、又わたくしを来訪してくれた。是は本初対面の客ではない。打絶えてゐたゞけの事である」と記されている。「初対面」とはいつのことだろうか。鷗外の死に際して芥川は大正十一年八月の「新小説」に追悼文「森先生」を寄せて、漱石の葬式のときみた鷗外の「神彩ありとも云ふべき」立派な顔の印象について語っているが、その文の冒頭は「或夏の夜、まだ文科大学の学生なりしが、友人山宮允君と、観潮楼へ参りし事あり」と書き出されていた。芥川の大学時代の「夏」とは、大正三年か四年だが、山崎一穎「森鷗外と龍之介」（『解釈と鑑賞』昭58・3）は、山宮允「鷗外先生追憶」を引いて、それが大正三年「夏」であったことを明らかにしている。だとすると、それは大正四年十一月十八日の漱石山房訪問より一年以上早いことになる。もって芥川の鷗外親炙を知るに足る一齣ではあろう。総じて芥川の鷗外批判は、その没後に厳しくかつあからさまになっていくようだ。

二

芥川より五歳年長の釈迢空・折口信夫は、その最晩年にも「かたくなに　森鷗外を蔑《サ》みしつゝありしあひだに、おとろへにけり」（昭28・1）と歌っているように、鷗外嫌いをくりかえし公言してはばからず、終生それを貫き通した点で特異な存在だろう。鷗外についての最初の言及は、大正三年三月十一日の「不二新聞」に掲載した「文芸時評」である。そこでは鷗外の歴史小説について「外的過程を遂ふ《(ママ)》に忙しくて心理的開鑿の不完全であることが氏の歴史小説を創作だと許しがたいものとするのだ」と断じつゝも、わずかに「堺事件」については「失望にをはらぬ光明が見え出して来た」とやや好意的に論評している。要するに鷗外作品の特徴である自己抑制のきいた客観的叙述は、たとえばこの時代に折口が高く評価し影響を受けた岩野泡鳴における生の刹那的表出とちがって、主体的燃焼が欠如している点で気に入らないのである。その意味では先にあげた「文芸的な」など鷗外没後のそれを除く芥川の鷗外評価と真向から対立する。そして芥川が鷗外の徒であることも折口は見抜いていた。「鷗外博士の作物の欠点は、とりすましと、小皮肉とにあつた。芥川さんなどは其に終始してゐた様である。第二の潤一郎になる人は、此人ではないかと思ふだけ、少しのあらが目立つていけない」（「詩と散文との間を行く発想法」昭5・2）という批判がそれをよく示している。ちなみにいえば、折口は谷崎に対して終始好意的であった。次に掲げるのは、芥川が死んだ昭和二年の十月に発表した「好悪の論」である。

文学上に問題になる生活の価値は、「将来欲」を表現する痛感性の強弱によつてきまるのだと思ひます。概念や主義にも望めず、哲学や標榜などからも出ては参りません。まして、唯紳士としての体面を崩さぬ様、とり紊さぬ賢者として名声に溺れて一生を終つた人などは、文学者としては、殊にいたましく感じられます。のみか、生活を態度とすべき文学や哲学を態度とした増上慢の様な気がして、いやになります。鷗外博士なども、こんな意味で、いやと言へさうな人です。あの方の作物の上の生活は、皆「将来欲」のないもので、現在の整頓の上に一歩も出て居ない、おひんはよいが、文学上の行儀手引きです。もつと血みどろになつた処が見えたら、我々の為になり、将来せられるものがあつた事でせう。
逍遙博士はまだ生きて居られるので、問題にはしにくいと思ひますが、あの如何にも「生き替り死に変り、憾みを霽らさで……」と言つたしやう懲りもない執著が背景になつて、わりに外面整然としない作物に見失はれがちな、生活表現力を見せてゐます。つまりは、あきらめやゆとり(鷗外博士のあそび)や、通人意識・先覚自負などからは、嗜かれる文学は出て来ないのです。この意味の「嗜かれる」といふことは、よい生活を持ち来す、人間の為になる文学、及び作者の評言といふ事になるのです。(中略)
芥川さんなどは若木の盛りと言ふ最中に、鷗外の幽霊のつき纏ひから遁れることが出来ないで、花の如く散つて行かれました。

もとより「好悪の論」であり、鷗外の贔屓筋からは異論も出ようが、いっていることは明快で、よくも悪くも鷗外の特徴をついている。折口の鷗外批判・鷗外嫌いは右の論理で終始一貫していた。とにかくこれほど徹底して鷗外嫌いを貫いた人をほかに知らない。その一方で、折口はまたつねに逍遙贔屓でもあった。「逍遙から見た鷗外」（昭23・12）では「逍遙の作物と理論とは、改めてもつと読まれねばならぬ。と言ふ訣は、ある時期以後、鷗外が近代文学の指導者としての立場に置かれ、その為に、その久しかつた相手逍遙の作物理論が、軽蔑すべきものに見られて来てゐるからだ。（中略）鷗外は理想主義者であり、論理の基礎に学術を思はせるものを見せてゐるが、逍遙の論理は、常識に徴して、如何にもわかりのよい人だといふ感じが今において深い」とのべている。庶氏の生活と心性に発想の基礎をおく民俗学者折口信夫の立場からしても自然な評価だといえよう。それにしても折口の鷗外への言及は夥しい数にのぼり、単なる批判というよりは、強い関心を含んだ積極的ないしは戦闘的否定という方がふさわしい。折口の鷗外へのこだわりの底には、研究者と創作家を一体として生きるものとして、鷗外の軍人・学者と文学者の二足わらじの生き方への関心があったと思われる。第一歌集『海やまのあひだ』（大14・5）の跋文には、鷗外の最晩年の文集『蛙』にふれて「長い愛着をふりきつて、学問に立ち戻らうと言つた語気を、その序文に見出して、寂しまずには居られなかつた。（中略）鷗外博士は「蛙」一部を以て、その両棲生活のとぢめとして、文壇から韜晦した。愚かな枝蛙は、最後の目を見つめるまで、往生ぎはのわるい妄執に、ひきずられて行くことかも知れない」という覚悟を書きつけている。折口の鷗外嫌いも単純な好悪のみではなかったのである。

折口の鷗外嫌いのもうひとつの理由として、観潮楼歌会その他で鷗外が発揮した短歌界への影響力が考えられよう。たとえば折口は「鷗外美学が結局、新詩社を壊滅させるに至つたのだとも言へます」（「女流の歌を閉塞したもの」昭26・1）と断じきっている。ここには晩年の芥川による鷗外の短歌・俳句に対する批判と通底するものがあるかもしれない。

折口の鷗外嫌いに対して、その師柳田国男は、兄井上通泰が鷗外の盟友であったこともあって、大いなる鷗外ファンだった。鷗外らの「於母影」や「しがらみ草紙」「めざまし草」などによって「文学熱」をあおられ、「そのお蔭でいつぱしの文学青年になり、大の森ファンの一人でチャイルド・ハロルドの長い詩の訳詩から原詩まですっかり暗記してゐたほどの熱狂ぶり」（「漱石の猫に出る名」昭9・3）だったという。「森鷗外さんのまだ三十三四の頃に、私は学生で毎度話を聴きに行つた。兄の友だちといふ以上に、特に熱烈なる崇敬を捧げてもゐたからである」（「家と文学」昭19・7）とも回想しており、柳田の文学志向の源泉としては、鷗外の存在が杉浦萩坪に劣らず大きい。「此春（大正四年）の中央公論に、森鷗外氏の書かれた山荘太夫の物語は、例の如く最も活々とした昔話であつた」と書き起される柳田の「山荘太夫考」（大4・4）は、芥川も感嘆してやまなかった鷗外の「山椒大夫」を直接の刺激として、その発表の直後に筆をとったものであった。

三

折口信夫が太宰治の支持者であったことは、不思議な感じがしなくもないが、右に紹介した鷗外批判の文脈に即してみれば、おのずと納得がいくようにも思われる。しかし、その太宰治が大の鷗外贔屓であったことには、意外の感を抱く人がいるかもしれない。「森鷗外と太宰治」については、「鷗外の作品、なかなか正当に評価せられざるに反し、俗中の俗、夏目漱石の全集、いよいよ華かなる世情、涙いづるほどくやしく」という「余談」（昭10・12）の一節をはじめ、つとに本誌（「森鷗外研究」）2号の「方眼図」欄でわが敬愛する篤学の士山内祥史氏によって、周到な紹介がなされている。太宰治にとっても鷗外は何よりもまず文章の人であったのだが、一方で太宰のいわゆる前期から中期への転身にあたって、鷗外の対現実の姿勢がひとつの指標になっていたことを、「春の盗賊」（昭15・1）の次の一文などはよく示していよう。山内氏もふれていないので長くなるが引用しておこう。

> 激情の果の、無表情。あの、微笑の、能面になりませう。この世の中で、その発言に権威を持つためには、まづ、つつましい一般市井人の家を営み、その日常生活の形式に於いて無欲。人から、うしろ指一本さされない態《てい》の、意志に拠るチヤツカリ性。あたりまへの、世間の戒律を、叡智に拠つて厳守し、さうして、そのときこそは、見てゐろ、殺人小説でも、それから、もつと恐ろしい小説を、論文を、思ふがままに書きまくる。痛快だ。鷗外は、かしこいな。ちやんとそいつを、知らぬふりして実行してゐた。私は、あの半分でもよい、やつてみたい。凡俗への復帰ではない。凡俗へのしんからの、圧倒的な復讐だ。

時あたかも、オイレンベルグ原作・森鷗外訳「女の決闘」を下敷にした同名の「殺人小説」を書きつつあった時期で、そこに書かれている芸術家という存在の悪魔的な「冷淡」「非情」も、鷗外全集を読む中から生まれて来たものと推定できる。それが自分にもっとも欠けていると自覚するがゆえに、折口が批判してやまなかった鷗外の「とりすまし」の姿勢に、太宰は逆に学ぼうとしていたわけだ。

山内氏は太宰治が井伏鱒二宛書簡（昭11・8）中で、「ご本、鷗外全集の他にも二冊同封申しました。鷗外の本《ほん》は、いろいろ持つて居りますゆゑ、きつと、のちのちも利用させて下さい」とあるのを引いて、「井伏鱒二が鷗外に親しむのも、太宰治の影響によるのであろう」としているが、実際はむしろ逆だったのではあるまいか。

井伏鱒二の鷗外との出会いは、早く大正六年一月、福山中学五年のときにさかのぼる。芥川が「細木香以」のことで観潮楼を訪ねる年のことである。このことは、井伏の「森鷗外に詫びる件」（「東京朝日新聞」昭6・7、のち「悪戯」と改題）で明らかにされ、今では広く知られている事実である。当時鷗外は大阪毎日新聞に「伊沢蘭軒」を連載していた。蘭軒は福山藩主の侍医だった人で、福山地方では井伊直弼の命により、その子良安らとはかって、藩主を毒殺したのだという噂が古くからあったので、井伏は友人の森政保の示唆によって、その当時用いていた朽木三助というペンネームで鷗外宛に反駁文を送った。その毒殺説に対して鷗外はただちに反証をあげて答えたので、さらに井伏は朽木老人は死去したという手紙を、今度は本名で出し、鷗外から弔いの便りを得たというのである。「伊沢蘭軒」の「その三百三」には「わたくしは朽木三助と云ふ人の書牘を得た。朽木氏は備後国深安郡加茂村粟根の人で、書は今年丁巳一月十三日の裁する所であつた。朽木氏は今は亡き人であるから、わたくしは其遺文を下に全録する」とあって、その書簡の全文が掲げられている。

「謹啓。厳寒之候筆硯益御多祥奉賀候。陳者頃日《このごろ》伊沢辞安の事蹟新聞紙に御連載相成候由伝承、辞安の篤学世に知られざりしに、御考証に依つて儒林に列するに至候段、闡幽の美挙と可申、感佩仕候事に御座候。」

「然処私兼て聞及居候一事有之、辞安の人《ひと》と為《なり》に疑を懐居《いだきをり》候。其辺の事既に御考証御論評相成居候哉不存候へ共、左に概略致記載入御覧候。」

「米使渡来以降外交の難局に当られ候阿部伊勢守正弘は、不得已事情の下に外国と条約を締結するに至られ候へ共、其素志は攘夷に在りし由に有之候。然るに井伊掃部頭直弼は早くより開国の意見を持せられ、正弘の措置はかばかしからざるを慨し、侍医伊沢良安をして置毒せしめられ候。良安の父辞安、良安の弟磐安、皆此機密を与かり知り、辞安は事成るの後、井伊家の保護の下に、良安、磐安兄弟を彦根に潜伏せしめ候。」

「右の伝説は真偽不明に候へ共、私の聞及候儘を記載候者に有之候。若し此事真実に候はゞ、辞安仮令《たとひ》学問に長《た》け候とも、其心術は憎むべき極に可有之候。何卒詳細御調査之上、直筆無諱御発相成度奉存候。私に於ても御研究に依り、多年の疑惑を散ずることを得候はゞ、幸不過之候。頓首。」


もし、これが実物に近いとすれば、井伏のこの手紙文は、現在公刊されている彼のもっとも古い文章ということになるが、中学生のものとしては恐しく老成したものといえよう。鷗外は朽木三助の手紙について「わたくしはこれを読んで大に驚いた。或は狂人の所為かと疑ひ、或は何人かの悪謔に出でたらしくも思つた。しかし筆跡は老人なるが如く、文章に真率なる所がある。それゆゑわたくしは直に書を作つて答へた」といっている。井伏によれば、引用されている「その文章は、鷗外がすつかり書きなほしたもので、内容だけは同じだが、私の書いた候文とはまるで違つた感じのものになつてゐた」という。鷗外による斧鉞がどの程度のものであったかは知る由もないが、鷗外は「此説の虚伝なることは論を須たぬ」ことを承知の上で、「流言は又正弘を療した伊沢氏に被及して僻遠の地には今猶これを信ずるものがあるらしい」ことの一例証として、これを添削の上掲載したのであろう。「筆跡は老人なるが如く」とあるが、これには鷗外の虚構が加わっているかもしれない。それは中学生井伏満寿二にもある程度感じられていたらしい。井伏は「中学生朽木三助の筆跡が、現在の私の筆跡よりも老人らしくなかつたことは事実であるが、鷗外がそんなことをいふのは、作者といふものの秘密はこんなところにもあるものかと思はれた」とのべている。考えてみれば、返書を送った鷗外が「わたくしは朽木氏の存在を疑つて、答書の或は送還せられむことを期してゐた」というのも当然である。第一「朽木三助」とはいかにも偽名くさいではないか。鷗外が「何人かの悪謔」と見抜きながら、そしらぬ顔でそれを全面的に書きなおしたうえで「筆跡は老人なるが如く、文章に真率なる所がある」と評して平然と引用したのだとすれば、「鷗外は私たちに、まんまと一ぱいくはされてゐる」と思いこんだ中学生より、鷗外の方がはるかに老獪だったことになる。その可能性は高い。そこに井伏は「作者といふものの秘密」を感じた。考えようによれば、これは井伏に文学開眼をもたらした出来事であるとさえいえよう。

ちなみに「森鷗外氏に詫びる件」は、ながく単行本に収められずに、三十数年後の昭和三十九年十一月発行の「井伏鱒二全集」第九巻に、全面的に改稿し「悪戯」と改題の上初めて収録された。右の引用はその「悪戯」によっている。初出文は「私が森鷗外氏をだまして、その結果、森鷗外が新小説の一回分を余計に書いたことについて話さう、私は謹厳な鷗外氏をだましたことを後悔してゐる。鷗外全集を見るたびごとに、私は気になつていけない」と書き始められ、最後は「……おそらく鷗外氏は採点のあまい批評のしかたをしてゐた人であらう。／上述の告白によつて、私は鷗外氏晩年の作「伊沢蘭軒」に少しでもきずをつけようとするものではない。寧ろ私の過去の軽率ぶりを披れきして、鷗外氏の真率たる研究態度を暗示しようと試みるものである」と結ばれているが、この部分は生前の筑摩版全集の「悪戯」ではいずれも削除された。また、鷗外が「筆跡は老人なるが如く」と評したことについて、先に引いた「作者といふものの秘密」云々のかわりに初出では「鷗外氏がそんなことをいふのは、よくせ〔き〕伊沢蘭軒の研究に没頭して、見さかひがつかなかつたのであらう」というい い方をしている。なお、「伊沢蘭軒」に引用された反駁文は「鷗外がすつかり書きなほしたもの」であることに、初出文はまったく言及していない。

ところで、戦前の随筆類をあつめた第一次井伏全集第九巻の諸文のうち、単行本未収録のものは「悪戯」一篇のみである。これを単行本に収めなかったのは、「森鷗外氏に詫びる件」発表後二カ月たった昭和六年九月の「文芸春秋」の「話の屑籠」欄で、菊池寛が井伏文にふれ、次のように書いたことがひとつの原因になっていると思われる。

井伏鱒二君が、少年時代鷗外博士にウソの手紙をかいたことを時事新報（朝日新聞の誤り・引用者注）に告白してゐる。少年時代のいたづらはよいが、それを今更告白することが、いけないと思つたので、大いにやつつけてやらうと思つてゐると、丁度同君から、「仕事部屋」と云ふ創作集を送つてよこしたのでつい気の毒になつて、やつつけることはよすことにした。

右のような事情があったにもかかわらず、井伏はその後もこの文章にこだわり、新聞の切抜をながく篋底に秘していたのだろうか。いずれにしても中学時代のこの出来事が、井伏に忘れがたい感銘を残したことだけは確かである。

戦後になると、井伏は「森鷗外に関する挿話」（昭24・6）という文章であらためてこの問題をとりあげた。そこでも鷗外による書簡文の改作について「テニヲハをちよつと変へ、語辞を入れかへるだけで、私の稚拙な文章が生れかはつて大人びてゐた。文章の秘密は怖しい。私は鷗外の大手腕に舌を巻いた」と書いている。鷗外はこの事件によって、井伏に「作者といふものの秘密」とともに「文章の秘密」をも教えたのである。

四

このように井伏鱒二の鷗外への関心・畏敬は、太宰治との出会いよりもはるか以前に始まり、生涯にわたって持続した。たとえば昭和七年九月「新潮」に発表された「森鷗外論」は、鷗外作品についての一通りでない親炙ぶりをしのばせるに十分である。井伏はこの文章でまず「伊沢蘭軒」について論じるとともに、「すべての鷗外の史伝小説には考証の実質の裏面に、莫大な詩の精神が活動をつゞけてゐる」と的確に指摘する。さらに鷗外作品にみえる「高度の正義感」と「詩」の関係に言及し、次のようにいう。

鷗外の史伝小説は「山椒大夫」をはじめ、「寒山拾得」「阿部一族」「最後の一句」その他、殆んど力と無力との対立に端緒を発して構成されてゐて、犯し難い詩がそこに存在する。それ来たとばかりの高度の正義感なくしては、かういふ構成の作品は不純になつてしまふのである。

続いてその好例として「最後の一句」の末尾の一節を引用し、「さういふ殆んど頑丈な表現であつて、この作者としては珍らしく主観を語つてゐるが、決して作者自身が熱狂したり「力」の代表である役人を罵倒したりしてゐない。これは森鷗外に情熱が欠けてゐるためでもなく、年とつてゐるためでもない。悟性との微妙な関係によつて、情熱は表面に露出してゐないだけである」と評して、鷗外作品における「詩」の生まれる秘密が「情熱」と「悟性」との微妙なバランスにあることを示唆している。ほとんど同じような特質に着目しながら、前述した折口信夫の鷗外批判と、井伏の鷗外礼賛との別れ目がここにある。そしてかつて芥川龍之介が礼賛してやまなかったように、井伏もまた「山椒大夫」を賛美するのである。

私は史伝小説のうちで「山椒大夫」を最も愛してゐる。さういふいひかたが失礼ならば、これは最も私を啓発してくれた作品であるといひなほしてもいゝ。私はこの作品を或る日、田舎の土蔵のなかの本箱で見つけ、その場でほの暗い光線をたよりに立ち読みしながら、新しい言葉でいへば「悠久なる人間の生命」を見たと思つた。この作品はバルザックの「従妹ベツト」の主張と似通つてゐると思つた。人間の根強い生命力は、いつでもその生命を泥土に還元さすまいと必死になつてゐるのである。

芥川の「山椒大夫」評価と、「黒い雨」の作家のそれとのちがいが興味深い。

戦後の井伏には「『阿部一族』について」(昭23・12)という作品論もある。そこではこの作品が格調ある「名篇であること勿論だ」としながらも、「一体に月日の配置について作者は無関心である。また、季節に率先して景物を展開させてある」ことなどをつぶさに指摘して、鷗外作品へのなみなみならぬ味到ぶりをうかがわせる。また「『雁』の三つの場面」(昭46・8)では、松源での出会いの場面、蛇退治の場面、不忍池の雁の場面をあげて、抑制された筆の間から溢れ出るものについて、みごとな翫賞を示していることもつけ加えておこう。

「鷗外の手紙」(昭42・1)は、「伊沢蘭軒」にかかわる福田禄太郎宛鷗外書簡十五通を発掘紹介したもの。福田は福山の漢学者で、「伊沢蘭軒」執筆中の鷗外がしばしば「叱正」を請うたことを、作中に記している人物である。井伏は福山中学時代に福田に漢文をならった。福田先生の名がしばしば作中に登場することも、井伏が「伊沢蘭軒」に特に関心をよせた理由であったろう。福田家には鷗外の書簡が保存されているはずだと、かねてから見当をつけていた井伏が、福山在住の知人に確認してもらい、発見に至ったものである。書簡の写真とコピーを見た井伏の印象はこうである。

この鷗外の手紙はすべて筆蹟の勢ひがいい。若々しく見える。なかには目を見はらせるほど勢ひ込んだ書きかたをしたものがある。鷗外の普通の手紙ではそれが見られない。

これを一通づつ読み辿ると、鷗外がどれだけ資料に対して欲が深かつたか、どれだけまた惜しげもなく折角の資料を棄てたか知ることが出来るだらう。但、それは蘭軒伝を読みなほした上のことである。

昭和五十年三月刊行の「鷗外全集」第三十巻は、新たに福田宛鷗外書簡を収録し、後記に井伏鱒二「鷗外の手紙」からの「転載」であるとことわっている。あの「悪戯」事件以来、半世紀余、井伏鱒二はこのようなかたちで、若き日の「軽率」の罪を償い、鷗外の恩に報いたのである。このたびは、「虚伝」ならぬ紛う方たき新資料の発掘によって。

〈追記〉

「井伏鱒二全集」の第一回配本（平成8・11）が開始されようとする直前、山崎一穎氏によって、東京大学総合図書館・鷗外文庫の中から、福山中学時代の井伏鱒二（満寿二）の鷗外宛自筆書簡が発見された。山崎氏には早速、「井伏鱒二全集」第二巻・月報に「井伏鱒二の森鷗外宛書簡」と題して翻刻紹介してもらったが、次にそれを引用させていただく。

拝啓伊沢蘭軒の事につき朽木三助氏の依頼により失礼をも顧みず申し上げ候
朽木氏は十七日前死去致され候。
其の時、駒込、一月十六日付けの森博士よりの書信を出し小生に求して病気の為めおしめしの半紙形の紙に書きて事実を博士に申し上ぐる事不可能につき汝に依頼すと申され候小生は事実をばよく知り申さず候へども地方にては阿部家に出入したる医者伊沢家の者が正弘公を弑したりと譚し居り申し候。但し現今は故老のうすら覚えくらひの事に候。又正弘公病気の時地方医窪田老先生——窪田二郎氏にして其の家は阪谷芳郎博士の親類にこれあり候——をめし抱へんとせしも先生は農民を救はん目的にして確く其の栄達を度外に置き、辞され申し候、と小生の祖父申し居り候。小生等も毎年盆時には其の墓に参拝いたし申し居り候。朽木氏の申されし時代の誤られ居りしは博士の書信によりて明らかになり申し候而して柏軒の家はもと福山最善寺町の西通り南角にありし由に候今はシンガーミシン女学校とか貿易輸出品製造所とかの様なものゝ建物これあり候取り急ぎ乱筆に認め申し候段、お許し下され候　謹言

三月六日

広島県福山中学校

井伏満寿二拝。

森林太郎様

これが、今日知られている井伏鱒二の最も古い自筆書簡ということになる。文章は朽木三助書簡として「伊沢蘭軒」に引用されたものに比しても格調が高いとはいえないものの、影印をみると鷗外が「筆跡は老人なるが如く」と評したように、とても中学生のものとは思えない。一方、鷗外は中学生井伏某のことなどにはふれず、朽木三助が托した「遺言」なるものの内容を要約して、「御蔭を以て伝説に時代相違のあることを承知した。大阪毎日新聞を購読して記事の進捗を待つてゐるうちに、病気が重体に陥つた。柏軒を療する段を読まずして死するのが遺憾だと云ふのであつた」と、まったく別様に紹介した上で「按ずるに朽木三助の聞き伝へたところは、丁巳の流言が余波を僻陬に留めたものであらう」と書いている。その老獪まことに端倪すべからざるものがある。

（「森鷗外研究」6、平7・8）

日本近代文学と鉄道

明治維新（一八六八）後の新政府が最初に着手したのは、当然のことながら戸籍簿の整備・編纂（いわゆる壬申戸籍）であり、さらには学制と徴兵令の公布である。いずれも一八七二（明5）年のことだが（徴兵令は七三年一月だが全国徴兵令の勅が七二年十二月に出される）、新政府はこれらの事業と平行して鉄道網の建設（道路網や地図作成を含む）も推進していった。同じ年に新橋・横浜間に鉄道が開通したことはよく知られている。日本で近代的な測量および地図作成事業が組織的に行われるようになったのはいうまでもなく明治になってからで、特に一八七二（明5）年兵部省が陸海軍二省に分かれ、「地理の偵察、調査と編集作成」は陸軍間諜隊が専ら行うことになった。一八八八（明21）年からそれが陸軍参謀本部陸地測量部になり、第二次大戦後はその業務を国土地理院が引き継いでいる。中央集権化と富国強兵を遂行するための、このような鉄道・道路網の整備や地図作成は、日本人の国土観を含む「国民国家」の形成はもとより、その風景観や時空感覚、対他意識などの感性や想像力の変容ももたらしたはずである。まず何よりも鉄道の出現は、徒歩や馬車等による移動に比べて、従来の時間的距離や空間的知覚を飛躍的に縮小ないし変容させ、あるいはそれをほとんど抹殺さえした。

> 鉄道が空間と時間を抹殺するという共通表現《トポス》は、次第に新しい空間を交通に取り入れてゆくことで空間を拡げてゆく、この現象とは関係がない。抹殺されたものとして体験されるのは、伝統的な空間および時間の連続性である。この連続性は、自然と有機的に結びついていた昔の交通技術の特徴である。昔の交通技術は、旅をして通過する空間と模倣的関係にあったので、旅行者には、この空間を生き生きとした統一体として知覚させたのである。（中略）鉄道が作りだす時間・空間の関係は、技術以前の時代のその関係にくらべると、抽象的なものに見え、時間・空間感覚を阻害するものと写る。というのも、ニュートン力学の実現である鉄道は、技術以前の時代の交通の特色となっていたものすべてを否定し去るからだ。郵便馬車と街道との関係のように、鉄道は、風景空間の中に織りこまれてはおらずむしろその中を突き抜けているように見える。
>
> （W・シベルブシュ「鉄道旅行の歴史」）

人間の時空の意識は基本的には身体感覚に規定されており、したがって鉄道の出現は、時空感覚の身体論的な変容、ほとんど革命的転回を生み出した。それは地図上の国土観もより身近なものに内面化したであろう。日本人のナショナル・アイデンティティの生成と鉄道は密接に結びついている。鉄道は「想像の共同体」の成立にも寄与したのである。

日清戦争以後、産業資本と軍事上の要請から、日本の鉄道事業は急速に促進されていき、「汽笛一声新橋を」で知られる有名な「鉄道唱歌」（一九〇〇）が出される前後から二十世紀初頭にかけて日本の国土の主要地域は鉄道網によってほぼ覆われるにいたった。大和田建樹作詞の「鉄道唱歌」は角書に「地理教育」とあるように、国民教育にも資すべき、移動するパノラマ的風景の地理的連なりからなっており、第一集が東海道、第二集山陽・九州、第三集奥州線・磐城線、第四集北陸地方、第五集関西参宮南海各線というように出版された（大阪三木佐助楽器店）。特に日露戦争で鉄道の果した役割は大きく、戦後はその重要性が強く認識されて講和の翌年の一九〇六（明39）年には鉄道国有法が公布され、それまでの本州中部（北海道、中央、信越、北陸の各本線）を国営、その他を私鉄が担当するという官私併存主義をあらためて幹線の国有化が断行された。この一九〇六年は日本の鉄道史上画期の年である。日本が韓国の鉄道にも早くから介入したことはよく知られているが、一九〇六年には前年開通したばかりの京釜鉄道を買収して、韓国総監府鉄道局の管理下におき（二月）、十一月には南満州鉄道株式会社を設立、十二月にはやはり前年開設の関釜航路（山陽汽船）も国有化する。これによって、同年に開通した北の京義鉄道とともに韓国の鉄道は半島を縦断し、満鉄に直結することになって（鴨緑江橋梁の完成と、新義州と安東間開通は一九一一年）、鉄道は文字どおり大陸侵略の尖兵の役割を果していくのである。日本国内でも鉄道網の整備は、ますます中央集権的体制を強化し、国民国家としての一体化とともに中央・地方の差異化をも作り出していった。日本の鉄道は明治以来、東京を中心に東京方面を「上り」、その反対方向を「下り」と称しているが、植民地時代の韓国でも京城（ソウル）から釜山方面は「上り」とされていた。満鉄の新京（長春）から大連方面行も「上り」とされた。露骨な日本・東京中心主義だ。近代文学と鉄道の問題もこの年頃から本格的に浮上するのである。

一九〇六年五月には名古崖で鉄道五千マイル祝賀会が開かれるが、それをメートルに換算すると八〇四五キロに相当する。鉄道が生み出すさまざまな矛盾や弊害をよそに、鉄道の躍進は日本国民の間でも基本的には歓迎し受け入れられていったのである。しかし、日本鉄道史にとって記念すべき一九〇六年に、鉄道を「文明の弊」として批判する「汽車論」を発表した作家がある。いうまでもなく「草枕」（九月）の漱石である。「草枕」ではその「非人情の天地」というユートピア的夢想に対立するものとして汽車批判が展開される。

愈現実世界へ引きずり出された。汽車の見える所を現実世界と云ふ。汽車程二十世紀の文明を代表するものはあるまい。何百と云ふ人間を同じ箱へ詰めて轟と通る。情け容赦はない。詰め込まれた人間は皆同程度の速力で、同一の停車場《ステーション》へとまつてさうして、同様に蒸気の恩沢に浴さねばならぬ。人は汽車へ乗ると云ふ。余は積み込まれると云ふ。人は汽車で行くと云ふ。余は運搬されると云ふ。汽車程個性を軽蔑したものはない。文明はあらゆる限りの手段をつくして、個性を発達せしめたる後、あらゆる限りの方法によつて此個性を踏み付け様とする。

つまり鉄道・汽車は「個性」を圧殺するばかりでなく、国民を画一化しその意思に関係なく一定方向（たとえば戦争）に強制的に「運搬」してしまうというわけである。この作品の作中時間が前年に終結した日露戦争中に設定されていることに注目すべきである。現実世界からは隔絶しているはずの桃源郷的空間にも戦争の影響はおしよせて来ているのだ。二、三日前からこの里に滞在している那美の従弟久一も日露戦争で召集され満州に行く運命にある。そもそも那美自身「こゝの城下で随一の物持ち」の息子に器量好みでもらわれたが、もともと折合いが悪かったところへ「今度の戦争」で、亭主の勤めている銀行がつぶれて、那古井の実家に帰っているのである。その「離縁された亭主」は、髭だらけの「野武士」のような姿で、那美に金の無心に来て、「御金を拾ひに行くんだか、死にゝ行くんだか」知れないが「満州」に行くという。那美の従弟の久一と元亭主とがともにこの出世間的とも見える那古井を離れて、「烟硝の臭ひの中で、人が働いて居る。さうして赤いものに滑つて、むやみに転ぶ。空では大きな音がどゞんどゞん云ふ」ような「満州」に行くべく、「汽車」に乗り込んで出発するところで「草枕」は終わる。その「汽車」が「文明の長蛇」にたとえられているこの作品が、ほかならぬ一九〇六年に発表されたことの意味は大きい。この時期の日本人にとって満州は何よりも鉄道と結びついてイメージされていたのである。ついでにいえば、ハルピン駅での安重根による伊藤博文（前韓国統監）の暗殺の話題からはじまる「門」（一九一〇）の宗助・お米夫婦も、「満州」という「物騒な所にゐる」はずの安井の影におびやかされている。

ところで、鉄道旅行は人々の対他意識や対人関係あるいは共同体意識にどのような変化をもたらしたであろうか。鉄道による移動が多くの未知の他者との出会いを生んだのは当然だが、日本人にとって鉄道による旅行は、具体的にはどのような体験であったかを考えてみよう。鉄道旅行とは日常の時空から離れた疾走する部屋の中で、見知らぬ他人と膝をつきあわせ、あるいは肩をふれあいながらお互いに遠慮がちにまなざしを交わしあい、気まずい沈黙やぎこちない言葉のやりとりをしつつ強制された窮屈な数時間をすごすことである。このような強いられた対人関係ないし、対人接触は、それまでの日本人が経験することのなかったものである。それが日本人の対他意識に影響を与えないはずはない。柳田国男は「明治大正史・世相篇」（一九三一）の中で、明治以降の日本人の目つきが鋭くなったことに注目を促している。これは未知の他者との接触が増大したことと無関係ではないだろう。

この移動する空間は、またさまざまな物語を生み出した。たとえば政治と文化の中央集権化はまず上京する青年たちの物語を生んだ。すぐに思いあたるのは漱石の「三四郎」（一九〇八）であろう。「三四郎」に触発されたといわれる森鷗外「青年」（一九一〇〜一一）も上京する青年の物語である。「三四郎」の主人公小川三四郎は福岡県京都郡真崎村出身。彼は高校を卒業して大学に入学するために上京する列車の中で、京都で乗合わせた女と名古屋で同宿し、同じ部屋の、しかも一枚の布団に寝る破目になる。もとより何ごとも起らないが、女は関西線で四日市に行くといって別れるとき、三四郎に向かって「あなたは余つ程度胸のない方ですね」といい「三四郎はプラットフォームの上に弾き出された様な心持がした」のである。高等学校を出たばかりの地方出身の青年が見も知らぬ女性、それも人妻と同宿するというのも小説の中のこととはいえ、鉄道の出現以前には起りえなかったことであろう。いわば強制された交通（コミュニケイション）！

この作品の作品内時間も日露戦争直後に設定されており、京都から乗った女は、海軍の職工であった夫が、日露戦争中に旅順に出稼ぎに行き、戦後はまた大連にいったが、このごろでは送金もとだえているという。同席した老人にも戦争の影がおちている。息子が戦争にとられて中国で戦死した爺さんは「一体戦争はなんの為にするものだか解らない。後で景気でも好くなればだが、大事な子は殺される、物価は高くなる。こんな馬鹿気たものはない。世の好い時分に出稼ぎなどといふものはなかつた。みんな戦争の御蔭だ」といっている。二人が鉄道旅行をしなければならないのもどうやら戦争の影響であるらしい。ここでも鉄道は日露戦争と結びつけられているのである。

汽車旅行はこのように思いがけないかたちで人と人を結びつけるばかりでなく、時として通常は初対面の人に語らないようなプライベートな身上話さえさせることがある。三四郎はまた名古屋からの車中で「神主じみた男」――のちに「偉大な暗闇」と呼ばれる人物として再登場する広田先生とも、名前もうちあけぬまま語りあう。この男はお互いに「こんな顔をして、こんなに弱つてゐては、いくら日露戦争に勝つて、一等国になつても駄目ですね。」という。三四郎が「然し是からは日本も段々発展するでせう」というと、男はすまして「亡びるね」といい捨てるとともに「囚はれちや駄目だ。いくら日本の為を思つたつて贔屓の引倒しになる許だ」というのである。九州の田舎しか知らなかった三四郎に、汽車という交通機関は、故郷の三輪田の御光さんとは似ても似つかない不思議な女や、熊本などでそのようなことをいえば「国賊取扱」にしてすぐ擲ぐられるようなことを平気で口にする男の存在を、早くも知らしめるのである。「日本人」ばなれした、およそナショナリズムとは無縁であるようなこの男は、三四郎にとって「日露戦争以後こんな人間に出逢ふとは思ひも寄らなかつた」というような人物であった。

上京した三四郎は鉄道や電車が縦横に走り、「破壊」と「建設」とが同時に進行しつつある現実世界を目の前にして「明治の思想は西洋の歴史にあらはれた三百年の活動を四十年で繰返してゐる」と感じるのだが、ここでは上京直後彼が目撃する若い女の鉄道自殺事件に着目しておこう。三四郎は野々宮という学者の夜の留守宅近くでそれを体験する。その破砕された肉体はこのように描写されている。

三四郎は無言で灯の下を見た。下には死骸が半分ある。汽車は右の肩から乳の下を腰の上まで見事に引き千切つて、斜掛の胴を置き去りにして行つたのである。顔は無創である。若い女だ。

事故の直前に、三四郎は「あゝ、もう少しの間だ」という女の声を聞いている。それは「凡てに捨てられた人の、凡てから返事を予期しない、真実の独白と聞えた」のだった。鉄道の出現は、平行する二本の鉄路と、その上を疾走する巨大な鉄の塊による身体の切断――「轢死」というかつてない衝撃的な自殺の方法を生み出したのだ。平岡敏夫はかつて「三つの轢死」(一九六五)という論文の中で、「轢死」を扱った作品として一九〇七年の江見水蔭「蛇窪の踏切」、国木田独歩「窮死」とともにこの「三四郎」をとりあげ、そこに日露戦争後の日本社会の深刻な現実の反映を読みとっている。

たしかに漱石の日露戦争批判は鋭い。だからといって、漱石が日本の植民地主義に対して、明確な批判のまなざしのみをもっていたわけではない。「それから」(一九〇九)を書きおえた漱石は学生時代の親友で当時満鉄総裁であった中村是公の招待で、一九〇九年九月二日から十月十七日まで、満州、韓国の旅に出る。大連から大陸に入り満州各地を一巡して、安奉線で韓国入りし京城にはおよそ一週間滞在する。この旅のことは紀行「満韓ところどころ」(一九〇九)に書かれるが、韓国滞在中の日記の一部は残っているものの、エッセイでは韓国の部分は書かれず終わっている。体調は余りよくなかったが、中村是公の配慮もあり、各地で知友の歓迎も受けたりして総じて楽しい旅だったようだ。帰国後、鳥居素川にあてた書簡には「……此度旅行して感心したのは日本人は進取の気象に富んでゐて貧乏世帯ながら分相応に何処迄も発展して行くと云ふ事実と之に伴ふ経営者の気概であります。満韓を遊歴して見ると成程日本人は頼もしい国民だと云ふ気が起」ると書きおくっていて、日本人の植民地主義を手ばなしで礼讃しているところなど楽天的にすぎるといわざるをえない。汽車論で二十世紀文明を的確に批判した漱石といえども、明治日本の知識人に共通した弱点をもっていたことは否定できない。朴裕河もそのすぐれた学位論文「日本近代文学とナショナル・アイデンティティ」(早稲田大学に提出)の中で漱石が韓国で詠んだ歌を引用して、植民地の現実から目をそらしたその回顧的なオリエンタリズムを批判していた。

平岡の指摘した「三つの轢死」はいずれも自殺だが、一九〇七年に発表された事故死としての轢死を扱った作品をみてみよう。田山花袋の「少女病」(一九〇七・五)である。主人公は杉田古城という三十七歳の小説家。以前は美文調の少女小説を書いて読者をえていたが、今は若さも創作力も減退し、雑誌の校正係としてうだつのあがらない生活をしている。家には子供二人と今や容色も衰えて倦怠期にある妻がいる。彼は毎日代々木駅から甲武電車にのって御茶ノ水まで行き、そこから外濠線という電車に乗換えて神田錦町三丁目にある雑誌社に通勤している。甲武線代々木駅の開業は一九〇六年で(この年九月までに中野——御茶ノ水間が複線化、十月に国有化されて中央東線)、代々木・千駄ヶ谷は電車で都心に通勤する人々の郊外の住宅地として開拓されつつあった。こうした都市の再編が電車による通勤という形態を生み、それが人々の移動と接触のあり方をまったく新しいものにしていった。杉田古城の味気ない毎日の中で唯一の慰めは、通勤電車の中で美少女を眺めること——もっと正確にいえば肉欲的なまなざしで彼女たちを窃視することである。ある日帰宅途中の電車の中でかねてからもう「一度是非逢ひたい、見たいと願つて居た美しい令嬢」と乗り合わせ、その様子に恍惚として見入っているうちに、電車が急にスピードを出したために入り口でつかまっていた真鍮の棒から手が離れてしまう。結びはこうである。

> 令嬢の美に恍惚として居たかれの手が真鍮の棒から離れたと同時に、其の大きな体は見事に筋斗《とんぼ》がへりを打つて何の事はない大きな毬のやうに、ころ〳〵と線路の上に転り落ちた。危ないと車掌が絶叫したのも遅し早し、上りの電車が運悪く地を撼《うご》かして遣つて来たので、忽ち其黒い大きい一塊物は、あなやと言ふ間に、三四間ずる〳〵と引摺られて、紅い血が一線長くレイルを塗めた。
>
> 非常警笛が空気を劈いてけたゝましく鳴つた。

甲武線が複線化されるのは一九〇六年九月なので「上り」の電車に轢かれたとあることによって、この作品内の時間は一九〇六年秋であることがわかる。

　この主人公は妻がありながら自慰行為にふけっているのではないかと同僚たちに噂されている。彼は通勤電車の中で、痴漢行為こそしないが、少女たちに注がれる窃視的視線――相手からは見られることを避けつつ一方的なまなざしをそそぐこと――はほとんど内面化された痴漢的行為ないしは自慰行為にひとしい。しかも、このような窃視は、無名の他人同士が同じ車輛につめこまれて移動する都市の通勤電車の中でこそ可能なことである。都市は無名者の集まりであり、満員電車はそのような人間関係を端的に象徴するものだが、結びで落下する主人公の肉体を「黒い大きい一塊物」と表現する語り手の感性は、それ自体都市生活者の他者へのまなざしを表象するものにほかならない。鉄道は都市生活者のセクシュアリティも変えていくのである。

宮沢賢治の「銀河鉄道の夜」が典型的であるように、鉄道による日常的時間と空間の廃棄は、幻想的世界を生起させる。田山花袋より二年おくれて、一八七三年に金沢で生まれ、花袋と同じく硯友社から出発し、多くのすぐれた幻想文学を残した泉鏡花は、一八九〇年上京以後、金沢—東京の往復をはじめ鉄道を使った旅行をし、作品にも好んで鉄道をとり入れた作家である。地方を舞台にした鏡花の作品には、登場人物が列車からステイションに降り立つところからはじまるものが少なくない。それもきまってたそがれ時（逢魔ヶ時）に。気紛れに降り立った見知らぬ夕暮れの町という設定は、それだけでもう劇的空間ないしは超自然の存在を召喚するに十分なのだ。というよりはむしろ新時代の交通機関である鉄道そのものが、鏡花の異界的想像力を喚起するといった方がいいかもしれない。

ここで、「鉄道唱歌」と同じ年に発表された「高野聖」（一九〇〇）における鉄道の意味について考えてみよう。この作品は東海道線の新橋で乗車した若者の「私」が、尾張（名古屋）駅でいっしょになり敦賀で同宿した中年の僧侶から、若い日に飛驒から信州への峠越えをしたときに出会った孤家の魔性の女の話を聞くという構成をとっている。ここでも物語は夕暮れに鉄道から下車した地方の宿から始まるのだ。若き日の宗朝の旅は、明治になって見捨てられた旧道をいく、文明史的には逆行の旅であるが、作品冒頭に出て来る鉄道とともに、若き日の彼が携行している参謀本部編纂の地図と新旧の道路、そして徴兵制（女の亭主については徴兵のがれのために出生届を遅らせたというエピソードが語られている）という近代を表象するキイワードに着目したい。近代が鉄道や道路によってさらには学制や徴兵制によって、中央集権による国民の均質化や差異化をおしすすめてきたことはすでにのべた。「高野聖」における魔性の女と、その夫で心身に極端な障害をもつ男は、その過剰や欠損という正常からの逸脱のゆえに近代が見捨て排除したものたちであるとみることができる。だからこそ彼らは地図にも実在しないような山中（作中宗朝が越える「天生峠」は信州方面には実在しない）の一軒家にひそみ、近代からやって来るものたち（富山の薬売のように功利と好色というファロス的なるものによって表象される男たち）を、「怪しの水」によってその内面にふさわしい獣にかえるのだ。作中、僧の宗朝が孤家の女に一夜の宿を乞うたのに対し、彼女が自分は「都の話」を聞きたがる癖があるが、どんなに聞かれても決して話してくれるなという「戒」を与えるところがあり、従来不審・難解とされて来た。しかしこの「都の話」を、鉄道や地図によって代表される「近代の話」と読みかえれば、理解しやすいのではなかろうか。もとより、以上の読みは一つの仮説で、作者がそのことにどこまで意識的であったかは別問題である。なお「草枕」の漱石は汽車を「文明の長蛇」と呼んで批判したが、北陸線の鉄道工事に材をえた長篇「風流線」（一九〇三～四）では鏡花も鉄道を「恐るべき大蛇」に見立てていた。ただし、鏡花の鉄道は郷里金沢の古い因習的風土を撃つ、ほとんど神話的で美的（風流）な怪物である。

一九一〇年代になると、鉄道はよりいっそう文学テクストに頻出するようになる。その代表として志賀直哉の場合を取り上げてみる。「網走まで」（一九一〇）は、物語が列車の内部に終始する作品である。主人公の「自分」は宇都宮の友人を訪ねるために、上野発青森行の列車にのり、北海道の網走まで行くという、七つばかりの男の子をつれ赤ん坊をせおった二十六、七の女性と同席することになる。偶然いっしょになったばかりで、名さえ知らぬ初対面の相手との数時間の旅行のうちに、「自分」はしだいにこの親子の境遇や運命について妄想するようになる。特にわがままで母を困らせる「厭な眼」をした意地の悪い男の子のふるまいをみているうちに、「大酒家」で今は北海道の網走(一八九〇年創設の網走刑務所で知られる)にいるというその父を想像し、その男が結婚前は幸せに育ったらしいこの女性を不幸にしているのではないか、さらには「この母は今の夫に、いぢめられ尽して死ぬか、もし生き残つたにしても此児に何時か殺されずには居まいと云ふやうな考も起る」のだった。これはまったく根拠のない妄想にすぎないが、その男の子への不快感と女の人への同情は、その妄想をほとんど確信にまで高める。「吾々は、プラツトフオームで、名も聞かず、又聞かれもせずに別れた」とあるが、「吾々」といういいかたも「自分」の方の一方的な同情による一体化の感情を示すものである。彼女と別れてからの「自分」は女の人に投函をたのまれた葉書の宛先を見てもいいような気持にさえなっていたのである。わずか数時間を列車の同じコンパートメントで過しただけで、深い事情や身の上など何ひとつ聞かないのに、数少ない断片的な言葉のやりとりと、表面的な観察からこの女性の過去や暗い未来まで想像してしまうのは、男の子への反発と女の人への同情から来ているとはいえ、これも外部から遮閉され、つねに一定の速度で移動しつづける密室的空間の中で、赤の他人と長時間向きあっていなければならない列車という装置が生み出した内的ドラマということができよう。列車の中の関係は双方向的な結びつきではない。未知でありながら、身近である存在がこのような妄想をかきたてるのである。

志賀直哉は子供の電車事故を目撃する話を書いた「正義派」（一九一二）や「出来事」（一九一三）のような作品とともに、自身の交通事故にふれた「城の崎にて」（一九一七）などがある。唯一の長篇「暗夜行路」（一九二一～三四）でも鉄道は重要な場面で何度も出て来る。

その他近代作家と鉄道ということでは、戦後になって紀行文学「阿房列車」（一九五二～）シリーズを書き続けた内田百閒や、逆に「鉄道病」（「恐怖」一九一三）と称して鉄道を恐れ続けた谷崎潤一郎など枚挙にいとまがない。特に、鏡花の生まれた金沢の四高出身で、その詩「機関車」（一九二六）や「雨の降る品川駅」（一九二九）、小説「汽車の罐焚き」（一九三七）などでしばしば作品に汽軍を登場させた中野重治の新しい汽車観（たとえば彼は「機関車」を力強く団結する労働者のメタファーとして表現している）、さらには「国境の長いトンネルを抜けると雪国であつた」と書き出される川端康成「雪国」（一九四八）における鉄道の意味などについても述べたいがもはや余裕がない。

〈追記〉

これは韓国の友人朴裕河の慫慂によって、釜山での韓国日語日文学会において発表したものである。倉卒の間に用意したもので、不満足な内容だが、記念のためにあえてここに収めておく。

（「日語日文学研究」50、平16・8）

鏡花・鉄道幻想旅行

鉄道の登場による近代ツーリズムの変容が、文学テクストにもさまざまな影を落としていることはいうまでもない。漱石は汽車を「文明の長蛇」（「草枕」）と呼んだが、わが泉鏡花は必ずしも鉄道嫌いではなかったらしい。むしろ、作品の中に好んで汽車を取り入れた作家である。「X蟷螂鰒鉄道」（明29）という奇妙な題名の短篇もあれば、二等車の乗車券をさす「青切符」（明35）という作品もある。「風流線」「続風流線」（明36—37）にいたっては、標題自体が工事中の北陸線を暗示している。

鏡花がはじめて汽車に乗るのは、明治二十三年十月に金沢から上京したときである。春陽堂版全集の年譜には「敦賀までは人力車、途中丸岡と、敦賀とに二泊。はじめて汽車を見、汽車に乗る」とある。当時北陸線はまだなく、敦賀・金沢間が開通するのは、明治三十一年四月のことである。敦賀・長浜間はすでに明治十七年四月に開通しており、鏡花が上京する前年の二十二年七月には、大津・米原・長浜間も通じて、新橋・神戸間が全通していた。鏡花は敦賀金ヶ崎停車場で乗車し、柳ヶ瀬隧道（完成当時は日本最長）をはじめ四つのトンネルを通って、おそらく米原で乗り換えて東京へ向かっただろう。この初めての鉄道体験が若い鏡花に強い印象を残したであろうことは想像にかたくない。

明治二十六年四月には高崎・直江津間が通じたので、北陸線が通じるまでは、富山の伏木港から船で直江津へ出て、そこから上野まで鉄道を利用するルートが一般的になったようだ。明治二十七年一月、父清次の死後帰郷した鏡花は、九月上旬に上京するに際して、伏木まで徒歩で行き、海路を経て直江津で汽車に乗り、途中長野で一泊して上野に着いた。「取舵」（明28）はこのときの体験に取材したものである。信越線の横川・軽井沢間の難所は、その前年の明治二十六年四月にアプト式鉄道が完成していたから、鏡花はこのとき初めて見る碓氷トンネルやアプト式登山鉄道の偉容に驚かされただろう。また、信越線から篠ノ井を経て松本・塩尻そして中央本線に至る鉄道とその沿線は、のちしばしば鏡花作品の舞台にもなるのである。

　ところで明治二十七年金沢滞在中に、師紅葉の斧鉞をえて「読売新聞」に連載された「義血侠血」の主人公村越欣弥は、水芸の太夫滝の白糸から学資援助の申し出をうけると、その場から直ちに人力車で母のいる高岡を通って伏木に向かう。「伏木は蓋し上都の道、越後直江津まで汽船便ある港なり」とある。当時は敦賀回りより、直江津経由の方が経費も安く時間も早かったのであろう。貧窮の中でしばしば自殺の誘惑にさえかられていた鏡花の胸中には、伏木・直江津経由で師のもとに四度目の上京を果したいという願望が去来していたにちがいない。その焦慮がいかにも唐突で性急な主人公上京の構想を生んだのである。欣弥と白糸が天神橋上で再会する夏の夜が、この作の原型である「瞽判事」を書きつつあった季節に重なっているのも偶然ではあるまい。

　地方を舞台にした鏡花作品には、登場人物が列車から停車場《ステイシヨン》に降り立つところからはじまるものが少なくない。それもきまってたそがれ時（逢魔ヶ時）に。新橋発で名古屋を経て夕刻に下車した敦賀の宿からはじまる「高野聖」（明33）はいうに及ばないが、すぐ思い浮かぶのが月下の桑名停車場《ステイシヨン》に降りた二人連れの旅客の姿から書き始められる「歌行燈」（明43）だろう。気紛れに降り立った見知らぬ夕暮れの町という設定は、それだけでもう劇的空間ないしは超自然の存在を召喚するに十分なのだ。「唄立山心中一曲」（大9）は、友人の小村雪岱と「私」が夕闇迫る篠ノ井線姥捨の停車場《ステイション》にふらりと降りて、侘びしい饂飩屋の二階で旅の鋳掛屋から四人の男女の心中物語を聴くという趣向。饂飩屋が語りの場になる点でも「歌行燈」に通じるが、饂飩好きの鏡花の汽車の旅には饂飩がつきものだ。田毎の月で有名な姥捨も鏡花のお気に入りのトポスだったらしく、「魔法瓶」（大3）や「眉かくしの霊」（大13）などにもその地名があらわれる。

「眉かくしの霊」の主人公境贇吉は、上野、高崎、横川、軽井沢を過ぎて篠ノ井線に乗り換え、姥捨をみて松本に一泊（ここで振舞われるのも「白く乾い」た饂飩）という「汽車の遊びを貪った旅行」の二日目、塩尻経由で上松まで行くはずが、気が変って上松より手前の夕暮れの奈良井に下車して、たまたま泊まった宿で美しい女の幽霊を見る。汽車の旅を弥次喜多道中になぞらえるのも「歌行燈」と同巧。桑名といい、姥捨といい、作者曾遊の歌枕的な名所だが、逢魔ヶ時にそこに下車するのは、その土地が目的地だからではなく、ほとんど恣意的に選ばれた初めての場所であることが重要なのだ。「眉かくしの霊」は「木曾街道、奈良井の駅は、中央線起点、万世橋より一五八哩《まいる》二、海抜三二〇〇尺……」と書き起こされる。客観的な地理的数値の記述と、超自然的存在の描写との混交は、「高野聖」における鉄道や参謀本部編纂の地図と、山中の魔女との併存に相似している。この奇体な取合せに現実を超えるための秘法が隠されているのだ。

鉄道による未知の非日常的異空間への移動とそれにもとづく幻想の発動——というよりは、むしろ鉄道そのものが鏡花の異界的想像力を喚起するといった方がいいのかもしれない。「紅雪録」「続紅雪録」（明37）は雪の白と赤帽による女殺しのブラッデイ・シーンの対照が鮮やかだが、この奇矯な復讐劇の大半は大雪で遅延した列車を待つ夜の名古屋停車場《ステイシヨン》が舞台である。先にあげた「青切符」がそうであったように、「唄立山心中一曲」の発端を描いた「革鞄の怪」（大3）は、話が走る列車内に終始する短篇だが、「汽車は寂しかつた」と書き出される「銀鼎」「続銀鼎」（大10）では、東北に向かう雨の夜汽車で、詩人の「私」が携帯用のアルコール式銀鼎で饂飩を煮ているうちに、その鼎を贈ってくれた今は亡き美貌の人妻の裸身を鼎の中に見てしまう。仙台に着いて、松島見物の帰途、路傍に咲く常夏の花に亡き人の幻影をみる最後の場面をのぞけば、物語はひと気のない夜の二等車の中で推移する。雨中を移動する夜の列車の内部が幻想を生起する装置として機能しており、車中で幻想の契機が十分に孕まれた上は、白昼でも亡き人の霊はやすやすと顕現するのである。

鏡花がおのれの「感情の具体化」である「お化」を「お江戸の真中電車の鈴の聞える所へ出したい」（「予の態度」明41）と語ったことはよく知られている。前近代的心性の持主とされる作家はまた、近代文明に対する素朴といっていいような信仰ももっていた。「草枕」より早く鏡花も鉄道を「恐るべき大蛇」に見立てている。北陸線の鉄道工事に題材をえた雄篇「風流線」「続風流線」では、金沢に迫ろうとする鉄路を、鎌首をもたげ「蜿々として山野を圧」する大蛇の比喩で語っているのだ。漱石にとって汽車は「個性」を抑圧する「二十世紀文明」の象徴だったが、「風流線」における鉄道は、金沢の古い因習的風土の偽善と巨悪を撃つ、ほとんど神話的な、そして美的（風流）な怪物である。

（「新編　泉鏡花集」第一巻　月報、平16・4）

「書鬼」畏るべし

このようなところに拙文を書くのは場ちがいも甚だしいのだが、よんどころない事情から恥をさらす仕儀となった。私はいつもいわゆる白っぽい本を相手にしている、古書通とはほど遠い人間である。浪速書林には申訳ないが、まず新本のことから始めよう。

先ごろ『藤沢清造貧困小説集』（龜鳴屋、平13・3）なる本を入手した。限定五百部がすでに品切れだというから、この本のことを知る人は少なくないのかもしれない。三十番までは木函入りの特装本のようだが、架蔵のものは瀟洒な捺染柄布装本である。表紙と扉には何とつげ義春の絵を使うという凝った造りである。立派な造本もさることながら、それと対照的な「貧困小説集」というタイトルが何ともアイロニカルで面白い。編者の龜鳴屋主人・勝井隆則氏については知らないが、「貧困小説集」と銘うった本をかくも贅沢な装いで世に出そうというのだから、編集協力の篤学の研究者粕井均氏ともども、なかなかのいっこくものとみた。「根津権現裏」をのぞく十二の短編が収められている。

藤沢の名を知る人は多いだろうが、代表作「根津権現裏」を含めてその作品を読んでいる人は、必ずしも多くないのではあるまいか。かくいう私も、恥かしながらこの本によってはじめて「根津」以外の藤沢作品にふれたのである。一読の印象は作者の伝説的な生涯から漠然と抱いていたものとはかなり違っていた。ひと口にいってそれは「貧困」を描きながら、意外にもどこかモダニズムの影すら帯びており、その口説き調の文体はときにユーモラスでさえある。『藤沢清造貧困小説集』は、扉の次に、「まことに済みませんが、／一つ面倒見て下さい。／拝みます。／清造」という、書簡の一節とおぼしいことばがおかれ、掉尾には、自らの顔をたなおろしした「気に入らない」（大14・10）という戯文調の一篇を配している。一本の構成にも、藤沢作品についての編者らの読み、あるいは思い入れが示されている。粕井均「藤沢清造 同時代評・ゴシップ細見」は「年譜 著述目録／参考文献目録」とともに文字どおりの労作で、相当の年期が入っているものと推測される。「学界」などという狭い業界とは別なところに、このような人々が存在することに心すべきである。単行本・初版本等の蒐集も奥が深いが、それ以上に、新聞・雑誌等から逸文を拾い蒐めるのは時間も労力もかかり、完結ということのない仕事なのだ。巻末の小幡英典による写真集「清造がいた場所」が、また藤沢の世界をみごとにとらえていてすばらしい。奥付には「龜鳴屋本二冊目」としてある。金沢にあるこの本屋の一冊目はどんなものが造られたのだろうか。

ところで小説としての処女作である長編『根津権現裏』の初刊本は、先年影印による復刻本が出たが、私はまだ本物を手にしたことがない。この作品には大正十一年四月の日本図書出版本と、それを改訂した聚芳閣本の二種があるようだ。初刊の日本図書出版本には伏字があるが、その部分を著者自身が自筆で復元した献呈本が数種存在するらしい。私はこのことを塚本康彦の情理を尺くした秀作「藤沢清造をめぐる感想」（「古典と現代」62）によって示唆され、さらに数年前某書肆から出た「藤沢清造全集」（西村賢太編）の豪華な内容見本の記述によって知った。この「全集」は本年（平15）八月末現在未刊だが（「古書通信」八月号に十月刊の広告あり）、こうなると単行本・初版本も一種類では安心できない（聚芳閣本にも伏字ある由）。西村氏については「田中英光私研究」という個人誌の発行者として名のみ知っていた。どうやらこちらも端倪すべからざる執念と反骨の持主らしい（追記・ところでこの西村氏、平成十八年に入って「暗渠の宿」（「新潮」平18・8）という貧困小説の作家として、突如その名をあらわし一驚した）。

先にものべたように私は古書についてはほとんど素人に近い。若いころから全集があればいいという安直な考え方でやって来た。途中で放擲したが、それでも一時期まで室生犀星と宇野浩二のものなど目についたら買うようにしていた。動機はいずれもその全集が実質的な選集だったからで、従って本は美・汚を問わず、函やカバーもあろうがなかろうが、場合によっては初版でなくてもよいという主義でぼつぼつと蒐めていた（書誌的には重版も無視できないことはいうまでもない）。犀星は作家の故結城信一氏に教えを請うたりしてかなりのところまでいったが、値段のことなどもあって特に初期のものが揃わぬままいつの間にか投げ出した。先ごろ犀星で修士論文を書く学生がいてそれが多少の役に立ったのがせめてもの功徳であった。宇野に至っては早々に撤退した。最近の増田周子さんのような恐るべき気鋭の研究者の仕事をみるにつけても、私など足もとにも及ぶものではなかったのだ。

井伏鱒二の単行本も「鷲の巣」などの同人誌類とともに比較的早い時期から蒐めはじめて、私としてはひそかな野心もなくはなかった。しかし、筑摩書房の十二巻本全集の月報に連載された伴俊彦さんの「井伏さんから聞いたこと　その八」という聞き書き（昭40・6）の中に、井伏本について「わたしの調査によれば、大体、小説、随筆、詩の著書百二十三冊、翻訳二十一冊、文庫本二十一冊という勘定になるようだ」と書かれているを見て長嘆息した。のちに私は無謀にも井伏の「書誌」（筑摩版新全集別巻二）を編むことになるが、伴さんとは計算の基準が異るにしてもそこであげえた単行本は、選集・全集・編集本・文庫本・翻訳をのぞいて百二十余冊にすぎない。蒐書は年期と根気だとあらためて思い知らされた。伴さんのコレクションは、氏の没後井伏家の斡旋で早稲田大学図書館の稲門ライブラリーに入った。すべて美本で、しかも大半が著者署名本である。

伴さんは先の文章の中で「稀覯本といったら、二百部限定の椎の木社版「随筆」、四百部限定の江川書房版「川」、百五十部限定の野田書房版「厄除け詩集」あたりになるかもしれない」と書いておられる。右の書は今日の古書目録などにもめったに出ることがなく、出ても数十万円の値がつくことさえある。井伏鱒二の最初の単行本であるズーデルマン「猫橋」の抄訳『父の罪』（聚芳閣、大12・9）は、伴さんもふれておられないし、のちの永田書房版『井伏鱒二文学書誌』にも出ていないが、今日では稀覯本としてよかろう。私の架蔵するものは残念ながら箱なしである。ついでに、井伏さんが一時期勤められた聚芳閣で、奥付のない本を出したことを恥じて退社したという挿話で有名なガローニン『日本幽囚実記』（大15・2）にふれておく。布装函入り、四八三頁の立派な本で、架蔵のものにははりつけでないちゃんとした奥付がついている。私見によれば、この本の出版の仕事は、井伏の漂流記ものあるいはロシヤものの一源流になっているのでないかと考えられる。ちなみに若き日の井伏鱒二は先述の『根津権現裏』改訂版刊行前後の聚芳閣に在社していて、その刊行に関わったふしがある。

さて、著者没後、筑摩の新全集のお手伝いをすることになったとき、単行本所収作品は原則として初収刊本を底本にすることにしたので、私の蔵書も何がしかお役に立った。もっとも、本は揃っても、所収作品の初出確認が必ずしも容易ではない。たとえば随筆集『山川草木』（昭13・9）など収録三十五篇中七篇が校了段階で初出不明という有様。もちろん、その後、前田貞昭氏らの尽力でしだいにあきらかになって来ているが。加えて、厖大な量の単行本未収録作品の探索。これには先人の蓄積と多くの書誌的研究者たちの協力があった。たとえば作家自身より五年も早く逝去した筑摩の井伏鱒二担当編集者瀬尾政記氏が遺した『井伏鱒二著作目録稿』（昭63・5）である。瀬尾氏は井伏さんに目録をみせるのを念願にしていて、晩年は会社にも出ずに国会図書館に直行していたという。さらには井伏研究の先駆者である磯貝英夫編『井伏鱒二研究』（渓水社、昭59・7）に付された「著作年表」がある。この仕事の中心にあった寺横武夫、前田貞昭氏が、筑摩版新全集の実質的な推進者となった。筑摩から編集委員について相談をうけたとき、地方在住という難点はあったが、私は迷わずこの二人の名をあげた。いっしょに作業をしているうちに、書誌についてのお二人の凄みをしばしば思い知らされることになった。今日、井伏鱒二に関する著書は数十冊に及ぶが、率直にいって玉石混淆である。私は井伏に関する一冊の著書もない寺横・前田両氏こそ第一級の井伏研究者であるというをはばからない。こころみに見よ、前田氏作成の「著作目録」、寺横氏による「年譜」（いずれも全集別巻二）の精細無比なるを！

世の中には、有名無名を含めて書誌の鬼──「書鬼」（私の造語）とでもいうべき人が少なくない。井伏鱒二全集編纂にあたっても、最終巻月報にお名前をあげたように、たくさんの「書鬼」たちの恩恵をうけた。彼らは苦心して蒐めたものを惜しげもなく提供してくれた。その中から、ご当人には迷惑だろうが、ここでは大屋幸世氏と曾根博義氏の名をあげておきたい。タイプはちがうが、二人の書誌に関する底力は知る人ぞ知る。理論家であると同時に「書鬼」でもある曾根氏は、おそらくは伊藤整や新心理主義文学から遡って、日本（文学）における心理学移入のあとを辿っていくうちに中村古峡に行きあたり、近年では雑誌「変態心理」の発掘をはじめ、新領野を開拓しつつあるのは周知のとおり。もともと鷗外研究者である大屋幸世氏の書誌に関する知見も私などには底知れないものがある。私は早くから彼の『蒐書日誌』の愛読者をもって任じているが、とにかくおそるべき健啖家である。『蒐書日誌』は近く四冊目が出るらしく、五冊目もすでに原稿は出来ていると聞く。何しろ小学生のときから古本屋に出入りし、その「日誌」ももともと「五〇年後、一〇〇年後に、一読書人の記録として本になればと期していた」（『蒐書日記三』凡例）というのだから、彼の場合は「書鬼」というよりは「書仙」と呼ぶにふさわしい。それにしても、あんなに大量に購入する古書を、彼はどのように保存ないし処分するのか、それが私には謎である（曾根さんが長大な書庫を造られたのは雑誌でみたが）。

最近は電子機器などを駆使したとおぼしい文化研究もさかんである。書誌学も文化研究の一分野だといってよい。先に上げた「書鬼」「書仙」たちに共通するのは、自らのうちなるインターネット、すなわち自分の目と足で確かめたものしか信じないということだろう。一般に研究論文などというものの賞味期限はそうながくはない。それでも書誌あるいは書誌をふまえた論は、総じてながもちするのではなかろうか。

（「浪速書林古書目録」36、平15・9）

異界論、そして井伏鱒二――モノローグ風に

さきごろ、泉鏡花論を中心に、日本近代文学をめぐる異界論・ユートピア論のようなものを集めて『異界の方へ――鏡花の水脈』（有精堂出版）という本を出した。実はこれに似たものを十年ばかり前に企てたことがあり、いわば古い夢のむしかえしである。売れそうもない題名を選んだが、近代文学関係の出版物が圧倒的に単独作家の論集であり、漱石研究ばかりがはやる現今の風潮（それは文学研究の方法的転換あるいは行詰りの反映なのだが）に対するごまめの歯軋りのような気持も多少はあったのである。

ある時期から日本人の他界観・異界観のようなものを、文学作品の中にさぐってみたいと漠然と考えるようになった。ひとつのきっかけは、二十数年前に「妣が国へ・常世へ――異郷意識の起伏」（大9）をはじめとする折口信夫の一連の他界論を読んだことだったろう。早稲田の学風に民俗学的な伝統が稀薄であったこともあって（もっとも、わが教育学部には民俗芸能研究の本田安次先生のようなすごい先生もおられたが、本田先生はぼくらには、英語の先生だった）、折口信夫は実に新鮮だった。折口によって柳田国男へも導かれた。前任校の成城大学に柳田国男の蔵書を引きついだ民俗学研究所があったことも大きかった。今でも、考えあぐねると、定本柳田国男集や折口信夫全集の索引

の類を何げなくめくってみるならわしだ。

今度の本にも、柳田・折口の影が落ちているにちがいない。書名も前記の折口論文の無意識の模倣であることに、これを書きつつあるたったいま気がついたしだいである。しかし同時にこの本は徹頭徹尾個人的モティーフに発している。「あとがき」にも書いたことだが、この論集は鹿児島の僻村に生まれ育ったぼくの頑冥なる性癖、いいかえれば都会的なもの（したがって現代日本的なるもの）への異和感が生み出したものである。それが近代文学の問題とどこまで重なっているかは、はなはだ心もとないし、純客観的な学問をめざしている方々からは顰蹙をかうことになるかもしれないが、少なくとも文学に関するかぎり、まったく私的なモティーフに根ざさぬ研究のための研究などというものが存在するだろうかというのが、いささか居直りめいた最近のぼくの心境なのだ。折口信夫の場合は、徹底的に私的なモティーフにこだわることで、かえって真に独創的な普遍の学的体系に到達した。われら凡人にとっての課題は、私的モティーフ、いいかえれば自らの気質を、当面の対象を通してどれだけ客観化し論理化しうるかにかかっている、といえば不遜の誇りを受けようか。いささか大仰なもののいいになってしまったが、見得のきりついでにもう少し続けるとしよう。

今度の本でとりあげた作品の主人公たちの多くは、異界への夢を痼疾とする現実からの逃亡者たちである。現実世界で自己を実現するかわりに、彼らが夢想した語の本来の意味でのユートピア的空間は、程度の差こそあれ、結果として日本的近代への批判的反照たりえているだろうというのが、ぼくのひそかな仮説である。当初「異界への逃亡／此岸への帰還」と題する見取図を書きおろして巻頭に掲げるつもりで書きはじめたが、時間ぎれで断念した。その過程で、川端康成、横光利一、太宰治な

ど昭和期の作家について考えているうちに、彼らにおける異界から此岸への帰還・着地の不能という
ことにおのずと思いあたらざるをえなかった。これも仮説にすぎないが、おそらくその背景にあるの
は、それを保証する伝統的な民俗社会の崩壊である。彼らの自己解体もそのことと無縁ではあるまい。
拙著の「あとがき」に「鹿児島県鶴田町の生家にて」と書きつけたのも、ひたひたと忍びよるものの
予感があったからである。現に本年五月から生家は空家になり、自然崩壊を待つばかりとなっている。

一方、右のような昭和作家たちについて考えながら、彼らの中にあって、つねに日常的世界に根ざしつつ、怪力乱神を語らずの戒めを守り通して、九十五年の生涯を生き抜いた井伏鱒二という作家のことが、終始頭をはなれなかった。老いた浪漫主義者は例外なく醜いという声とともに。幽閉された「山椒魚」は悲しみ絶望しながらも、「岩屋」という現実の中で破滅することなくねばり強く生き、それとの最終的な調和を模索していくのである。井伏鱒二も現実という名の「岩屋」にふみとどまり、彼岸の夢など語ることはなかった。卒業論文以来の北村透谷の他界観を含め、今後も異界論のテーマは持続していきたいし、太宰治論もまとめなければならないが、十年来中絶したままの井伏鱒二についてもう一度本格的に考えなおしたいというのが、ぼく一己の生の帰趨ともかかわる今の念願である。

折しも、懸案であった井伏鱒二全集編纂の仕事がもちあがった。平成八年秋配本開始を目途に全二十八巻別巻二の予定で作業を進めている。井伏鱒二には生前すでに二つの全集があるが、いずれも実質的には選集であって、収録作品は全文業の半分にもみたない。今回の全集では、活字になったものはすべて収める方針で作品の蒐集に力を注いでいる。今のところアンケートへの回答のようなものまで含めて、千七百余篇を確認している。原稿枚数にして三万二、三千枚ほどと推定される。全作品の

九割強は集めえたと思うが、遺漏も少なくないだろう。もはやこれ以上は偶然の発見を期待するしかあるまい。

もうひとつの難題は本文の決定である。現在岩波書店から創立八十周年を記念して何回目かの漱石全集を刊行中である。この全集は原稿の残っている作品はそれをもとにして本文を作るという方針で、画期的な全集になるはずだったが、配本開始後早くもその本文作成の不徹底が研究者の批判にさらされている。

今回井伏鱒二全集の仕事を始めてわかったのは、日本の近代文学の領域ではまだ全集についての厳密な学問的方法論が確立されていないということであった。特に井伏鱒二は作品の改訂癖で知られる作家である。新しい本に収めるたびに作品に斧鉞を加え続けてきた。米寿を記念して出された新潮社版自選全集で、処女作「山椒魚」の末尾の部分が六十年ぶりに削除され、その是非をめぐって論議を呼んだことは記憶に新しい。作品改訂の道筋をたどることは、とりわけ井伏鱒二の読者にとって興味深いことである。それは作家の創作の秘密にふれることになるからだ。しかし、全集の編集者としてはその複雑なヴァリアントをいかにして記述すればいいのか途方に暮れている。その前に全集の本文をいかなる原理によって決定するか。「山椒魚」ひとつとっても七十冊近い作品集にくりかえし収められている。それぞれの本文の異同を確認するだけでも気が遠くなるような作業だ。今のところ、単行本未収録の作品以外のものは、原則として初収刊本を底本にする方向に傾いている。今後三年間は井伏鱒二全集にかかりきりの生活が続くことになるだろう。はじめて荻窪のお宅を訪ねて以来、四半世紀がたってしまった。もうぼくにも時間がない。

（「コロキウム」19、平7・12）

IV

当麻空想旅行

一九九七年の春は、二十数年ぶりに二上山に登った。学生たちとの恒例の大和旅行は、年によってコースはいろいろだが、なかでも当麻寺はよく訪ねる。その背後の二上山は、奈良盆地のどこからでも望まれるが、あの山を眺めると不思議ななつかしさが湧いて来る。当麻寺の魅力も二上山をぬきにしては考えられない。私が当麻の里にひかれるようになったのは、いうまでもなく釈迢空の『死者の書』によってである。近代文学を専攻する門外の徒ながら『古代研究』以下の論文を自己流に読むようになったのも、この小説の衝撃力に導かれてのことだった。

折口信夫がはじめて当麻を訪れたのはいつのことであったろうか。「新撰山陵志」(昭13・12)に、「東の方、二上山に登つて、諸陵寮から手入れをしたばかり(?)の大津皇子の二上山墓よりも、もつと大和の方へ這入つて、更にとつて返した。日帰りの旅行だつた」とあるのは、中学入学以前のことのようだ。大阪生まれの折口にとって、祖父の里もある二上山の向う側、大和こそ幼い日から「懐郷心(のすたるぢい)」の対象だったはずである。

当麻の里を歩いていると、素人の気楽さからさまざまな空想をかきたてられる。今回の二上山は、近鉄の二上神社口駅におりて加守の集落をすぎ、倭文神社脇の登山口から登った。倭文神社は正式には葛木倭文坐天羽雷命神社で、由緒ある式内社だ。倭文部の民が祀った社である。倭文神社は日本各地にあるが、本社はその根本の神であるという。倭文の実態はよくわからないが、何らかの文様を織り出した布帛をいうらしい。天羽雷命は「古語拾遺」その他にいろいろの伝承があるが、要するに機織の神様である。倭文部はその裔とされる。当麻曼荼羅のあるこの地に、倭文の神が鎮座するのは偶然とは思えない。当麻曼荼羅は国産であるかどうかも確定していないようだが、高度の技術を要し、製作に十年以上もかかるとされるこの大作は、少なくとも八世紀には存在していたらしい。それに倭文部の末裔たちが関わっていたとみるのは荒唐無稽にすぎるだろうか。仮りに曼荼羅が舶来でも、彼らがそれを自分たち一族の作と語り伝えたとしてもおかしくはあるまい。ここまで想像を恣にすれば、いっそ曼荼羅と中将姫という「たなばたつめ」の物語も、この倭文部の子孫たちが柳田・折口のいわゆる「筬《おさ》持つ女」としてもち歩いたものではなかったかと考えてみたくなる。折口も部曲の末裔たちが文学・芸能の担い手となったと繰り返し説いているではないか。ちなみに、倭文神社の夏祭は七夕祭、秋祭は神衣祭とも安産祭とも呼ばれている。また、加守の隣りに畑という集落があるが、「大和志料」は、「畑」は「機《はた》」「服部《はとり》」に通じるとしている。倭文神社の摂社に加守神社があり、神職の蟹守家蔵の社伝記によれば、祭神の天忍人命は、鵜草葺不合尊の出産に際して蟹を払って産場を作った神で、その子孫は蟹守（加守）を名のり、宮廷の掃除や儀式の設営に奉仕した掃部《かもりべ》はそこから出たという。この神職の家の妻女は代々産婆をつとめた由で、境内には立派な産婆の碑が二基建っている。棚機つ女ととりあげの神との結びつきを考えれば、この二社が相殿として同じ場所にあるのも暗示的であるような気がして来るのだが、どうであろう。

雄岳頂上にある大津皇子の墓の傍に立つと、雨あがりの雲の間から大和三山が望まれ、南には金剛葛城の山塊が偉容をあらわす。雌岳は公園として整備されていて、折しも河内あたりからの一行とおぼしい中年女性たちが、賑かに昼食の最中だった。神奈備の山で嬌声を発しつつ飲食するとはなどというなかれ、そもそも二上山は三輪山などのように禁足地だったわけではない。「西国名所図会」によれば、例年三月二十三日は山上で酒肴が売られ「覗きからくり放下師なんど出て賑わし隣村の老若男女嶮岨をこととせず戯れ登りて群集す」とあって、古代の歌垣さえしのばせる盛況だった。現在では四月二十三日の当麻山口神社のお田植祭の日に「お嶽登り」が行なわれている。『死者の書』でも土地の女たちが「山ごもり」と称して登り、早処女になって降りて来る。山の神は水の神となり、そして田の神となるのである。

　下りは岩屋峠から当麻へ降りた。途中には清水の湧くところが多く、おのずと「中臣寿詞」の「天の八井」のことなど想起しつつ清水を口に含む。折口のいわゆるほとの水だ。やはり二上山は何よりも水の恵みをもたらす山だったのだとあらためて思う。この山は雨乞いの山でもあったらしく雌岳頂上には龍王社の跡がある。旱魃のときには「嶽の神様のぼりがおすき、のぼりもてこい、雨ふらせ」と叫びつつ登ったという（「当麻町史」）。この山から湧き出る水が、岳麓の田をうるおしたのである。それもさることながら、折口が「二上山の麓に神聖な女性が神に仕へて居たと謂ふ考へは、かなり古い事かと思はれ」るとした上で、「山の水に関連した信仰が、何処迄、機を織る事を要素として居るか」（「七夕祭りの話」）について、意味深い示唆をしていることがここで思いあわせられる。つまり、中将姫伝説は二上山の水に関連しているというのである。『死者の書』でも二上の水の滴りが死者を蘇らせ、ついで彼は水の女＝棚機つ女としての中臣の女を求めるのだ。

　祐泉寺の前で、雄岳・雌岳の鞍部から来た道と合流して、二上の水を貯める大池のところに出る。大池の南には当麻山口神社があるが、これも大和に多い山口神社と同じく水神とみる方がいいようだ。大池の手前には近年発掘された鳥山口古墳というのがある。尾根の先端部に作られた方墳で、七世紀後半のものと考えられている。当麻寺の創建と同時期で、それとの関係が注目されていると案内板にはあったが、私としては当麻氏の祖が当麻寺の伽藍を造営しつつあったとされる六八六年に死んだ大津皇子の墳墓ではないかという想像も捨てがたい。実際大津皇子を被葬者として想定する向きもあるようだ。墓室の石材は各地の古墳に使われている二上山産出の凝灰岩だが、石槨の一部に古い石棺の一部が転用されているというのも、いったん埋葬されたのち二上山に移葬されたという悲劇の皇子の墓にふさわしいように思われる。『死者の書』では滋賀津彦の墓は反対の河内側にあるという設定になっているが、皇子の家があった訳語田のあたりも眺められるこの場所も悪くないのではあるまいか。

　ところで二上山の石を運んで作ったという箸墓の伝説は有名だが、この山の凝灰岩が高松塚など多くの古墳に使われているのは、単に加工しやすい石材が多量に産出されたということだけだろうか。魂を鎮めるこの神の山の石が、死者を眠らせるにふさわしいと信じられていたのではないか。折口の「石に出で入るもの」を想起してもよい。そんな他愛もないことを考えながら、大池の畔を左へ下ると染野《しめの》の集落で、中将姫伝説にちなんで染寺と呼ばれる石光寺がある。夜ごと霊光を発するという石の伝承をもった寺だ。先ごろ白鳳の石仏が発掘されて評判をよんだ。染野は標野＝禁野とする説が正しいのかもしれないが、私はやはり機織姫との関係にもこだわってみたい。

さて、この日当麻寺境内には、北門から入った。私がこの寺を好きなのは、寺内におびただしい国宝・重文の類をもちながら開放的で少しも格式ばったところがないからだ。この寺の伽藍配置は、周知のように南北のラインで構成される薬師寺式と、曼荼羅堂を中心に二上山に向かって東西に並ぶ線との交錯が、白鳳期に造営された当麻氏の氏寺から中将姫伝説を中心とする浄土信仰の寺への変遷そのものをみごとに示している。それはそうだとしても、以前から気になっているのは南大門の位置だ。『死者の書』には「寺の南境《ザカヒ》は、み墓山の裾から、東へ出てゐる長い崎の尽きた所に、大門はあつた」とある。地形としてはまさにそのとおりで、美しい東西の塔（これが左右対称でないのがまたよい）の間を通って南大門のあるべき場所あたりは、山裾が迫っており、今は念仏院という塔頭があるが、どうみても南大門の位置としては不自然である。考古学的にも正確な跡地は確認されていないらしい。あるいは当初から南大門は築かれずに、古代における交通の要衝であった当麻のチマタに面する東門を正門としていたのかもしれない。つまり、早くから二上山を中心とする東西の基軸が重視されていたのではないか。でなければ、わざわざこのような傾斜地に寺を造営する必要もなかったはずだ。やはり当麻寺は二上山をぬきにしては考えられない。

それにつけても思い出すのは、田中日佐夫氏の若き日の著書『二上山』（学生社）である。『死者の書』についで、私の当麻狂いをかきたてた本だ。田中氏は二上山の向う側にある磯長古墳群に着目し、飛鳥時代の王族は死後飛鳥での殯が終ると、当麻に運ばれてそこでの「魂しずめ」「山送り」の葬送儀礼を行なったのち、磯長の王陵の谷に葬られたとみて、当麻氏はその葬送祭祀に専従する官人集団ではなかったかという仮説を提出した。この説には異論も少なくないようだが、飛鳥から当麻への葬送行進に従った柿本氏や笛吹たちの役割なども含めてきわめて魅力的な論だ。「山越しの阿弥陀像の画因」の筆者はどう思うだろうか。

昭和三十二年の曼荼羅堂解体修理中に内陣天井裏からおびただしい数の板光背が発見されて注目をあびた。十二世紀を下らないとされ、仏像に使われたものとしては余りに数の多いこの板光背の用途をめぐっては諸説があるが、田中氏はこれについても、曼荼羅堂の大浄土変相図の前で行なわれた一種の「迎講《ごうこう》」＝往生講に用いられたものではないかと推定している。それが今でも五月十四日に行なわれている「練供養」に結びついているというのである。もっともこれでは板光背が廃棄された理由が十分に説明できないが、その点については真言宗風の即身成仏的な「擬死再生儀礼」としての迎講が、浄土宗の導入によって否定されたというこの寺の変革を、その背景にみようとする須田勝嶄仁「当麻寺の迎講――擬死再生儀礼から来迎会儀礼へ――」（「仏教文学研究」4）が説得的であるように思われる。もちろん折口は迎講の背後に更に仏教以前のわが国固有の日祀りの信仰を透視していたのだった。

当麻寺東門を出て古い門前町を当麻寺駅の方に向かうと当麻蹶速の墓と称するものがある。蹶速が出雲出身の野見宿禰との相撲に敗れた腰折田の場所という。よく知られているように、折口はこの伝承に遠来神＝まれびとと土地の精霊との掛合いからなる田遊びの行事をみていた。また、この行事にはそれに参加する役者が田褒めのために寺社に練り込む群行・練道をともなうことも説いている（「田遊び祭りの概念」）。練供養も浄土信仰に田遊び祭りが結びついて生れたと折口は考えていたであろう。『死者の書』において、反閇のために女たちがする「行道」にも、このお練りのイメージが重ねられていることはすでに指摘がある。当麻には倭文神社をはじめいくつかのお田植祭が伝えられている。背後に二上山という他界をひかえている当麻の地は、とりわけまれびとの訪れが記憶されるにふさわしい場所だったのだろう。折口にはすでに大正期に中絶した小説「神の嫁」の試みがあるが、そのモティーフと、日本人の精神史が重層的に堆積したような当麻というトポスとが結びついた瞬間に、『死者の書』の構想はなったにちがいない。

当麻蹶速の塚をすぎて中将餅の店で一服するのが例年のならわしだ。これがまたなかなかうまい。駅のホームに佇みもういちど二上山をふり仰ぐと、山容はすでに夕暮れに黒ずみ、空はあかね色に染まっている。とりとめもない空想の旅もこれで終りだが、ただひとつ確かなことは、大伯皇女や南家の郎女、そして折口信夫が仰ぎみた二上山も、今眼前にそびえるものと変らぬということだけである。

（「折口信夫全集」第33巻 月報、平10・2）

流離する「身毒丸」

「身毒丸」という不思議な小説がある。旧「折口信夫全集」では芸能史篇に収められているのだが、この小説が創作篇に収録されなかったのは、これは「伝説の研究」の小説的表現であるという作者の「附言」に基づく（新全集では創作篇に収録）。「伝説」とは、説経の「しんとく丸」（俊徳丸）に語られ、謡曲「弱法師」、浄瑠璃「摂州合邦辻」などにも共通する「高安長者伝説」のことである。「身毒丸」には、折口のいわゆる貴種流離譚を語り歩いた漂泊芸能民の内的風景に対する洞察が、「小説」という破天荒の形式を使って早くも示されている。この小説は中央公論社版の最初の全集では、大正六年から同十二年の間の執筆とされていた。七年にわたる執筆期間はいかにも不自然だが、その期間は折口が「愛護若」（大7）などによって、芸能史へ踏み出して行く時期にほぼ重なってはいる。しかし、その後の新訂版全集から「大正三年頃稿、『みづほ』第八号」と訂正されるに至った。この訂正が何に基づいてなされたかは不明である。折口学の生成過程から考えて、私は最初この大正三年説を疑った。折口芸能史の根幹にかかわる重要な認識を含むこの作品が、ようやく「三郷巷談」なる民間伝承の採録を「郷土研究」に発表したばかりの大正三年の折口によって書かれたとするのは、やや早すぎるように感じられ、「みづほ」という雑誌を捜したりもしたが、今もってその所在はわからない。しかし、現在では大正三年頃の執筆にほぼ間違いあるまいと考えるようになっている。ひとつには大正三年発表（執筆は前年）の「自叙伝風」の小説「口ぶえ」と内容・文体ともにきわめて近いものをもっているからだが、それだけでなく、折口学の基本的構想がこの大正三年にはほぼ出来上っていたであろうと確信するに至ったからである。折口学の核心にあるのが、「常世」なる異郷から時を定めて訪れる「まれびと」神にあることはいうまでもない。折口学にあっては、文学の発生も芸能の意味も、すべてその「まれびと」を迎え、そのことばを伝えていくことから説明される。折口によれば、芸能の担い手たる「巡遊伶人」たちも、神の物語を語った語部の淪落した姿に他ならないのである。折口学の始発は語部論であるが、その語部について大正三年の折口は、彼らが神への讃美ではなく人間に向かって語りはじめたことが「語部の堕落であるとともに、確かに日本芸術の第一歩を踏み出した時である」（「国民詩史論」）とのべて、のち「国文学の発生（第一稿）」（大13）以下で展開される文学・芸能発生論の先蹤とすべき考え方をすでに出しているし、「常世」や「まれびと」への方位をはらむ依代論としての「髯籠の話」（大4〜5）の大半も、この年に執筆されたと推定できる。若き折口研究者高橋広満氏の教示によれば、のち「異郷意識の進展」（大5）として発表され、「妣が国へ・常世へ」（大9）に発展していく異郷論も、大正四年三月の国学院大学国文学会例会で同じく「異郷意識の進展」と題して口頭発表されており（「国学院雑誌」大4・4）、これとてもすでに大正三年以前に折口の中にあったものと考えるべきである。すなわち、大正三年三月の折口の上京は、すでにほぼ輪郭のできあがった学の構想を抱き、心中深く期するところあってのことだったといえる（折口は『古代研究』追ひ書きのなかで、早くも国学院学生時代に「日本の語部の輪郭の想定図だけは、作つてゐた」と書いている）。

いわゆる折口名彙の中でも、「貴種流離譚」はもっともよく知られているが、折口は「愛護若」（大7）ではじめて「貴人流離」という語を使い、それが「貴種流離」に定着するのは大正十五年頃と考えられる。小説「身毒丸」が重要なのは、この中ですでに貴種流離的なるものの芸能史的意味が、はっきりととらえられているからだ。説経の「しんとく丸」は、いうまでもなく典型的な貴種流離譚である。河内高安の長者信吉の子で、清水観音の申し子であるしんとく丸は、継母の呪詛で盲目の癩者となり、父によって天王寺に捨てられ乞食になって放浪するが、許嫁の蔭山長者の娘乙姫に助けられ、再び清水観音の恩寵で両眼があき、継母に復讐するとともに、その後大いに富み栄えるという物語である。ところが、折口の身毒丸は観音の申し子でも貴種でもなく、身に恐ろしい病毒さえもった田楽師の子にすぎない。それがどうして「高安長者伝説から、宗教倫理の方便風な分子をとり去つて、最原始的な物語にかへして書いたもの」（附言）ということになるのか。「宗教倫理の方便風な分子」は本地物的要素をさすとしても、「最原始的な物語」とはどういうことだろう。それはおそらく伝説発生の「最原始的」基盤に遡り、かかる流離の物語が、いかなる人々によって、なぜ生み出され語られたかを追求した「物語」というほどの意味であろう。折口の結論を先にいえば、それらの「伝説」は、それを語り歩いた漂泊芸能者＝巡遊伶人たちの生活と心情の反映に他ならぬということだ。「しんとく丸」は、「俊徳丸」でも「信徳丸」でもなく「身毒丸」であるとするところに、折口の独創が象徴的にあらわれている。のちになって、折口は「信太妻の話」（大13）のなかで、説経の主人公の名がそれを唱導した漂泊民の出自と関係があることを指摘している。また、「小栗外伝」（大15）では、室町頃から「ある応報を受けた人」の懺悔の物語を「自己の経歴の如く物語る、神乞ひ唱導者の一派」

が出現し、やがて「其所に、唱導者と説経の題名とのひとつになる理由」が生まれたとしている。「身毒丸」によって表現されているのも、「しんとく丸」とはそれを語った唱導者の名に他ならないという認識なのである。

小説「身毒丸」の主人公は、信吉法師という「住吉から出た田楽師」を父にもつ、十七歳の少年である。父は身毒丸九歳の折に行方知れずになった。その「父及び身毒の身には、先祖から持ち伝へた病気」があって、行方不明になる二月ほど前から、父の顔には「気味わるいむくみが来て」おり、その背には「蝦蟇の肌のやうな、斑点が、膨れた皮膚に隙間なく現れてゐた」のだった。身毒は賤民視された漂泊芸能民の子として生まれ、あまつさえその身には恐ろしい病毒まで受け継いでいるのだ。にもかかわらず「細面に、女のやうな柔らかな眉で、口は少し大きいが、赤い唇から漏れる歯は、貝殻のやうに美しかつた」身毒は、行き先々で「もて囃され」たばかりでなく、「自分の声にほれぐと」するような無意識のナルシシズムさえもっていた。法師姿の一座の中で唯一人若衆髪を許されているこの美しい肉体の裏には、しかしおそろしい病毒がかくされている。彼を迎える一般定住者たちの目にも、「現身仏」に対するような憧憬とともに、乞食芸人への「害心と悔蔑」も確実に存した。この耐えがたい屈辱と絶望的な宿業。しかし、もしもその不幸な宿命こそ選ばれた神の子のしるしだとしたらどうであろう。絶対的な不幸を至福に逆転することを可能にしたのは、語部の末裔たる彼らが持ち伝えた神話――流離するものこそ貴種だという論理であった。現実にあって不幸な生をさすらえばさすらうほど、選ばれた貴種であることを保証される。そこに彼らが流離する語りの主人公に対して自己を同一視した理由があった。彼らは神々の物語を「おのが身の上の事実譚らしく」語って歩き、「かうして、無数の俊徳丸が、行路に死を遂げたのである」(『小栗外伝』)。「無数」にいたはずのしんとく丸を、折口は一人の少年の肉体を通して小説化する。「口ぶえ」の主人公も、「乳母の家が、河内高安きつての旧家」であり、「俊徳丸の因果物語」などをよくきかされて育ったのであった。折口にも自らを「無数の俊徳丸」の一人とする思いがなかったとはいえまい。折口に「遊民」(『古代研究』追ひ書き)の自覚や、自らを「乞丐相《コツガイサウ》」(『古代感愛集』)とする宿命の意識があったことはよく知られている。そのような折口にとって、貴種流離の発想は、その額にあった不幸のしるしのような青痣を、選ばれた聖痕に逆転する論理であったはずである。

父が行方不明になってからの身毒は、父の兄弟弟子の源内法師に引きとられ「住吉の神宮寺に附属してゐる田楽法師の瓜生野といふ座に養はれた子方」であった。折口は、貴種流離譚の多くが幼い貴種とそれを保護・養育する者の物語であるといっている(『日本文学の発生序説』)が、身毒と源内法師の関係もそのような物語の構造と重なるように思われる。また、ある時身毒を追って「関の長者の妹娘が、はした女一人を供に、親の家を抜け出して来た」ことがあって、身毒は師匠の「折檻」を受ける。父の「信吉」法師が説経の「信吉」長者に通じる名であったように、おそらくこの「関の長者の妹娘」も、説経における「蔭山長者の乙姫」をふまえているだろう。折口は、巡遊伶人たちのかかる生活環境こそが、「しんとく丸」のような物語を生み出す母胎であったことを、暗示しようとしているのだ。「日本文学の発生序説」には、かぐや姫の下界への追放や源氏の須磨流謫などが典型的であるように、貴種の流離の原因にある「犯し」があることも指摘されている。身毒の父は「得度して、浄い生活をしようとしたのが、ある女の為に堕ちて田舎聖の田楽法師の仲間に投じた」のだった。これが父による一種の「犯し」だとすれば、それも身毒が今の境涯を流離せねばならぬ原因だといえぬこともない。父は幼い身毒に「法師になつて、浄い生活を送れ」といい残して姿を消すのだが、身毒の中にあるのも、父譲りの女人への強い傾斜と、そのような自己を聖なるものによって浄化したいという自己救済の願いである。巡遊伶人たちの心の支えも、いつかは自分も物語の主人公のように神仏によって救いとられるという確信であったろう。そこに貴種流離譚が彼らをとらえて離さなかった真の理由がある。「口ぶえ」の主人公も、同性愛的なものへの抗いがたい誘惑を「罪ある考え」「穢れはてた心」として、西行や芭蕉がたどった浄らかな道によって、自己を浄化したいと願っている。

それにしても、なぜ「小説」なのか。「附言」で作者は「史論の効果は当然具体的に現れて来なければならぬもので、小説か或は更に進んで劇の形を採らねばならぬと考へます。わたしは、其で、伝説の研究の表現形式として、小説の形を使うて見たのです」とのべている。もとより、小説とはいえ、田楽師の生活などについても、可能な限り資料的な裏付けがなされているにちがいない。しかし、資料はついに資料でしかない。断片的資料の集積のみからは、漂泊芸能民の生活感覚の内部に「実感」的に迫ることはできない。折口の「実感」とは自己の肉体を媒介にするという意味である。たとえば、この作品で注目を引くのは、源内法師の身毒に対する濃厚な同性愛的執着である。源内は女たちに心を奪われて「うはくしてゐる」身毒に、龍女成仏品一巻を繰り返し血書させる。そして、その写経を受け取った源内の「執着に堪へぬらしい目は、燃えたち相な血のあとを辿」るのである。さらに源内の妄念の中では、身毒の美しい肉体が「うだ腫れ」て、その「どろくと蕩けた毒血を吸ふ、自身の姿があさましく目にちらつ」き、彼は持仏堂に駈け込んで「この邪念を払はせたまへと祈」るのであった。

折口における同性愛的傾向は、周知のことであるが、源内のおぞましい愛欲と「伝説の研究」とは、どのように結びつくのか。おそらく、それは巡遊伶人たちが、おのが身の上を物語の主人公のそれに重ねて語る、その幾重にも屈折した内奥の秘儀にかかわっているであろう。そこには対象の中にもうひとりのより完全な自己を見ようとする、同性愛者の想像力とでもいうべきものが働いていたのではないか。折口はそのことを自らの資質と肉体の「実感」を通じて認識し、それを「具体的に」表現しようとしたのだ。それはまさに「小説」以外に表現不可能な領域に相渉るものであったにちがいない。

ひたすら出家・遁世によって「旅」＝流離の境涯から脱出したいと希求するようになった身毒が、深い疲労の中で不思議な夢をみるところがある。夢の中で「確かに見覚えのある森」を通って庭に「白い花」の咲く「櫛形の窓」に近づくと、中から「見覚えのある顔」がのぞく（「口ぶえ」にも似た場面がある）。目覚めた身毒に「懐しいが、しかし、せつない心地を漲」らせる「何時か逢うたことのある顔」とは、九つの時別れた父のものであろうか。その「夢」の中の顔に促されて、いよいよ漂泊の生活と訣別しようとするかのように、身毒が「かうしてはゐられない」と考えて立ち上るところで、作品は唐突に終っている。この小説が「伝説の研究の表現形式」たりえていることは認めざるを得ないとしても、ここには大正三年頃の折口自身が充溢しすぎていることもいなめない。

身毒に対する源内法師の「執着」に、教え子の卒業とともに教職を辞して上京し、彼らと共同生活をはじめた、折口自身の教え子たちへの「執着」が投影していることは、ほとんど疑う余地がないのだ。しかし、われわれが畏怖にたえないのは、折口信夫の場合、そのような自己の衝迫への強い執着を通して、余人の及ばぬ普遍的な学の高みに到達していることである。

（「短歌現代」昭58・6）

武川忠一論

武川忠一もその推賞者だというので、評判の新人類歌人俵万智の歌集『サラダ記念日』をのぞいてみた。「「嫁さんになれよ」だなんてカンチューハイ二本で言ってしまっていいの」――他愛もないといってしまってもいいのだろうが、これをともかくも「詩」にしているものは何か。やはり短歌という定型の不思議さに、思いいたらざるを得ない。私のように人の作った歌を気ままに読んでいる素人でも、時として、現代詩でも俳句でもなく、なぜいま短歌なのかと問うてみたくなる。もとより武川忠一にあっても、いくたびとなく反芻された自問であるにちがいない。かつて武川は、千数百年も続いたこの「不思議な詩型」に対する「おそれを嚙みしめる」と書いていたはずである(「おく手」)。試行錯誤はあったろうが、究極的には短歌という詩型の生理――その宿命と可能性とでもいうべきものを、実作と批評の両面から、追求しようとするところに武川の一貫した詩的営為があったとみてよい。近刊の評論集『抒情の源泉』のなかでも、短歌という定型のもつ陥穽に埋没せぬために「いまへの収斂」ということをいい「複眼の自己」の必要を提唱しつつ、最終的にそれらを統御し「存在の奥にあるもの」をとらえて、短歌を短歌たらしめるものは「肉声の調べ」だとのべている。「調べ」あるいは「ひびき」とは何か。短歌の「韻律のおくからにじむもの、響くものの秘密は、不思議ともいってよい生の鼓動である」という指摘はおそらく正しいのだろうが、「調べ」「ひびき」について語る口調は、筆者自身も認めているように、どこか「不可知」論的なひびきを帯びている。

誰も短歌の本質を論理的分析的にいいあてた人などいないだろう。しかし、新興俳句運動が、ともかくも後世に残る作品を生んだのに対し、短歌における自由律や口語の試みが、総じて成功しないのは、この詩型の本質を暗示していると思う。武川忠一とて、そのながい作歌活動において、さまざまな実験はしても、文語定型の枠をおおきく逸脱したことはなかったではないか。しかし、文語・定型といっても、何ごともいわぬに等しい。門外の徒の妄言のついでにいえば、短歌の律における鎮魂の機能ということを私は考えてみる。武川の「肉声の調べ」もそれとどこかで結びつかないだろうか。

よく知られているように、歌の本質を鎮魂と結びつけて説明しようとしたのは、迢空・折口信夫である。

> これは万葉集に限らず、歌からは、凡て鎮魂の意味を離すことが出来ない。つまりは、魂を鎮める為のもので、歌をうたふその人の魂が、相手の体にくつゝく事になるのである。この魂をつける鎮魂の律文が即、うたである。（「歌の発生及びその万葉集における展開」）

これも周知のことながら、折口は、「鎮魂」はもともと外来魂を付着させる「たまふり」を意味したが、やがて身体から遊離しようとする内在魂を鎮定する「たましづめ」という考え方も出て来たとしている。もちろん古代におけるような霊魂信仰が失われた現代の歌を、古代と同列に論じることはできないが、私は、今仮りに、定型詩としての現代短歌の生命である韻律も、結局は、広い意味で鎮魂のリズムではないかという仮説に立ってみよう。というのも、武川忠一こそまさしく鎮魂の歌人だと思うからだ。このたび武川の四冊の歌集を読み返してみて、さまざまの曲折はありながらも、この歌人の歩んだ道と個性的風貌が、明確な輪郭をもって立ちあがってくるのを感じた。その歌の特色は、ほとんど自虐に近いきびしい自己凝視、透明で意志的な硬質の抒情、諏訪という風土への執着、古代や民俗への関心などいろいろ指摘できようが、その根底を流れるのは、鎮魂の調べとでもいうべきものである。

武川は多くの挽歌を作っている。わけても亡母についての挽歌連作は、歌集『氷湖』の名を不動のものとした。おそらく武川としても、あの大連作によって、歌人としての自己確立をとげたのである。『氷湖』以後にも、秀れた挽歌が少なくないが、私が鎮魂の歌というのは、死者をうたったものだけをさすのではない。たとえば『氷湖』冒頭の一首「駈けゆきてふりかえる子よ凍りたる湖のすがしさ記憶に残れ」を考えてみてもよい。「駈けゆきてふりかえる」子が誰かは知らぬが、少年期の歌人自身の姿がその恥や悔しさの記憶とともに重ねられていることは確実であろう。「すがしさ」は武川がしばしば用いることばだが、「凍りたる湖のすがしさ記憶に残れ」と祈るようにうたうことで、「ふりかえる子」のそれとともに己れの心も癒され浄化されるのである。少なくともこの歌はそのように機能している。

この歌人には「掌玩」(こんな語があるのか知らないが)の歌とでもいうべき一群がある。

手のひらに転がしている青梅のみどりのかげはわが手に冷ゆる　　(『青釉』)

手のひらに冷ゆるみどりの勾玉に疵あり遠き記憶を誘う
手にとれば指のぬくみの跡くもり白磁の壺に煙のごとし
底はりて捏《くつ》ねし人の掌《て》のぬくみ弥生の壺にわが手を触るる
（『秋照』）

ここにおいては、自然も物体もいわば身体感覚的に、武川のことばでいえば「体ごとの思い」（「おく手」）でとらえられている。一首目は、連作の別の一首に「みずみずと青梅の実の固ければ拠りどころなしいまの鋭《と》ごころ」があるところからすれば、作者には何か激する「鋭ごころ」があって、それを抑えるようにして青梅を手にとると、そのみずみずしい「みどり」と「冷」感がしだいに心をやわらげ、清めてくれるのである。三首目は、もっとおだやかな心のゆらぎをとらえて絶妙だ。二首目四首目は、ともに古代の遺物を「掌玩」しつつ、その触感を通して、作者の意識が遠いいにしえ人によりそっていくのが感じられる。これを現代の「たまふり」あるいは「たましづめ」と呼ぶのは、恣意に過ぎるだろうか。「氷湖」の歌もいいが、私はこういう武川忠一が好きだ。

早くから、自らの「狭量」「恥」「執する心」「激しやすき性」をうたい続けて来た歌人は、ある時期から「もう少し、微細な心の活動や、楽しさや、心のゆらぎなど、解き放った世界」（「おく手」）をも求めようとするようになった。自己劇化を必要としない、対象と内的リズムとの自然な一致が生み出すような歌とでもいおうか。

足ちぢめ転がる虫のなきがらに影あり心ひそまりていく
（『窓冷』）

微小な生命の死。しかし、その「なきがら」は小さくてもやはりかすかな影を帯びている。その静寂にそそがれたやさしくも寂しいまなざし。歌人の中には、しんとするようなひそやかさとともに、心を洗われるごとき透明な思いがひろがっていく。自己浄化といってもよい。

ガラス器に浮ぶ氷片鳴らす夜かすかなれども固きその音
炎みな白くのぼりて色のなき幻なればあわれすがしも　（『青釉』）
水明り花のごとくに誘いて夕べの沼は風に乱るる
舞いあがり光となりし刹那よりきらきらとして微塵は遊ぶ　（『秋照』）

目につくまま二集の中から、「かすか」なもの「微細」なものをとらえた四首を抜いてみた。夜の独居の中で聞く「氷片」の音、燃えあがりやがて色なき「幻」となる炎、それらの対象がもっている音やかたちに、歌人の「生の鼓動」が収斂していくことによって、清らかなやすらぎと解放感がもたらされる。夕べの沼に立つさざ波も舞いあがり浮遊する微塵も、それらの波長と内的リズムとが重なるとき、歌人の心は「解き放」たれるのである。

先に「勾玉」の連作や「弥生の壺」連作の中から引いたが、武川忠一には、古代の物語や遺跡・遺物に材を得た作が多い。国文学者としての造詣や関心もさることながら、古代が武川をひきつけるのは、それが「滅び」たものだからだ。

憧れにまなこやさしき埴輪の乙女その手のひらの鈴なりいでよ　（『氷湖』）
飛天の少女吹く笛は鳴れ陽のなかを白く奔りて雨は過ぎたり　（『窓冷』）
遠き世の宮址にたつかげろうの影ゆらゆらと地表にもゆる　（『青釉』）
狂となり火となり石と化《な》りにしを冷え冷えと佇つ日の昏れの山　（『秋照』）

「確実に滅びしものの明るさよ」ともうたわれているように、狂女の愛執も反逆者の憎悪もながい歴史の時間によって洗われ晒されて、その情念は清められる。時間による鎮魂とでもいおうか。「埴輪の乙女」も「飛天の少女」も、それが滅びさったものであるがゆえに、快い感傷に身をゆだねることができる（余談「耳朶《たぶ》の清く紅《こう》さす少女のわき夜の電車にゆられつついる」など、武川は「少女」の清らかさを好んで詠む。それもしばしば「夜の電車」の中の少女を！）。また血腥い抗争の「宮址」も、松浦佐用姫の狂恋の舞台も、激しい愛憎の念は、今や「かげろう」のごときものとなってもえ、冷え冷えとした「石」になって凝固して、そこに佇む歌人の心を安らかな静謐が支配する（詳論の余裕はないが、歌人における「石」への偏愛を指摘できる。「石」の硬質にひかれるのだ）。

　もとより、歌人は古代への感傷ばかりをうたって来たのではない。今回読みかえしてみて、「倭建」連作（『窓冷』）は、やはり戦後短歌史に残る傑作だと思った。まず二十三首の短歌で倭建の悲劇をうたって「白ちどりふるさとに立つ遠雲よまぎるる行方われのみは知る」に至ったとき、その「われ」はいつしか歌人自身と一体化している。ついで、あの感動的な長歌へと変奏されるのだ。

白ちどり　空翔りゆく／氷《ひ》の海の　童女の夢を／雪明り　坂の細道／糸車　くるくるくると／繭を煮る　紡ぎの鍋に／孫むすめ　背負いて歌う／――ここはどこの細道だ。／――ゆきはよいよい帰りは恐い。／とこ闇の　夜空は長く／雪散れば　白鳥となれ／そのわらべうた

大和はおのずと歌人のふるさと諏訪の「氷の海」に重なり、古代の伝説は氷湖のほとりで「繭」を紡ぐ媼の「わらべうた」の調べに転じていく。そして「その狂もその残忍も孤りにてふるさと遠し鎮《たま》魂《しずめ》の日」とうたいおさめられる結びの一首は、この連作が倭建への鎮魂歌であると同時に、同じく激情と飢餓感とを内に秘めて生きて来た自身のための「たましずめ」でもあることを端的に示している。このような連作の試みについて、武川は「短歌はついに「私性」を離れ得な」いことを自覚した上での「手探り」であったとのべている（『窓冷』あとがき）。歌の可能性を拡げようとする模索だったわけだが、武川の場合はるかなる古代をうたっても、それはつねに現在の自己の実感につなぎとめられているのである。

さて、武川短歌の高峰のひとつはやはり『秋照』の「冬の饗」連作を中心とする挽歌群だろう。

亡き者ら年ごと清らになりゆくを茫々としてかなしみており
たまさかに舞いくる雪の夕日かげ家跡にきて遊べ父母《ちちはは》
空《から》になりし身はかるがると歩みきぬ亡びしものと遊ぶ家の跡
雪の上に立つ穂すすきが白髪《しらかみ》をふりて招けばいずこぞここは

あの『氷湖』の挽歌以来二十年余を経た今、死者と生者の区別さえもないこの自在さはどうだろう。武川はある時『氷湖』以来の「みずうみ」について「この「みずうみ」は徐々にどこにもない「みずうみ」になってしまった」（『青釉』あとがき）といったが、この死者たちはもはや『氷湖』の挽歌における生々しい父母ではない。個的存在でさえない。「家の跡」もいずことも知れぬ架空の場所になってしまっている。父母のみでなく、連作「峠」や「魂おくり」（『青釉』）でうたわれたあの戦死した学友たちも含めて、すべての死者は時間によって浄化され、激しやすい歌人の心はその清らかな死者たちによって鎮められる。

もちろん、歌人の中から、激する心や「むごき」思いが消えたわけではない。

むごきもの清らに澄みて山の空夕雲のふち紅《くれない》帯ぶる　（昭57・2）

けぶらいて芽ぶく梢を仰ぎゆくむごきことなどいまは忘れよ　（昭60・7）

『秋照』以後の作から任意に引いたが、武川忠一にとって、歌は「むごき」生を「清」めるために、ひとりしてする「たましずめ」にほかならぬことをこの二首も物語っている。『秋照』以後にふれる余裕を失ったが、最近の著しい傾向として、自らの体にまつわる身体感覚的発想の歌が多いことを指摘しておこう。

直土《ひたつち》に体のべ眠る感触にことことと血が心を叩く　（昭62・2）

（「音」昭62・9）

若山牧水——危機と破調

一般に牧水といえば、恋や自然を平明かつ端正なスタイルで浪漫性豊かにうたった国民的歌人であり、「白玉の歯にしみとほる」や「幾山河こえさりゆかば」の歌のように、酒を愛し旅に生きた漂泊の詩人である。ここではそれと少し異なる牧水像にふれてみよう。

第一歌集『海の声』(明41・7)第二歌集『独り歌へる』(明43・1)をも含めた歌集『別離』を、明治四十三年四月に出版した牧水は、「明星」派の浪漫主義とは異るその清新流麗な抒情が各方面から好評をもって迎えられ、同じく尾上柴舟門下の前田夕暮とともに、「比翼歌人」(太田水穂)と呼ばれるなど、いわゆる牧水・夕暮時代が到来した。『別離』の苦悶と寂寥は、主として人妻園田小枝子との苦しい恋を契機とするものであり、自序によれば「別離」とは「昨日までの自己に潔く別れ去らうとするこころに外ならぬ」のであったが、その暗澹たる境涯は「海底《うなぞこ》に眼《め》のなき魚の棲《す》むといふ眼の無き魚の恋しかりけり」を巻頭歌とする第四歌集『路上』(明44・9)に至っても深まりこそすれ、解消などされなかった。『路上』自序にいうように「透徹せざる著者の生きやうは、その陰影の上に同じく痛ましき動揺と朦朧とを投げて居る」のである。そして、明治から大正にかけての一年余は、牧水の生活に次々と困難な出来事が生起した、まさに危機の時代であった。

明治四十四年九月には、前年三月以来編集して来た詩歌雑誌「創作」が出版元の東雲堂と意見が合わずに終刊。四十五年一月、前の年の暮から勤めていたやまと新聞をやめる。同年四月には啄木の死に立ち会った。五月に創刊した短歌雑誌「自然」は一号だけに終った。同月、太田喜志子と式も挙げずに同棲。七月、父危篤のために宮崎に帰郷。その後明治天皇の崩御をはさんで、大正元年十一月には父が死去する。牧水は身の処し方に迷い、翌大正二年五月まで郷里にとどまるが、一方その年四月に妻は信州の実家で長男を出産している。『路上』出版から帰郷までの極限的な心境は、故郷日向で編まれた第五歌集『死か芸術か』（大元・9）の題名が端的に示している。序文には先に『路上』序で訣別せんとした「悔恨と苦痛とをそのままた本書の上にも推し及ぼさなくてはならぬことを心から悲しく思ふ」とある。この歌集では、明治四十四年から四十五年にかけての切迫した不安定な心情が、流麗であった牧水の歌に破調をもたらしていることが注目される。『芸術か死か』は「手術刀」「落葉と自殺」「かなしき岬」の三部からなっており、特に前二者は題名そのものが鋭い危機感を表象している。「手術刀」をうたった歌はないが、自己の内部を激しく切り裂こうとする自虐的なモチーフを、それは暗示している。

秋の地《つち》に花咲くことはなにものの虚偽ぞ
ことごとく踏み葬《はふ》るべし
なに恨むこころぞ夕日血のごとしわが眼
すさまじく野の秋を見る

手を切れ、双脚《もろあし》を切れ、野のつちに投げ
棄てておけ、秋と親しまむ

「手を切れ」の歌のように、激動する内面はおのずから外にあらわれて定型をやぶっている。また、内的リズムを表現するために、歌に読点を用いる試みもこの時期にはなされている。ただし、牧水の場合、破調の歌でもやはりひとつの緊張した声調によって貫かれているのが特徴である。「落葉と自殺」にはさらに大胆な破調が目立つ。

雨、雨、雨、まこと思ひに労れゐき、よくぞ降り来《こ》し、あはれ闇を打つ
秋、飛沫《しぶき》、岬の尖りあざやかにわが身刺せかし、旅をしぞ思ふ
浪、浪、浪、沖に居る浪、岸の浪、やよ待てわれも山降りて行かむ
土竜《むぐら》来よ、地《つち》にかくれて冬の陽のけぶれるを見ざるべし、出で来よ土竜

どんなに定型を無視して歌い出されても、結びの一句できちんとリズムの帳尻が合っているところは、やはり天性の抒情詩人であることを示すものだろう。

しかし、破調の歌は、第六歌集『みなかみ』（大2・9）に至って頂点に達する。ここに集められた歌は、大正元年九月ごろから翌二年三月にかけて故郷日向の尾鈴山北麓の生家で詠まれたもので、滞在中に死んだ父に捧げられている。この半年はまさに孤独と懊悩の時期であったが、同時に故郷の自

然の中で自己を凝視し内省する機会ともなった。当然のことながら、それは歌境にも反映せずにはいなかった。その歌境の「変化」について序文には、次のように書かれている。

私の心中に斯ういふ変化の起りかけてゐたのは決して昨今のことではなかつた。然し、昨年偶然父の病気のために郷里に帰つて、苦痛ではあつたが極めて清純な孤独の境地に身を置くことを得たために、かねてから芽を出しかけてゐた希望が殆ど何の顧慮障礙なくして自由に外に表れて来たといふかたちであつた。

『みなかみ』は五章からなり、巻頭の「故郷」には「ふるさとの尾鈴の山のかなしさよ秋もかすみのたなびきて居り」など整った佳作も多いが「黒薔薇」「父の死後」以下の章では、破調でしかも口語的発想のものが多くなる。

さうだ、あんまり自分のことばかり考へてゐた、四辺《あたり》は洞《ほらあな》のやうに暗い
叔父さん、今朝氷がはつたと姪が呼ぶ、さうか眼が痛いほどいい気持だ、寝床
静座に耐へられなくなれば、ついと立つ、立つて歩く、貧しい心そのもののやうに

これらは自由律の実験的な試みというよりは、前掲の序文でもいうように、故郷での内省的な「生活の滴り」が自然にこのような形をとったというべきだろう。それは牧水の青春の最後の大きなうね

りの表現であり、同時に『別離』の世界への訣別でもあった。大正二年六月上京後の牧水は、また清澄な定型にかえり、やがて円熟した自然観照に入って行くが、それは『みなかみ』の自己否定を通過することによって得られたものであった。

（「解釈と鑑賞」昭61・5）

谷崎潤一郎の初恋の歌

過日、生誕百年を記念する「谷崎潤一郎・人と文学」展をみて、この作家の書にあらためて興味をひかれた。松子夫人によれば、谷崎の書ははじめお家流を、のちに光悦流を学んだものという。谷崎も「肉太に、どつしりとして重味もあれば艶もある」（「岡本にて」）と、お家流を推賞している。決して達筆とはいえないが、あの独特の肉太で量感たっぷりの字は、どこか谷崎文学の豊麗さに通うところがあるように思われる。今回の谷崎展では、その筆で書かれた歌をいくつかみた。谷崎は「元来歌は巧拙よりも即吟即興が面白いので、小便をたれるやうによんだらいいのである」（「岡本にて」）といっているように、その歌は発想も修辞も古今以後の伝統的な型に範を得たもので、平明ではあるが総じて月並みで、小説のように個性豊かなものとはいいがたい。今日知りうる谷崎の最も古い歌は、府立一中二年のとき「学友会雑誌」にのせた「小《ママ》島高徳桜樹に題する図に」と詞書のある「衛士か焚くかゞり火白く夜はふけて鎧の袖に桜ちるなり」という一首である。「学友会雑誌」には、四年のとき「みづぐき」と題する五首を、五年では「野いちご会詠草」四首を出している。後年「高等学校時代に少々ばかり和歌の真似ごとをした」（「岡本にて」）と語っているが、一高時代の歌は残っていない。ただし、一高「校友会雑誌」（明40・12）に寄せた小品「死火山」の中に、次の一首が含まれている。

はこね路をゆふこえくればわきもこがくろかみあらふ湯のけぶりみゆ

いうまでもなく、これは「箱根路をわが越えくれば伊豆の海や沖の小島に波のよるみゆ」（実朝）をふまえたもので、もとより類型の域を出ていない。「死火山」は、中学二年以来書生として住み込んでいた北村家の小間使穂積フクとの恋愛の顚末を、文語調で書いたものである。この恋愛事件によって、谷崎はこの年六月に「恩人」の北村家を追放された。「死火山」とは「死火山の底に燃ゆるほのほのごと、意志の鉄壁もて封じ去るべきいたましの恋」の表象である。フクは箱根塔之沢の旅館の娘で、「羹」（明45）「鬼の面」（大5）などの自伝的作品にも登場する薄命の女性だが、この初恋の体験は、のちの谷崎の女性観・人生観にも大きな影響を与えたはずである。この事件をきっかけに、彼は作家として身を立てようと決心するに至る。右の歌も、遂げられなかった恋の記憶とともに、谷崎の中に終生生き続けることになるのである。

文壇に出てからの谷崎は、白秋主宰の「朱欒」（明44・11）に「そぞろごと」十二首を載せている。これらは昭和期の谷崎の即興即吟歌とは異って、明らかに近代短歌と呼んでいい性格をもっているのだが、その中にもフクを詠んだ次のような一首が入っている。

三十里離《か》れつつ住めば吾妹子の鼻の形状《かたち》をふと忘れぬる

谷崎はのち「私の初恋」（大6・9）の中で、この「ほんたうの初恋と云ふべきもの」について語り、その当時愛する人に寄せた歌として「はこね路を」と「三十里」の歌のほか、次の一首を掲げている。

みちのくの三箱の御湯にゆあみしてかがやく肌を妹に誇らむ

大正期には詠歌がなく、わずかに「中央公論」(大12・3)に、「歌四首」として「はこね路を」をはじめ「みちのくの」「三十里」の歌など明治期の旧作を再掲しているのみである。つまり、谷崎はフクをうたった「はこね路を」及び「三十里」の歌を前後三回、「みちのくの」歌を二回発表していることになる。この「初恋」が、谷崎にとっていかに忘れがたいものであったかを示すものであろう。松子夫人も「箱根に住む初恋の人を詠んだ歌を私も疾くから知り、又結ばれなかった其の女性との話はきかされたことがある」とのべ、後年お気に入りの女中は「必ず箱根へ連れて行くのがおきまり」であったとも語っている(「倚松庵の夢」)。谷崎にとって箱根は特別の土地であった。

ところで、谷崎没後、作家が「家集」として最晩年まで推敲し続けた「松廼舎集」「初昔　きのふけふ」の二冊三百五十首が残された。多くの未発表歌を含んでいて貴重だが、うち「明治年代」の三首をのぞいて、すべて松子夫人との出会い後の作で、特に戦後のものが大半を占める。そして、ほかならぬその三首こそ「箱根塔之沢に住む人を思うて」と題する「三十里」と「はこね路を」の歌、及び「福島県湯本温泉にて」という詞書をもつ「みちのくの」の歌である。谷崎は、発表を予期しない家集にも、記念の三首をしるしとどめたのである。その生涯において、さまざまに女性遍歴を重ねた谷崎の中で、初恋の人はどのようなかたちで生き続けたのであろうか。

(「短歌」昭60・6)

芥川龍之介の恋と歌

作家以前の芥川龍之介に、短歌時代ともいうべき時期があったことは、よく知られている。書簡は別にして、「心の花」その他の雑誌に発表された歌は、大正三年五月から四年二月まで十二首ずつ六回に及んでいる。この期間はほぼ第三次「新思潮」時代と重なり、また吉田弥生への恋の高まりと破局を含んでいる。当時のペンネーム柳川隆之介が北原白秋を意識したものであったように、歌も白秋の影が濃い。ところで、「僕は性欲と愛とを同一とは考へない」（大2・8・11、山本喜誉司宛書簡）といっているように、書簡などからうかがわれる若き日の芥川の恋愛観・結婚観は、後年のシニカルで厭世主義的なそれとはおよそちがって、きわめて理想主義的・精神主義的である。ただ、吉田弥生に対する恋は、のちに「やゝともするとＳＩＮＬＩＣＨ（註・官能的）になりやすいＹ（註・吉田弥生）の事」（大4・8・1、山本宛書簡）などといっていることからみても、やや官能的で性欲の匂いのするものであったようだ。

ねころびてあが思《も》ひ居ればみだらなる女《をみな》のにほひしぬび来にけり（大4・6推定、山本宛書簡）

『芥川龍之介未定稿集』には、「わが友の前にさゝぐ」という詞書をもった「大正四年頃」のものと推定される歌稿二十首が収められている。その詞書は「一切を忘れしむるものは　時なり　されどその時を待つ能はざるをいかに　われは忘却を感能《ママ》に求め　感能はわれに悲哀を与へたり」とあり、歌は明らかに吉原登楼をうたったものである。

くらき夜のこのもかのもに声ありて我を招《ま》ぐこそかなしかりけれ
唇の赤き女はながし眸《め》にわれを嘲むとわらひけらずや
夏の夜をつめたくゆらぐ銀絲にもわが悲しみはいやまさりけり
薄唇醜かれどもしかれどもしのびしのびに口触《ふ》りにけり
これやこの新吉原の小夜ふけて辻占売の声かよひ来れ

これがいつのことなのかは確定しにくいが、「夏の夜」の歌からみれば、大正四年夏（この年八月五日からは松江に滞在するのでそれ以前）ということになろうか。吉田弥生と陸軍中尉金田一光男の婚姻届は、大正四年五月十五日に出されており、もはや彼女は手の届かぬ人妻となってしまっていた。

人妻の上をしぬびて日もすがら藤の垂花わが見守るはや（大4・5・13、井川恭宛書簡）

ある時期の芥川は、「人妻」となった人へのやりどころのない愛執と「かなしみ」を、遊女の「感能」によって「忘却」し去ろうとしたこともあったようだが、これは弥生への愛が「SINLICH」なものを含むものであったことと関係があるにちがいない。しかし、そのような行為は彼をいっそう惨めな「悲哀」に陥れるばかりであったろう。先の詞書に「わが心　いたく賤しく　且けがれたれど」とあることなどによっても、これは芥川の初めての女性体験だったのではなかろうか。

一方、芥川はそのような官能的・肉感的な弥生の面影を忘れるべく、清純で童女のような塚本文へ自分の心を傾けようとしている。

忘れましさにこの女童《めわらべ》を恋ひむとぞいく度ひとりつぶやきにけむ（大4・6推定、山本宛書簡）

（「短歌現代」昭55・11）

吉井勇の小説

『酒ほがひ』の歌人として出発した吉井勇が、それについで戯曲の世界に赴くのは、当時の新劇熱の影響もさることながら、何よりもその歌自体が物語性を濃厚にもっていたことによる。その戯曲もレーゼ・ドラマ風の気分劇で、それがまたおのずから小説の試みともなっていった。吉井勇の小説は歌や戯曲に比べて影が薄いが、つとに明治三十九年九月の「明星」に「鶩」という小品が発表されており、小説は晩年に至るまで書き続けられた。特に晩年の小説は吉井勇の至りついた窮極の境地を示すものといえる。

明治四十三年頃からの一時期には、歌物語という吉井勇創始の「新しき散文詩」も試みられるが、やがて作者自身その芸術的価値を疑うようになる。吉井勇が小説家として真の独自性を獲得するのは、短篇集『句楽の話』(大7・7)によってである。これはすでに第二歌集『昨日まで』(大2・6)で歌われ、「俳諧亭句楽の死」(大3・4)などの「句楽もの」の戯曲にもなった狂落語家句楽を題材にしたものだが、決して二番煎じではなく、内容と表現がみごとに合致して完成度も高く、小説家としての吉井勇の紛れもない個性と資質を窺うに足るものである。句楽のモデル蝶花楼馬楽は、若いころから「奔放不羈」に生き、明治四十五年「轗軻不遇」のうちに五十九歳で世を去った落語家である。この芸人との出会いは、吉井勇に重要な文学的開眼をもたらした。『句楽の話』は、別々に発表された四つの短篇から構成されているが、同じく最晩年の句楽を扱いながら、それぞれ異ったスタイルで書かれ、しかも全体があたかも四重奏のごとくハーモニーの効果を生み出し、そこから一人の落魄した孤独な芸人の風貌とその境涯が浮かびあがって来る仕掛けになっている。最初の「句楽の手紙」は、句楽から柏木墨水なる人物にあてた書簡集のかたちをとっている。十通の書簡を通して、句楽の人となりや、彼がしだいに狂気に陥って、精神病院に入り（本人は金儲けして「西洋館」に入ったつもり）、種々の妄想にとらわれるようになっていく様が、揺れ動く心にあわせて、その文体も変えながら巧みに描き出されているのだ。「師走空」は、病院に訪ねて来た人物（たぶん前記の墨水）に向かっての狂える句楽のひとり語りである。その軽妙自在な語りには落語をはじめとする芸能の愛好家であり、戯曲作家である作者の特質がいかんなく発現されている。

「句楽の日記」は没後に残された日記の形で、前二者が特定の相手への一方的な語りかけだとすれば、当然ながらこれは完全な内的独白であって、それだけにいっそう鬼気迫るものがある。駒形河岸で自分自身に出会うドッペルゲンガーのような話や自分を平賀源内だと思い込んで「霊魂救済業」にのり出そうとする話など、どこか漱石の「夢十夜」や百閒の「冥土」を思わせる不思議な味わいをもっている。全篇をしめくくる「句楽忌」は、先の「手紙」の受け取り手であり、「師走空」の話の聞き手、「日記」の読み手と考えられる「私」が句楽の命日を前に、ありし日の故人の飄逸にして狷介な面影を追憶するという内容である。作者はこの「激しい厭世家」であった孤独な落語家の生きざまを通して、「人間と云ふものの惨ましい姿」をみつめ、今をときめくものへの反抗と、滅び行く古い純な魂への限りない共感の歌を奏でているのである。他に大正期のものでは、酒色・遊芸に百万の身代を蕩尽して、市井の陋巷に逼塞する墨水という人物を主人公に、芸人や遊里の世界を描いた『墨水十二話』（大15・9）が印象に残る。

小説家吉井勇が真にその本領を発揮し、独自の境地を切り開くのは戦後になってからである。不夜庵こと炭太祇を主人公に島原の不夜城の風俗と人情を書いた『不夜庵物語』（昭22・11）のようにユニークなものもあるが、作品としては、京都の巷に生きる市井人の老残の種々相を描いた短篇集『蝦蟆鉄拐』（昭27・1）がすぐれている。かつてはなかなかの蕩児であった二人の老職人が、酔って京の裏町を蹌踉と歩きながら、昔なじんだ女たちの思い出を語る表題作は、枯淡・洒脱のうちにも詩的哀感が漂い、吉井勇の悟達の心境をしのばせる。「長谷詣」では、戦死した一人息子の供養に長谷詣をする骨董屋の老夫婦が、盲目の女乞食の身の上を想ったり、息子の残した巡礼日記を読んだりして老いの寂寥を味わう。その他酔余の夢の中で今はなき芸人たちにであう「虎落笛」、ある人の追善演芸会で新内の蘭蝶を聴き、三十数年前それを聴きながら別れた芸者のことを思い出して「無常感」にひたる「蘭蝶」、古写本の聞書を紹介するかたちで、座頭に遊里の逸話を語らせる「島原狐」など、それぞれ形式に趣向がこらされ、ひとつとして同じものはない。落莫たるなかにも京の風物を背景に艶冶なものが流れており、戯曲できたえた語りはここでも他の追随を許さない。

『蝦蟆鉄拐』以後のものにも、佳篇が少なくないが、遊里に生きる女たちの哀歓を写した「煙華抄」「呼子鳥」、老芸人の末路を書いた「志摩月夜」「銀閣寺行」など作者の透徹した人生観を感じさせる。吉井勇は、これら晩年の小説によって、その文学のひとつの頂点に到達したといってもよいのではなかろうか。

（「短歌」平2・11）

歌の身体――上大迫實・チヱ集の後に

門外の徒として、短歌作品を読むたびに考えさせられるのは、やはり定型という不自由な制約のことであり、それから生ずる歌の宿命的な生理・機能の問題である。それをいま仮りに短歌の身体といっておこう。その小さく窮屈な身体の機能を熟知し、それを全的かつ自在に活用する方法に練達することによって、歌の身体と自己の心身とを有機的に連動ないし同化させることが、詠歌に課せられた永遠の技法的要請である。一定の制約の下にあるという意味では、人間の心身もまた定型的だとすれば、作歌という行為は必然的に歌人に自己改造を強いるはずだ。かくして歌の定型と心身の定型とは相互浸透的である。おおむね編年体になっていると推定されるこの歌集が与える一種劇的な感動も、歌人が歌の身体と自己の心身とを限りなく近づけていくことで果した回生のドラマと関わっているにちがいない。

かつて上大迫實は情熱的で優秀な青年教師だった。そして、教育的「実践」と作歌による自己省察は、彼の中で結びついていた。

この子らの夢を破るな春雷のとどろく駅の就職列車

いどみくる友の論理の鋭くて職員室の緊張高まる
貧民の子も背負ひたるペスタロッチ眼鋭く教室に在り

しかし、あえていえばこのときまでの歌は、彼にとってまだ余技にとどまっていたであろう。四十歳にして管理職に登用され、将来を嘱望されていた彼を脊髄症という難病が襲う。二度の困難な手術のすえ、最終的に復職を断念せねばならなくなった。時に五十歳。その間の彼及び夫人の心中については黙するしかない。しかし、上大迫實もチヱ夫人も挫けなかった。そこから新しい闘いが始まった。「手術前後」「苦患に生く」などの章の諸作は、ここに引くさえいたましいが、「書き終へし歌稿をくはへてゐざりゆき縁にひたすら郵便夫待つ」の一首が示すように、歌への執念が彼に生きる力を与えた。当人には酷であり、また不遜にひびくかも知れぬいい方を許してもらえば、発病・退職とその後のながく苦しい闘病生活が、上大迫實の歌を飛躍させ、深化させた。もはや歌は余技などではなくなった。素材としての極限状況が歌にリアリティを与えたことをいうのではない。彼は歌の身体を自己の身体として生きる真正の歌人になったのである。

もちろん、歌集からもうかがわれるように、さまざまな曲折・彷徨はあったであろう。ここにはあえて引かないが、深刻な内容の歌も少なくない。しかし、病中の呻吟の中から、やがて次のような歌も生まれるようになった。

中古車の大売出しのアドバルーン四月の地球を引つ張つてゐる

夕されば特殊寝台に身を起こし丈《たけ》さまざまの糸瓜見てをり
一個づつの秘密をもちてゐる如し丈それぞれにへチマ揺れをり

このとき作者の胸中に正岡子規という偉大な先達の面影がうかばなかったはずはない。子規も支えになったであろうが、やはり歌が力となったのである。

いうまでもなく横臥の生活を強いられるものにとっては、行動も視野も狭く限定されざるをえない。それは耐えがたいハンディキャップだが、そのことがかえって歌人に全神経・全生命を集中して見ることを促した。彼は横臥のまま視野に入って来るものは「双眼鏡」まで駆使してひたすら見ようとする。どんな微細なものでも、体全体を目にし感性にして見るのである。そして、見たもの、感じたことを短歌という小さく不自由な形式のなかに盛り込まねばならない。多くの試行錯誤が繰り返されたであろう。放恣な抒情や散漫な描写を必然的に拒絶する短歌という形式は、彼の生命をせきとめることで、それをエネルギーに変える。つまりこの歌人の場合、短歌という詩型のもつ制約・限界は、自らの置かれた条件の中で、かえって自己の生命を搾り出し定着するための恰好の器となった。その契機をもたらしたものとして、たとえばベッドの中から捉えられる小さな生命たちをあげることができる。この歌人には以前から小動物への関心が強くあったが、療養生活に入ってから、にわかにそれが目立つようになる。対峙し凝視された生命たちは、それがいかに微細なものであっても、耳をすまし目を凝らして向きあうとき、自己の生命と同じ重さのものとして感じられ、狭く限られた空間も全宇宙とさえ等価になる。この体験が彼の生命観・人生観に変化をもたらしたであろうことは想像にかたくない。

硝子戸に腹押しあてて雨蛙唄ふが如く咽動《のんど》かす
自らに気合ひをかけてゐるやうに雪降る夕べ鶫啼きぬ
軒先に泥をくはへて来る度に病臥のわれをつばくろ覗く
ときに来て啼く熊蟬はいぬまきの幹の裏側より徐々にあらはる

もちろん病臥の中にあっても、小動物だけを相手にしていればすむわけではない。家庭人としては成長期の子どもとの「齟齬」もあったし、社会人としては「不在投票」のかたちで権利を行使しなければならなかった。そのような生活において彼を支えたのは、チヱ夫人であった。気丈に立ち働く妻の後姿あるいは疲れて眠るその寝姿をうたったものに秀歌が多いのも当然である。そのなかの一首。

背伸びして垣根に白菜干す妻の病むわが長靴を穿きてゐにけり

妻は病床の夫のかわりにその「長靴」をはき、せいいっぱい「背伸びして」生きて行かなければならない。その後姿に注がれる無言のまなざしには、深い愛といとおしみがこめられている。

上大迫チヱもすぐれた歌人だ。歌歴は夫君よりも古い。生活の嘱目に発しながらも、単なる日常詠に終らず、鋭い観察と抑制の間からにじみ出る清潔な抒情に特色がある。次に引く任意の数首だけでもこの人の感受性の鋭さと人間的な聡明さを語って余りある。

花屋には寄らで帰らん逢ひて来し学園の少女まみ深かりき
生まれ来てひととせの子が眼に追へる雪あかあかと限りなく降れ
責むる言葉吐きし日の暮れ花々は吊るされながら色変へてゆく
裂きしいかの腹より不意に出でて来し卵ぬめぬめと罪を意識す
まだ覚めぬ五感のなかにさゐさゐと庖丁の錆がにほふ厨辺
白足袋をかく穿かされていづへ行く母か遺体に迫る夕闇
蠢きゐる貝に切つ先突き刺して焼きゐる無惨炎は青し
車椅子に漸く慣れし夫の後方親しきこゑに時鳥啼く

夫妻のけわしかったであろう道程を思うとき、この歌集が二人集として出されたことの意味は深い。

さて歌人上大迫實は病も小康をえて車椅子にも少しずつ慣れ、行動範囲も徐々に拡がっていく。それが歌境を広くし深化させることにもつながった。病者が不自由な身体を鍛え、車椅子にもなじんで自己を拡大していくプロセスは、歌人が短歌という窮屈な詩型を自己の身体と化していく過程とどこかパラレルであるように感じられる。これは先に述べたベッドでの横臥の姿勢による対象の凝視とは矛盾しない。それとこれは相まって歌に幅と深さを与えるのである。病苦を生きる歌人をチヱ夫人とともに支え、「癒えずとも強く生きよ」と励ましたのは、九十に近い母堂だが、その母のいる故里を久しぶりに訪ねたときの歌はこの集の圧巻である。

連翹の花の燿ふ門過ぎて坂を登れば母のみの家
故里の桜大樹の花吹雪車椅子よりつくづく仰ぐ
反芻の牛　眦《まなじり》に泪溜めしづかなるかなや聖の如く

連作のなかでも「反芻の牛」一首は集中の絶唱というをはばからない。まず何よりもすぐれた対象凝視の歌である。しかし、ここにあるのは単なる客観ではなく、ながい苦しみと葛藤の果てに歌人が到達した清澄の境地である。悟りとも祈りともいってよい。歌人はかつて「単調といふ言葉の意味をつきつめて淋しき生を又思ひをり」とうたったこともあったが、この「反芻」はその「単調」を「淋しき」ものから「しづかなる」ものへと肯定的に転換する契機さえ含んでいる。また「泪溜め」た牛の眦には母のそれが重なって感じられるといえば深読みの誇りを受けようか。少なくともここには、作者を優しく受け入れ救済するもののイメージがある。このように見るとき集中の歌群は、ひとえにこの一首の高みと深さに到達するための過程であったとさえ感じられて来る。これを劇的といわずして何といおう。

この前後から上大迫實の歌はしだいに明るさと生気を加えて来る。ときとして歌人の心は光の中で軽みをおびて弾んでいるようにさえ見える。そして作者の目には小動物や植物だけでなく、ふたたび人間という他者が映りはじめるのである。

小康を得たる怡びに車椅子こげば夏草の囁くごとし
魚屋の主人の摑む腸《はらわた》をしばし覗きみて車椅子こぐ
大いなる御手に掬はれて在る如し冬日深々と臥処に届く
数多《あまた》なる生命奪ひて終はりたる湾岸戦争の意味問ひ糺《ただ》す
台風に倒れし稲を起こす兄寝台立つれば棚田に見ゆる

日本人が千数百年にわたって伝えて来た短歌という抒情の形式が、ひとりの人間を蘇生させる力をもっていたことをこの歌集は証しているといえよう。今や上大迫實は『あふるる光』一巻の歌人として立っている。その傍には、上大迫チヱという清浄のうたびとが、ひかえめに、しかし凜乎としてよりそっているのである。

（「あふるる光」平4・5）

V

初期漱石と鹿児島

鹿児島県人寮「同学舎」は、今年（二〇〇五年）で、創立百周年を迎え、十月十五日には記念の祝賀会も開かれた。私は昭和三十一年に、本郷追分町（現在の向丘一丁目）にあったこの寮に入り、大学卒業までのいささか濃厚な青春をそこで過したので愛着も深い。同学舎は、明治三十五年島津奨学資金（現・鹿児島奨学会）によって本郷区台町に創設され、それが同三十九年十月に新天地を求めて追分町に移転してから百年目になるのである。同学舎に入ったとき、先輩からこの寮の名は漱石書簡にも出て来ると聞かされ、早速早稲田の図書館で全集の中にその名を発見したときは、あの文豪が急に身近に感じられるような気がした。

漱石研究者といえども、「同学舎」の名を知る人は多くないだろう。明治三十七年六月三日付の野村伝四宛はがきの宛先は、本郷区台町三六（現在の本郷五丁目）同学舎内とあり、同年の七通の野村宛書簡はすべて同学舎内となっている。六月十七日付のはがきには次のようにある。

昨日散歩の序同学舎前を通れり没趣味にして且つ汚穢極まる建物なり伝四先生此内に閉居して試験の下調をなしつゝあるかと思へば気の毒の至なり

一後輩としても苦笑を禁じえないが、明治三十八年一月四日付の書簡からは、本郷区本郷六丁目二五藪中方宛になるから、野村は古い下宿屋を買いとった「汚穢極まる建物」に閉口したのか、三十七年末までには同学舎を出たらしい。野村伝四は、明治十三年生まれで鹿児島県肝属《きもつき》郡高山《こうやま》村（現在の肝付町高山）出身。一高をへて、帰国後の漱石が赴任した年に東大英文科に入学した。書簡集には野村宛の六十三通が収められているが、その多くは「伝四先生」「伝四大人」などとあり、薩摩人らしく明るく屈託のない人柄を愛されたようだ。小説「二階の男」（「七人」明38・2）「月給日」（「ホトトギス」明38・4）などは漱石もほめている。その後も「ホトトギス」「帝国文学」などに多くの作品を発表。卒業後は各地の中学教師をへて、奈良県の中学校長、県立図書館長をつとめた。晩年には方言研究にも関心をもち、郷里の方言を集めた『大隈肝属郡方言集』（昭17・4、中央公論社）には柳田国男が長文の序を寄せている。故郷の秋を描いた「鷹が渡る」は、戦前の中学校教科書などにも採られた。

同じく同学舎の大先輩で、野村とともに初期漱石の周辺にいた野間真綱宛書簡は七十通にも及ぶ。野間は鹿児島県姶良郡重富村（現在の姶良町重富）の出身で、明治十一年の生まれ。五高で漱石の教えを受け、東大英文科では新任の漱石の「英文学形式論」の講義を聴いたもっとも古い弟子の一人。東大卒業後の住所は麻布区三河台町島津男爵邸内となっており、住込みで島津分家の子弟の家庭教師もしていた。野村とちがって生真面目で神経質な野間を、漱石はつねに叱咤激励し就職の心配もしている。奇瓢の号で「ホトトギス」に発表した「俳体詩」は師の高い評価をうけた。のち七高造士館や姫路高校の教授をつとめるが、七高には野間教授が「三四郎」のモデルだという伝説があったらしい。

明治三十六、七年ごろの漱石は水彩画に熱中し、しばしば自筆の絵葉書を描いている。中でも橋口貢宛のものが多い。橋口は鹿児島市樋之口の藩医の子で、五高での教え子。東大政治学科を卒業し外交官の道を歩むが、絵画の才があり、漱石の水彩画熱も橋口貢の刺激によるものと考えられる。自装本『心』は、博識の貢が勤務地の清国から贈った拓本をデザインしたものであることは周知のとおり。のち「ホトトギス」に毎号のように挿画や裏表紙絵を掲げ、やがて『吾輩は猫である』などの装幀も手がける胡蝶本の橋口五葉（清）は貢の弟。東京美術学校を特待生で卒業、兄を通して漱石を知るのである。

こうしてみると、寺田寅彦は別格として、明治三十八年前後の漱石の周囲にいて、「文章会」に参加し、ともに「ホトトギス」に作品を書き、師の作品への感想を書き送るなど、小説家夏目漱石誕生の現場に立ちあったのはほとんど鹿児島県出身者だったといえば、ふるさと自慢に過ぎようか。漱石にとっても、知友の多い鹿児島は特別の地であったはずである。野村らはやがて、地方や外国に赴任して東京を離れるが、師への敬慕は終生変らなかった。

同学舎は昭和五十五年に日野市に移転し、本郷追分の跡地は、現在文京学院大学の敷地の一部になっている。地下鉄南北線東大前の同大学正門脇の植込みの中には、「鹿児島奨学会同学舎跡地」という小さな石碑がひっそりと建っている。

以上、わが郷党の漱石との縁など書きとめて、先人の面影を偲びたい。

（「日本近代文学館」208　平17・11）

古木鐵太郎という作家

鹿児島県出身の古木鐵太郎という作家をご存じだろうか。昭和初期から戦後にかけて、寡作だが私小説一筋に純一無雑の作品を残し、一部具眼の士から、その温和な人柄と気品高い作風を愛されながらも、昭和二十九年に五十五歳で不遇のうちに世を去った。今では近代文学の研究者でさえ知る人は少ないだろうが、その出身地がたまたま私もそこで少年の一時期をすごした薩摩郡宮之城町（現さつま町）であることを知って以来、ながく気になっていた作家である。

古木は生前、小さな創作集を一冊出しているにすぎない。没後その再評価を求めて友人や遺族の手で実に六回も遺作集が刊行され、そのこと自体稀有の美談に属するが、にもかかわらずなかなかその全貌に接することができず、それがまた古木のように地味な連作型の私小説家にとっては不幸なことだった。しかし、このたび三巻本の立派な全集が出され、ようやく再評価の機がめぐって来た。

明治三十二年生まれの古木は県立川内《せんだい》中学校（現川内高校）を卒業後、郷里の求名（現さつま町）でしばらく代用教員をしたが、大正九年に同郷の知人山本實彦を頼って上京し、草創期の「改造」編集部に入る。そこで、志賀直哉や武者小路實篤、瀧井孝作らの創作の現場に立ちあったことが、のちに小説を書くきっかけとなった。

なかでも大正期を代表する私小説作家葛西善蔵の場合は、名作「椎の若葉」を口述筆記し、「湖畔手記」の原稿を日光湯本の旅館に同宿してとるなどして、大きな影響を受けた。しかし、同じ私小説家でも古木と葛西の違いは、古木が葛西のような破滅型でなく、いかなる困難にあっても、人間の善意を信じ、心境の清澄を願う調和型の作家であったことだろう。

すぐれた私小説家の第一条件は、何よりもまず自他に対して誠実であることだ。その意味で、他の小説にない私小説固有の美しさは、作者の人間性に発する人格的なものときりはなせないのである。古木にあっては、文章と内容と作者の間がたくまずして一体化し、間然するところがない。決して器用ではないが、気取りやけれん味などみじんもなく、その一字一句が作者の人間的誠実によってうちされている。

古木は二十余年の作家生活を通して、おのれとおのれの肉親のことのみをあくことなく書き続けた。最初の妻との間に一児をもうけたが、妻の過失によって離別し、二年後に再婚して兄夫婦にあずけていた子供を引き取る。しかし、その子は七歳で赤痢のために死んでしまうのだ。処女作「折舟」（昭6）にはじまり、「子の死と別れた妻」（昭8）を頂点とする連作において、古木はこれらの題材をさまざまな角度から繰り返し作品化している。

しかし、いずれの作品も葛西のように陰鬱にならずに、読後にすべては浄化されて秋風のような清涼感が残るところに、古木文学の独自性がある。宇野浩二は「子の死と別れた妻」を評して「心の戸を叩く文学」といい、佐藤春夫はその無償の文学的態度を「文学の仏」と呼んだ。

古木文学のもうひとつのテーマは、両親をはじめ兄弟・親戚など一族の盛衰を書くことである。幼時を回想した「昔日」(昭6)から遺稿「昔の人」にいたる一連の作品は、強い懐郷の念に貫かれた古木一族の年代記《クロニクル》である。そこには、一族の人々が、多少の齟齬はあっても、無類の優しさと温かい血の結びつきによって生きる姿が、今は失われてしまった薩摩地方のなつかしい方言や風俗を背景にいきいきと描き出されている。

古木家は代々宮之城島津家に仕えた旧家だが、鐵太郎は長い貧窮の作家生活の中で、父祖伝来の田畑や家屋敷をすべて売り尽くすのである。

戦後は病気がちで作品も少ないが、死の二年前に発表した「紅いノート」(昭27)は、売れない小説家である父への愛憎を記した長女の日記を、盗み読みしての痛切な感慨を書いたものである。この作品の名を冠した遺稿集について、中野重治は「『紅いノート』を私は手放すことができない。私は手放さない」と書いた。妻と三人の子のことを書いた作品の美しさも比類がない。かつて芥川龍之介は私小説について「あらゆる小説中、最も詩に近い小説」とのべたが、古木鐵太郎の文学こそそのひとつの典型であるといえよう。

この夏、私は亡父の葬儀のために郷里に帰った。かつて作家が「唯一の安息の場所」といった古木家の跡に立つと、古木も書いているように昔から「すり鉢の底」と呼ばれた宮之城の町を囲む山々は、鐵太郎の少年の日と変わらぬ山容を見せ、裏にまわると、川内川《せんだい》がかすかなさざ波を立てながら悠々と流れて、古木作品にもしばしば登場する轟の瀬が上流はるかにのぞまれるのだった。

(「南日本新聞」昭63・8・19)

宮之城線感傷旅行

　この夏は旧盆の前後久々に鹿児島の生家に帰った。七十をとっくに過ぎた老父母がだだっ広いだけで廃屋のような家に、二人きりでひっそりと住んでいるからである。それに高校卒業三十周年の同期会をやるからという通知ももらっていたのであった。私の生まれたところは、薩摩郡鶴田町といって、鹿児島本線の川内駅から宮之城線という国鉄赤字線を一時間ほど北上したところにある。そこから宮之城という小さな城下町の高校へ二十分足らずの汽車通学をした。ながい学校生活の中で、私にはこの母校での三年間がいちばんなつかしい。朝夕の汽車通学にも、忘れられない思い出がいくつもある。しかし、数年後に路線廃止をひかえて、今や沿線の駅も大半は無人駅になりさびれていた。

　同期会には何人かの恩師も元気な姿をみせておられ、会場ははじめから一種の興奮状態に包まれていた。ごく親しい数人の友人とは、卒業後もよく会っているのだが、大部分は三十年ぶりの再会だった。一学年三クラスの小さな学校だったので、当時はほとんど顔見知りだったはずなのに、大半の顔はすぐには思い出せなかった。しかし、じっと見つめているうちに、白髪まじりの皺の目立つ顔の底から、往年の詰襟の少年の顔、セーラー服の少女の顔が浮かびあがって来るのだった。地方新聞の論説委員として活躍しているもの、中学校の教頭をしているもの、町役場の職員をしているもの、大きな呉服屋の奥さんにおさまっている人、小学校以来いっしょだった友人の一人は、優秀だったにもかかわらず、進学を諦めて家業の農業をついでいた。境遇はちがっても、男も女もそれぞれに三十年の年輪をきざみつけながら、知命に近い人間相応のいい顔をしていると感じられた。同年代の都会生活者のように、何かギラギラした感じがなくて救われる思いだった。百五十名ぐらいの同期生のうち、約五十名の出席者だったが、集まった人々はそれなりに、ほどほどの幸福に恵まれている人たちだったのであろう。世話人によれば、何人かの物故者（その中には十五年前にガンで死んだ私の親友も含まれている）に加えて、行方不明の人も少なくなかったという。

　広い会場には、いくつも人の輪ができ、四時半からはじまった宴は、延々十時に及んだ。騒然たる酒席の中で、私はしばしば茫然としていた。私自身も含めてこれらの学友たちの上に流れた三十年という時間を思って、めまいのようなものを感じるとともに、何かしらとりかえしのつかないことをしてしまったような、悔恨に似た感情が私をとらえた。それは感傷であったかもしれない。しかし、今日は心ゆくままに感傷的であることを自分に許したいと思った（そして、この文章もまた）。かつて、私も含めてみんなそれぞれに悩みを抱えつつも、夢みる少年であり少女だったのだ。あの夢はどこへいったのか。ありふれた文学少年であったあの頃の私は、ひたすら、故郷を脱出することだけを考えて、取り残される家族のことなど思う余裕はなかった。私にとって、あの宮之城線はまだ見ぬ東京へと続いているはずだった。しかし、今振り返ってどうであったか。道を誤まったとは思わぬが、どこへ行こうとしてあんなに生き急いで来たのだろうという思いがしきりにした。人は何かを断念し喪失することで生きて行くものであることは、承知しているつもりだが、それにしても時間は残酷だ。

小学校に勤める友人の一人は、農村の荒廃を語ってくれた。確かに道路は整備され、農民たちはみんな車をもち（これが国鉄赤字線廃止につながる）、農作業も機械化されてはいるが、高い農機具の支払いのために破産状態にある人もいるときいた。政府は植えた稲を稔らぬうちに刈り捨てる青穂刈りを、補助金を出して奨励しているという。何という無策な恐るべき農政だろう。機械化は農民を過重な労働から解放したかにみえるが、農作業や四季折々の祭を中心に形づくられていた共同体の秩序は、ほとんど壊滅している。何よりも、それを支える人がいないのだ。どこも老人ばかりで、昼日中から村中がひっそりとして人の気配がない。私の子供の頃は、夕方ともなれば、田畑から帰る母を待ちかねて大声で泣く子供の声が、ひとつやふたつは必ずしたものだが、今回の滞在中子供の泣き声ひとつきかなかった。お盆に墓参りに行っても、昔にくらべて人もまばらだった。この地方でも何年か前から土葬が禁じられている。火葬のための納骨堂のある墓地は、からっとして明るいが、何か墳墓の地という感じがしない。それよりも、祖霊を迎える信仰そのものを人々がしだいに失いつつあるのだろう。南日本新聞の論説委員をしている旧友は、地方出身の都会生活者にとって、田舎に残された墓地の処理が大きな問題になっていると、コラム記事の中で書いていた。私とて、将来先祖代々の墓をどうするのか、何の展望もない。だいいち自分はどこの墓に眠ればいいのだろう。昭和三十年前後に都会に出て来たわれわれの世代は、未曾有の大きな崩壊に立ちあっているのである。しかし、その崩壊に手をかしたのは、高校を出るとうしろも振り返らず真先に故郷を捨てた自分自身ではなかったか。そして、都会にはその崩壊を崩壊と感じない息子たちの世代が育ちつつある。

その日同期会は、新しい場所に移転して立派になった母校と、今は廃止されている母校の跡を訪ねることから始まった。かつてわれわれが学んだなつかしい木造校舎はあとかたもなく、わずかに一本の木と「宮之城高校普通科の跡」という石碑がたっているのみである。その旧母校の入口で見おぼえのある女性にあった。私はうろたえながらも、とっさに相手の名をいい、その節はご迷惑をかけました、お元気ですかと声をかけた。彼女は三十年前と変らぬ含羞の表情で、もうすぐあの世に行きますという意味のことをいった。奇妙にちぐはぐな挨拶だったが、いつ思い起こしても幻のようで、この世の人とは思えなかった人の三十年ぶりに聞く第一声として、それはいかにもふさわしいように感じられた。彼女は少年の私が一時期執着した人であった。彼女とは私の上京とともに気まずく別れたままだったのである。それも、もとはといえば、大学に合格して有頂天になっていた私が、人の心を思いやる気持を失っていたことが、原因だったと思う。そういう私に少女の潔癖は毅然たる拒絶で報いたのである。いってみれば、他愛もない子供の恋の真似事であり、三十年といえば殺人さえとっくに時効となる年月だが、私には妙なこだわりがあった。二人の子持ちだということであったが、彼女はかすかに老いの気配をただよわせながら、しかしあの頃の面影をはっきりと残していた。宴席では偶然彼女の横に坐ることになったが、彼女は終始寡黙だった。それでも、私の問に答えてぽつりぽつりと語るその声は、三十年前とまったく同じで、それだけにかえって、私はそれを死者の声を聞くような気持で聞いた。やがて、私の中で故郷と彼女はしだいに重なっていったのである。久々にみる故郷は今ここにこうしてよそよそしい他人として息づきながら、心なしか蔑みの眼差で私を見つめている。私はいまさらのように三十年という歳月を思い、故郷との絶望的な隔りを思って頭を垂れた。

私は十日ほどいて父の晩酌の相手をして東京に帰った。過ぎ去ったことはとりかえしがつかないが、事実は消えない、そしてお前がここにこうしているのはそういうぬきさしならぬ事実の堆積ないしは連続としてなのだと、自分にいいきかせながら。四十代最後のセンチメンタルジャーニーは終った。今度帰るときには、もう宮之城線も廃止されていることだろう。戦死した私の叔父たちをはじめ、無数の人々を異郷や戦場へ送り出したこの鉄道の廃止は、私にとって故郷と自分をつなぐ道の途絶を象徴するものである。東京の家では父の郷里のことばも解しない息子たちが、いつになってもなじめないあの喧騒なロックという音楽をきいていた。故郷はなつかしいが、そこにはもう自分のいる場所などない。そうかといってこの東京が仮寝の場所であることも依然として確かなことなのである。私は何ものかに復讐されていると感ぜずにはいられなかった。

帰京（この文字の白々しさ）してしばらくたって、故郷の老母から電話があった。台風が鹿児島を襲い、母が丹精こめて育てた樹木や花々が大きな被害を受けたということであった。私は胸が痛んだ。この母は、苦労の限りを尽して育てあげた五人の子供たちがみんな都会に出て、父と二人暮らしになった頃から、樹木や草花を育てることに熱中しはじめ、三百坪余りの屋敷うちを何十種類とも知れぬ樹木や草花でうめ尽してしまった。この物言わぬ生命たちに対する異常ともいえる愛着は、この屋敷で生まれここに心を残しながら死んでいった死者たち（そのうちの二人の叔父は戦死）と、ここを捨てて出ていった子供たちに対する母の悲しみと空虚感の代償のようなものだと私は勝手に解釈している。もっといえば、戦中戦後の非人間的・反生命的な世の中に対する彼女なりの抗議だといえるかもしれない。母は、私が帰省すると、父祖伝来の山に彼女が長年心血を注いで造林し育てた杉山につれて行き、杉を見あげながら昔話をするのがならわしである。これも、私が忘れかけているものを思い出させ、父祖の地へ息子の心をつれもどそうとする行為である。私のうまれたとき植えた杉も、もう私の腕では抱きかかえられないほどの大木になっている。その杉も今度の台風で大きな打撃を受けたと母は嘆いていた。私はこの年になるまで、この母だけは大事にしたいと思って来たが、何のことはない結局は姥捨同然のことをしていることになる。

母の願いのひとつは、この家で生まれ、生を全うせずに死んだ人々のことを書き残すことである。敗戦直前の七月に一歳九ヶ月の可愛い盛りに死んだ私の妹チヅのことは、すでに町の「長寿大学」の文集に出して好評だった。母はその「宮之城線によせる思い出」の中で、瀕死の子を抱いて列車のとまった宮之城線の線路を医者を求めて狂気のように歩いた夏の日のことを鮮烈に書いている。孫である私の息子たちもこれで祖母をすっかり見直してしまった。次は、一族の中で最も秀れた才能をもちながら、二十四歳でこれも敗戦の直前に南の島で戦死した父の弟の三郎叔父のことを書きたいといっている。母とこの義弟との間には深い心のつながりがあったようである。私も、歌人でもあったこの叔父が生きていたらと思うことが多い。

郷里から帰って、私は小さな書斎を建てはじめた。五十代はここにひとりこもって、かなわぬまでも失った時間を少しでもとりかえしたい。草屋の名は不善庵とするつもりだ。小人閑居してというあれである。できるだけ気ままに、という気持なのだ。書斎の前には墓地が広がり、帰る所のない死者たちが、山をきりひらいた、見も知らぬ新興地に眠っている。

（「葉」10、　昭60・10）

望郷断章

十八歳で郷里の鹿児島県鶴田町（現さつま町）を出てから三十七年が過ぎた。年とともに故郷の方へ心が傾くのを感じる。もともと近代文学研究の上でも、離郷した地方出身の作家の内面の劇におのずと関心が向きがちであった。わが郷土は尚武の風こそあれ、文弱の徒は重んじられない土地柄で、鹿児島出身の文学者も少ない。林芙美子も島尾敏雄も鹿児島で育った人ではない。長野県出身ながら生涯を鹿児島で終えた人に椋鳩十がいる。少年時代にはこの作家のサンカ小説や動物小説を愛読し、高校の文化祭に仲間と語らって講演に来てもらったこともある。この時椋先生は約束より一日早く来てしまったので、文化祭のプログラムを急遽変更するなど大混乱に陥ったことが忘れられない。昨年の夏は大隅半島の佐多岬に柳田国男の「海上の道」の足跡をたずねるついでに、加治木町の椋鳩十記念文学館に立寄った。ここは若き日の椋鳩十が女学校の教師をしたゆかりの土地である。立派な文学館は例のふるさと創生資金で建ったときいた。展示資料の中に、早稲田の教室で平家物語をならった佐々木八郎博士の鳩十宛書簡があって、意外なところで旧師に出会ったような感慨をおぼえた。鳩十は佐々木先生が学校を出て最初に赴任された飯田中学での教え子で、先生の影響で文学に進むのである。鹿児島市では市制百周年を記念して昨年から椋鳩十児童文学賞というのを設け、副賞二百万円というのも評判になって、全国からの応募が多いとは、南日本新聞論説副委員長の旧友高嶺欽一からの報告である。

数少ない鹿児島生まれの作家に古木鐵太郎がいる。地味な私小説家だが、数年前に立派な三巻本の全集が出た。近く子息春哉氏の手で古木に関する諸家の文集が刊行されるという。古木は私が通った高校のある宮之城町の旧家の出で、ひそかに注目していた作家だ。古木より十年余早く宮之城に生まれ、同じ川内中学を出た人に、「水甕」の歌人岩谷莫哀がいるが、両者の望郷の詩情にはよく似たところがある。莫哀の生誕地宮之城町（現さつま町）湯田の川内川河畔には、「見下せばさつまのかたへひと筋の川うねうねとながれたりけり」と刻まれた歌碑が建てられている。歌といえば今年の四月に高校時代の級友上大迫實夫妻の歌集『あふるる光』が出た。上大迫實は、五十歳近くになって難病にかかって教職を退き、横臥・車椅子の生活を送っているが、苦しい闘病の中で歌に救いを見出し「反芻の牛眥《まなじり》に泪溜めしづかなるかなや聖のごとし」というような歌境に達した。夫妻は鹿児島の歌誌「にしき江」の同人だが、故郷の生家を独りで守っている私の八十一歳の老母もこの雑誌の末席につらなっている。

今年もその母と二人してする魂祭に帰省する日が近づいた。

（「文芸家協会ニュース」平4・8）

友よ、ふるさとは見えるか——母校五十年の遠望

今を去る四十二年前に本校を卒業した東郷と申します。まずはわれらの母校鹿児島県立宮之城高校が五十周年を迎えたことを、ここにお集まりの卒業生、在校生のみなさん、そして全国で活躍しておられる九千名の同窓生諸氏とともに慶びたいと思います。同時に歴代の恩師の先生方、とりわけこの困難な時期に母校を支えて下さっている校長先生をはじめ諸先生方にあらためて御礼を申しあげます。

さて、本日はなつかしい恩師の先生方やご来賓のみなさまも多数お見えのようですが、これからの話は、今日ここにはいないけれども、この会場の背景におられるはずの同窓生のみなさん、特にふるさとを遠くはなれてくらしておられる同窓生諸氏のことを思い描きながら、直接にはここに集まっている後輩の生徒のみなさんに向けてお話してみたいと思います。どうかその点ご諒解をお願いいたします。まがりなりにも大学の教師ですから、あるいは学術的な講演を期待されたのかもしれませんが、ぼくが専攻しているのは文学研究という、世の中に害こそあれ、まったく無益な虚学ですので、今日はきわめてプライベートな思い出話をさせていただきます。今回の母校訪問はぼくにとって一種のセンチメンタル・ジャーニーでありまして、話が多少感傷に彩られて歪んでいるであろうこともあらかじめお断りしておきます。またぼくの現状認識は鹿児島県の実態とかけはなれていて見当ちがいのと

ころもあると思いますが、そのこともどうぞご容赦下さい。

といっても何ほどのことも話せるわけではありません。ぼくなど宮高を卒業して四十数年が経っており、ほとんど生きた化石ともいうべき存在です。在校生諸君は、四十数年後には自分もあんなふうになるのだなあと思って眺めながら聴いて下さい。しかし、四十年なんてあっという間です。

ところで母校ということばは英語でAlma Materというようですが（materはおっかさん、おふくろさんというほどの意味）、父なる学校でなくて母校というこのなつかしいひびきをもった言葉が、日本ではいつごろから使われるようになったのでしょうか。今回の震災（この年三月の大地震で校舎崩壊）で生徒諸君は母校を単に擬人的な比喩としてでなく、心からいとおしむべき存在として、痛みを痛みとして感じる身体をもった存在として受けとめられたはずです。災害は不幸なことでしたが、母校とともに痛みと苦しみを共有したことによって、母校は諸君の中に一層身近な存在として生き続けることになるでしょう。いうまでもなく母校というのは、校舎ではありません。ましてや経営母体の鹿児島県の管理物などではない。母校とはそこで学んだ人びとの心の中にある一種の共同幻想であって、宮高を運命共同体とする仲間の心の絆、連帯感の中にしか存在しないものです。もっと簡単にいってしまえば、母校の実質は先生や学友、先輩や後輩の結びつきそのものであり、それを支えている思い出にほかなりませんが、ぼくはいま後輩の生徒諸君に、四十年後五十年後もつきあって行ける友人をもっているか、五十年後も敬愛の気持をもって思い出すことのできる先生に出あったか、そして、何よりも母校に誇りをもっているか、とまず問うてみたいと思います。ぼくには誇るほどのものは何もありませんが、この母校に対して愛着と誇りを持ち続けて来ました。実はぼくらもここにいる在校生諸君と同じように、かつて母校の学び舎を失なうという体験をしました。ぼくら昭和三十八年以前の卒業生の思い出の中にある母校は、虎居にあった小さな木造校舎です。ぼくらにはあの小さな校舎こそなつかしい。自分の母が他の誰の母ともとりかえのできない、自分一人のかけがえのない母であるように、自分の母校がほかならぬ宮之城高校であることにぼくは誇りを感じます。それはそこで過した自分自身の三年間の青春とそこで結んだ友情に愛着といとおしみを感じるからです。

ぼくの高校時代は昭和二十七年から三十年にかけてですが、創立五年目、敗戦から間もない時期で、入学の年の四月に対日平和条約、日米安保条約が発効して、日本がようやくアメリカの占領下から脱出し独立した年です。その解放感は強く印象に残っています。制定されたばかりの校歌の一節に「紫尾山に朝の日映えて世紀いまあけゆくところ」というのがありましたが、それにも不思議な実感がこもっていました。草創の気運といいますか、北薩の雄たる学校にするんだという意気込みが、先生方の間にも生徒たちにもありました。

みんなよく学びよく遊びました。もっともぼくの場合はよく遊んだ方に重点をおいた三年間でしたが。学校は進学にも力を入れていましたが、スポーツもさかんでご承知のように本日もおみえの古川徹さんが水泳でオリンピックに出るというようなこともありました。ぼくは軟弱な方で、当時文芸部というのがあって「わかくさ」という雑誌を出していましたが、それにセンチメンタルな詩や幼稚な小説など書いたりしていました。運動会や文化祭も盛んでした。文化祭では池上司先生という鹿大から赴任したての若い国語の先生が「祭」という戯曲を書いて、それをぼくがにわか役者をかきあつめて演出・上演するということもありました。その中の一人の女の子と恋愛のようなこともしました。

長いおさげ髪のかわいい子で、その子のことを思うと、胸がきゅっとなって、恋がハート（心臓）だというのは比喩ではなくて生理学的な真実だということをそのとき知りました。おさげ髪というのはとてもいいんだけどどうしてこのごろはやらないのでしょうか。

先生方も本当にすばらしいでした。それぞれに風格があって、宮高をよくしていこうという情熱で一丸となっておられました。印象に残る先生は何人もおられますが、今日は二年と三年のときに担任して下さった山下一二先生のことをお話しします。先生は冗談ひとついわないきまじめな謹厳居士でしたが、不思議にぼくらのクラス全員に慕われました。ぼくにとってただひとつ残念だったのは先生が数学の先生だったことです。名前まで「一二」という数学それ自体のような先生でしたが、ぼくは数学が苦手で先生の期待をうらぎり続けていました。そのせいかぼくは教師になった今でも数学が苦手な学生に好意を持つ傾向があります。先生には個人的なことでもいろいろお世話になったのですが、思い出をひとつだけお話しします。二年生のときのことです。そのころクラス対抗の弁論大会というのがあって、どういうわけかそれにぼくが出ることになった。つまり、ぼくが母校のみなさんの前で演説するのは、四十数年ぶり今日が二回目というわけです。昭和二十年代というのは、いわば政治の季節でした。ぼくは戦争で叔父を二人失なっていたということもあって、何と天皇の戦争責任、天皇制批判の弁論をやってしまった。もとより幼稚な内容ですが、今考えても基本的にまちがったことはいっていなかったつもりです。当然私の弁論は選外でしたし、教室で暗にそれを批判する先生もおられました。職員会議でも一部の先生が問題にされたということです。そのとき、決して政治的でも左翼的でもなかったはずの山下先生が、一貫してぼくを支持されたと、ずっとあとになってからある先生に聞かされてぼくは強くうたれました。先生は小生意気な生徒の大言壮語を容認し、支持して下さったのです。山下先生は六十代半ばでなくなられましたが、ぼくはそういう先生を忘れません。もし先生に出会わなかったら、ぼくはまったく違った道を歩いたことでしょう。ぼくのような問題児・不良生徒が、よりもよって教師になろうと考えるようになったのは、山下先生をはじめとする宮之城高校の先生方の影響です。

さて、「ふるさと」について語らねばなりません。一言でいいますと高校時代のぼくらは総じて貧しかった。しかし、貧乏を恥かしいと思ったことはありません。物質的にはみんな貧しかったからです。ただし、ぼくらは貧しさから、貧しいふるさと、あるいは貧しい家から脱出しなければならないと考えていました。「いま」と「ここ」からの脱出の願望は、いつの時代にも青春の特徴ですが、貧しいというよりは何か遠くにあるものに飢えていたといった方が正確でしょう。当時貧しさからの脱出は、日本全体の国をあげてのテーマだったのです。貧しさから脱出するということは、地方に住む者にとっては多くの場合都会をめざすことでした。さらにいえばその象徴としての東京へ行くことだったわけです。やがて地方・農村の過疎化という日本社会の根源的な病いを生み出す人口の都市集中がはじまっていたのです。今回新しく出来た卒業生名簿をみると、昭和四十年代までの卒業生に県外の都市在住者が多く、五十年代に入るとそれが急速に減少して県内在住者が多くなるようです。県内に定住する人が増えたのはいいことだし、健康なことだというのがぼくの考えですが、都会志向は昭和三十年代前半にピークがあるようです。ちなみにぼくらの学年は、一四九名中三分の二近くが県外に在住しています。

今とちがって、昭和三十年ごろの東京は遠かった。鹿児島駅まで出て急行「霧島」というのに乗り、二十七、八時間かかって、もうへとへとになって東京につくのです。まず東京と鹿児島の距離・格差を身体で知らされたというかたちです。昭和三十年代後半からの高度成長期は、日本人が貧しさから脱出するために都会に出てわき目もふらずに働き続けた時代です。言いかえればそれは自分ひとりだけバスに乗りおくれることの不安から来る、みんなと同じになりたいとする努力でした。乗りおくれるな神経症、あるいは乗りおくれるな症候群ともいうべきもので、その点では戦後における日本という国家も同じでした。その根底には格差が生み出すエネルギーともいうべきものがあり、それが戦後の日本を復興に導いたともいえます。しかし、今にして思えばそこに大きな陥穽があった。そこに今日の混迷の遠因、さらにいえばぼくの本日のテーマであるふるさと喪失の原因があったのです。

その後に出現した大衆社会・消費社会における欲望の模倣――つまり真にそれが欲しいのではなくて人がそれを欲しがるから自分もそれを欲望するという、幻想としての欲望はマスメディアの発達がそれに拍車をかけて今日ますます強くなっています。しかし、他人の欲望を模倣し、他人と同じくなろうとすることは、裏がえせば、自分が自分でなくなることです。そのことに当時は誰も気づかなかった。集団就職にしろ、大学進学にしろ、誰もがそれを疑うことなく、ふるさとを脱出して都会に行き、一生懸命働いて一応は豊かになった。しかしその物質的な豊かさとひきかえに、ぼくら（日本という国家も含めて）は何かを失ったのです。

都会というのは結局故郷を喪失した根無草の群です。しかし都市で働き続けたものたちも、ふるさとのことを忘れていたわけではなかった。むしろふるさとをつねに背後に感じながらがんばったのです。そしてお盆正月ともなれば満員列車をものともせず、お土産を抱えてふるさとに帰り、東京ががらっぽになるという時代が続きました。しかし、最近はそれが少し様変りして来ているようです。帰省ラッシュ、Uターンラッシュというのが一時ほどではなくなって、お盆休みは成田から海外へという人も少なくないようです。宮高の卒業生も九千人に近いということですが、その中で、もっとも多く都市に出ていった昭和二十年代から三十年代にかけての卒業生たちも定年を迎えつつあります。子どもたちを都会に出して、苦しい中で家を守り続けた彼らの親たちも、老いたり亡くなったりしているることでしょう。そして彼らが都会に築いた家は親のふるさとを知らない子供たちの時代になっているのです。老いつつある彼らは今どういう思いで自らの人生をふりかえっているのか、ふるさとは彼らにとって何であったのか、あるいは現に何であるのかと思ってみるのです。苦しいけれどもこの先に何かがあると思って走り続けて来ていざ終点近くになってみると、そこにあるのは一種空漠たる寂寥のようなものではなかったか。あるいは決して楽ではなかった都会生活で心のよりどころであったふるさとが、気がついてみれば見えなくなっているという感じがありはしないかと考えるのです。

一方、故郷の方も半世紀の間に変質をしいられました。過疎化に加えてみんなと同じようになろうという努力、いいかえれば日本中を東京化しようとする運動は、それぞれの地方がもっていた固有の生活様式をかえ、個性のないものにしてしまったのではないか。それは戦後日本のアメリカ化に対応しています。何年か前ある総理大臣が「ふるさと創生」ということをいって全国に金をばらまいたことがありました。「ふるさと創生」といわねばならないということは、日本からふるさとがなくなったことを意味していたはずです。こんにち地方の時代ということがいわれるのも、実は「地方」分権ということが、いまだに実現していなくて、逆にあらゆる権力と金を、中央政府が握っていることを示しています。日本全国総都会化運動の結果、ふるさとあるいは地方は均質化され、没個性化され、そしてふるさとは見えにくくなった。ここで日本の農業政策の場あたり主義的な無策を指摘すべきでしょうが、時間の関係で省略しますけれども、まったく日本の権力はいつの時代も農村をいいように利用して来た。これからの地方はもう中央のいいなりになってはいけないということだけをいっておきます。

ところで宮之城線が十年ほど前に廃止されました。ぼくは宮高時代鶴田から汽車通学をしましたし、大学時代もこの鉄道を使って東京から帰省していましたので、とりわけなつかしい。今でも帰省すると宮之城駅跡にいってみたくなります。この宮之城線の廃止は象徴的な出来事でした。宮之城線が宮之城まで開通するのは大正十五年、大口まで通じるのが昭和八年のことですから、わずか五、六十年しかもたなかったことになりますが、その間この鉄道は若者を都会へあるいは戦場へ送り続けて来たわけです。この鉄道の廃止は、単に合理化あるいはモータリゼイション、自動車の普及による交通・輸送手段の変化という以上に、特に都市で暮すものにとっては、ふるさととの絆の断絶を象徴するものでした。今では東京から鹿児島まで飛行機で二時間足らずです。しかし、見方によっては故郷が近くなった分だけふるさと意識は希薄になった、心の中の故郷は遠のいたともいえます。ぼくはいたずらに感傷にひたっているわけではありませんが、ふるさとはやはり二十八時間汽車をのりついで、家族のなつかしい顔を思い描きながら、川内で宮之城線にのりかえて帰っていく場所でなければならないような気がします。

東京が近くなったということは、それだけ中央と地方との生活感覚に格差がなくなったことを意味するわけで、その意味では歓迎すべきことかもしれない。マス・メディアのばらまく情報と各種の流通網の発達によって、今や地方にいても、ファッションを含むさまざまな消費生活が東京とまったく同時的に享受できるようになった。これがわれわれが求めた貧しさからの脱出、豊かさの追求によって達成されたものです。それ自体非難されるべきものではない。しかし、ぼくらは本当に豊かさを手に入れたか。本当に自らが欲し、必要とするものを獲得しえたのであろうか。くりかえしますが、大衆社会・情報化時代にあっては、われわれは真に自己に固有の欲望をもつことができにくくなっている。われわれの消費への欲望はしばしば作られた欲望、幻想としての欲望でしかなく、いわば真の欲望が見えにくくなっている。欲望の模倣、同一化の追求の結果、日本人は思想も生活感覚も均一化され没個性化されてしまった。それは町や村も同じことです。すなわち人も村もアイデンティティを失ない、ふるさとはふるさとでなくなった。現代は日本人のほとんどが中流意識をもっているといわれます。「中流」の内実はともかく、そのこと自体は悪いことではないと思いますが、見方をかえればそれは一億総個性喪失、一億総故郷喪失、一億総与党化の時代を迎えてしまったことを意味します。故郷喪失をおしすすめた日本社会の平準化・均質化が、格差是正、平等を主張した戦後民主主義の到着点にほかならないのは、皮肉以上のことです。

こんなことをいうのも、単にぼくが老いたせいかもしれません。たとえば、若いころはふるさとのことばの訛りが非文明の象徴のように思われて恥かしくさえあったのですが、ぼくには鹿児島弁というのが年ごとになつかしく思われるようになりました。特に中高年の女性たちが話す純粋の鹿児島弁というのは、実に美しいと思いますが、今や完全に「からいも普通語」が鹿児島を占領してしまいました。このからいも普通語という奇妙な合成言語も、中途半端な中央・地方平準化の表象です。

しかし、これは誰の罪でもないし、いい悪いの問題でさえないかもしれない。まして、一九八〇年代に生まれた若い在校生諸君は今申しあげたような一億総中流化のただなかに生まれて来たわけで、ぼくの話など実感として受けとりにくいかもしれません。しかし、諸君の時代は豊かさをえたかわりに、人生の目標のようなものが見えにくくなっているのではないでしょうか。余計なお世話かもしれませんが、ぼくはそのことを憂えるのです。ぼくらの世代にはともかくも貧しさからの脱出という目標があったし、政治的には革命をも含めた社会的な変革の夢があった。それが幻に終ったにせよ社会的理想を実現するためのプログラムがあり、自分が何らかの形でそれにつながっていると実感することができた。それがぼくのような少年に天皇制を論じさせたのです。しかし、今や一億総与党化の時代になって、そういう目標が見えにくくなっているのではないでしょうか。敵・味方の区別がつきにくくなっているといってもいい。今や命がけで獲得しなければならないものもないかわりに、命がけで守らなければならないものもない時代なのです。豊かさの中で目標が見えにくくなっているということと、ぼくのいうふるさとが見えにくくなっている（そこに住む者にとっても、そこから離れて暮らすものにとっても）こととは結びついています。

ペシミスチックなことばかり申しあげたかもしれません。もちろんぼくはまたもとのように貧しくなれなどといっているわけではありません。ハングリーでない時代にハングリー精神を説くのはナンセンスです。ぼくが申しあげたいのは、今享受しつつある豊かさの性格・本質を見定め、少なくともそれに対する批判的認識をもっていただきたいということです。ふるさとはどこにあるのか、ふるさとの回復はいかにして可能か、それも以上のような歴史認識あるいは現状認識をふまえることによってしか見えて来ないでしょう。急に話が抽象的になって来ましたが、ぼくには今それだけしかいえません。ただこれから母校を巣立ち、実社会に出ようとする諸君に、ぼくのように戦後の五十年を生きて来て、現在このような感慨をもつに至っている老先輩がいたということだけでも知っておいていただきたいと思います。

ぼくは昨日鶴田にたちよって地震で崩壊した墓地にお詣りをして、三年前から空家になっている生家をみて来ました。崩落した墓と空家のまま荒れはてて行く生家と——これはぼくの戦後の生きざまの結末を示す以外の何ものでもありません。ぼくの家では長男のぼくをはじめ兄妹五人ぜんぶ都会に出てしまって、最終的には老母がひとりで家をまもっていましたが、三年前から父祖伝来の家や土地を放置したまま、東京のぼくの家に同居しています。今年八十六歳になる母は、ぼくのいないところで妹にぽつりと私の人生は失敗だったといったそうです。母にそういう思いを抱かせたぼくの人生も、ある意味で失敗だったといえましょう。

諸君はもはや都会生活への単純な憧れをもつこともないでしょう。貧富の差を含めた格差がエネルギーを生み出し、金を生み出して世の中を活性化させるという時代は終りました。格差ではなく個人の差異（個性、アイデンティティ）こそ求められなければならない。格差の時代から差異の時代へ。経済的物質的豊かさよりも人間的豊かさが求められる時代になって来ていると思います。大事なことは自分が本当に何をしたいか、どういうかたちで社会と結びつき自立していくかです。金もうけには直結しなくても、環境や福祉というような高度成長がおき去りにした負の遺産に取り組むことも大切でしょうし、ふるさととの問題もあるいは地球というこの星をふるさとと考えなければならない時代がやって来ているのかもしれません。多くの後輩諸君が都会志向でなくなったというのは、ある意味で賢明な選択だといえましょう。このふるさとに腰をすえて、都市文化や東京文化の物真似でない個性的な新しいふるさと文化を築く礎になることも立派な生き方だと思います。とにかく何かひとつ熱中できるものをみつけて下さい。そして宮之城高校の一員であることに誇りをもって下さい。

今回の災害は不幸なことでしたが、学校は校舎ではなく人ですから、母校は必ずや力強く生きかえるでしょう。その母校の五十年後をぼくはみることができません。あなた方が生きて見届けて下さい。そのとき諸君は五十年前の自分の高校時代とその後の人生をどうふりかえるのでしょうか。今日のぼくの話などずい分見当はずれの笑い草となることでしょう。ぼくはあの世から母校の発展とふるさとの繁栄を見守っていることにしましょう。

もう時間が来ました。今日の話も四十五年前のぼくの弁論と同じように、ぼくがこのふるさとで重ねて来た数々の恥のひとつになるでしょう。しかし、もう若気の誤ちなどとはいっておられません。ただひとつの慰めはこのようなかたちで後輩諸君に接することができて、母校という名の母胎を同じくするみなさんとの連帯を感じることができたことです。そのことによって遠くなりつつあった母校をいわば体で感じることができたことです。さらには希薄になりつつあるふるさととの絆を、またひとつ取り戻すことができたことも率直に喜びたいと思います。大部分のみなさんとはもうお会いすることもないでしょうが、お元気でおすごし下さい。

ご清聴ありがとうございました。

〈講演後記〉

片思いの告白は、聞かされる方にとってしばしば退屈なものである。私の話もふるさとや母校に対する片思いにも似て、独善的で耳ざわりなものであったにちがいない。しかし片思いは告白した瞬間から、真の意味での片思いではなくなる。何よりも話の内容自体、卒業生諸氏に対して僭上の沙汰ではなかったか（おれにはふるさとが見えるぞ！　という旧友の声が聞こえる）。仮にそれを私一己の独白として見逃してもらうとしても、私は自身の現状認識について、若い後輩諸君に十分な処方箋を示すことができなかったではないか。帰京（もはや「上京」ではないのである！）の道すがらちくちくと悔やまれた。高校時代にあの弁論をやってしまったあとの感じに似ていた。しかも、この話が記念誌にのることなど思いもしなかったのである。かくして恥は永遠に消えることがない。やはり片思いはひとり胸に秘めておいてこそ片思いなのであった。どうやらわがセンチメンタル・ジャーニーも「ふるさとへ廻る六部は気の弱り」（柳多留）の境涯を語る旅になってしまったようだ。

泉下の師よ、ゆるしたまえ。

（「創立五十周年記念誌」平10・3）

ある車内風景

このごろ電車内で若者たちのマナーが気になることが多いが、見て見ぬふりをじている。この風景こそ、誰あろう、我々の世代が生み出したものであるかもしれぬではないか。

今年は郷里鹿児島の県立宮之城高校を卒業して四十九年になるが、久々に同期の会が開かれることになって、東京周辺の仲間と誘いあって帰省した。戦後、地方からの都市集中が始まった時期に離郷（棄郷）し、高度成長とバブルの中を満員電車通勤で頑張りつつ老いて来た世代にとって、故郷は懐かしいばかりの土地ではない。とりわけ、私のように生家を無人のまま放置し、先祖代々の墓も荒れるにまかせているものには。

それでも会は賑やかなうちにもしみじみとしたいい集いになった。真赤な衣裳で習いたてのフラダンスを披露する半世紀前の美少女も登場したりして。翌日は恩師の未亡人を級友十五、六人で訪ね、その後みんなで夕食の会場へ移動する路面電車の中で美しい少女たちをみた。

電車は意外に混んでいて、先導の世話役と私が乗りこんだところでドアが閉まり、外には県外から来た、古希も遠くない男女十名ばかりが、取り残されてしまった。やんぬるかな、行先を知っているのは車内の二人だけなのだ。慌てた世話役は車外の仲間に大声で降りるべき停留所を告げるのだが、窓が閉まっているので通じない。万事休す。当方は携帯電話も持っていないのだ。

そのときだった。我々の前に坐っていた二、三人の女子高生の一人が、とっさに事情を察して持っていたノートに行先を大きく書いて、すばやく電車の窓に押し付け、ホームに立ち尽くすわが級友たちに示したではないか。外からの諒解の合図と同時に電車は動き出したが、顔を見合わせた少女たちがいうことには「ああ、あせったあ」。まるでわがことのようにだ。車内からもかすかに安堵の笑い声が起こった。

無心の善意……それにしても何という見事な機転だったろう。わがセンチメンタル・ジャーニーを一幅の絵にしてくれたような一瞬だった。やはり故里はいい。だが、これを単なる感傷のなせるわざとのみは思うまい。帰京してからの私の目には、電車の中でお化粧やケータイに余念のない若者たちの姿が違って見えるようになったのである。

（「大法輪」平16・8）

わが芋焼酎との和解

韓流ブームが続いている。韓国びいきの私としてはそれ自体歓迎すべきことだと思っているが、どうも解せないところがある。つい先ごろまでは音楽・ファッションなど日本文化の韓国圏への流入がいささかナショナリズムの色彩を帯びて政治問題化していた。それが一転してヨン様ブームの逆流である。よくわからない。韓国には友人や教え子も多く、毎年のように出かけている。昨年は釜山に二回も行ったし、一昨年は江原大学校を訪問して「冬のソナタ」の舞台となっている春川にも一泊した。湖のほとりの美しい町だったが、当然のことながら映像とはかなり印象が違っていたように思う。地理的にも歴史的にもわが国に最も近いこの隣国に、好感ばかりもっていたとは思えない日本人たちが、ほとんど突如として韓流に熱狂しはじめたのはなぜか。その理由は既にある程度分析されつつあるが、今や日本に失われた古きよき時代を「冬のソナタ」の中にみているなどという説明だけではまだ納得しがたい。韓国の人々自体このブームに戸惑っていると聞くが、日本人の中にも自らの内なる無意識の反応に当惑しているところがあるのではなかろうか。

韓流ブームとほぼ同時にやってきたのが芋焼酎ブームである。原料の芋が不足して奪い合いになっているとか、原産地の鹿児島でも芋焼酎が手に入りにくくなって、銘柄によっては信じられないようなプレミアがつくなどときけば、長く中央から蔑まれてきたところがあるだけに、たかが芋焼酎ではないかといいたくなる。あのにおいが嫌だといっていたのは一体どこの誰だ。日本人の韓国文化への偏見には、ニンニクや唐辛子を使ったあの食物の独特のにおいも関係していたのではなかろうか。しかし、においは文化なのだ。突飛な比較かもしれないが、韓流ブームと芋焼酎ブームはどこか構造的に似ているところがあるような気がするが、どうだろうか。

鹿児島県薩摩郡鶴田町（現在さつま町）という北薩摩の農村地帯に生まれ育ったので、芋焼酎にはいわくいいがたい複雑な思いがある。よくも悪くもそれはわがアイデンティティに関わっているのだ。鹿児島では酒といえば芋焼酎のことで、「酒」という言葉そのものが鹿児島弁にはない（以下、特に断らない限り「焼酎」は芋焼酎のことをさす）。どんな高級料亭やホテルでもビールは別にして、まず出されるのは焼酎であって、いわゆる日本酒（清酒）は注文してもほとんど置いていないだろう。昭和三十年十八歳で上京して、驚いたのは焼酎が低級な飲み物とされていて、貧乏学生でさえあまり飲まないということだった。もっとも今考えると、それはいわゆるカストリ焼酎のことで、今日でいう甲類の焼酎を指していたのだが。

＊

鹿児島の芋焼酎の伝来ルートには韓国経由など諸説があるようだ。芋焼酎のことは十六世紀ごろの記録にすでにあるらしいが、それは鹿児島の貧しい風土とそこで生まれた薩摩人気質と無関係ではない。火山灰が堆積してできる痩せたシラス台地には米よりも芋の方がよく育つ。われわれの先祖は、その大地にへばりつくようにして生きてきたのだ。夜の焼酎による「ダイヤメ」（疲れ休め＝晩酌）をささやかな楽しみに。

焼酎は粗野な薩摩人、それもあえて独断をいえば没落士族（郷士）の頑迷で意地っぱりな生き方とどこか結びついている。私の場合、焼酎にはいい思い出ばかりがあるわけではない。むしろ焼酎には恨みの数々さえある。物心つく頃から、周囲には焼酎のあの独特のにおいがたちこめていた。祖父をはじめ父も叔父たちもみんな焼酎好きだった。親類縁者にも下戸などほとんどいなかったように思う。鹿児島にも下戸はいるはずだが、私の実感的記憶では東京などに比べ下戸の数は圧倒的に少ない。鹿児島では軽侮といささか親しみを込めて焼酎好きのことを「焼酎（しょちゅ）飲んごろ」（焼酎飲み野郎というほどの意味。「ごろ」という接尾語には軽い侮蔑のニュアンスがある）と呼ぶ。幼い頃から焼酎飲んごろに囲まれて育った。最近は中央でもときどき聞かれるようになった「ダイヤメ」という言葉が示すような静かな飲み方もあるが、特に相手があるときの鹿児島人の飲み方は、陽気だがどこか荒々しく、総じて浅酌低唱などということとは無縁である。来客を接待するときも、客が泥酔しないと十分にもてなしたことにならないと考えているふしさえある。そこで酒席を盛り上げるのに用いられるのが十五世紀前半の「看聞御記」にも出てくる「ナンコ」という古い遊戯である。対座してお互いに掌中に隠し持った木片（クダ）の数を当てさせる遊びで、負けた方が盃「チョッ」（猪口）の焼酎を飲むルールだ。これは酒席だけの遊戯で、なぜか子供はしない。拳の形の作り方や、後ろ手に持った木片の音で相手を迷わせるなどコツもあるのだが、要するに負けがこんでくるにつれて酔いが深まり、酔眼朦朧として相手の掌中を見抜く判断力も甘くなってくる仕掛けである。かくして酒席は大いに盛況を呈し、主客入り乱れてしばしば杯盤狼藉に至る仕儀ともなるのだ。私の祖父は古い士族

（郷士）気質を色濃く残した一刻者だったが、ナンコが強かった。酔余の戯れに孫の私なども相手にしたが、拳の小さい子供にはまったく歯が立たなかった。酒席で乱れることのなかった祖父は、ナンコだけでなく焼酎にも強かったのであろう。

＊

今年九十四歳になる老母の話によれば、私の故郷近辺では、貧乏なくせに気位ばかりが高いわが村の士族のことを「鶴田の尻切れ士族」といって、ひそかに軽蔑していたという。身なりを整える経済力もないのにろくな仕事もせず、尻のところの擦り切れた裾長の着物を尻はしょりもしないで着流しで歩く士族のやせ我慢を嘲笑した言葉だ。実質は百姓と変わらぬ半士半農の暮らしをしていた鹿児島の郷士は、鹿児島城下の士族とは差別されていたが、在地の人々からも内心は馬鹿にされていたのである。そこに複雑な屈折も生じていただろう。私の家には戦中まで、西南の役に十四歳で従軍して官軍に踵を射抜かれた足の不自由な老人がいた（官軍に捕えられて、手術を受けるとき、麻酔を拒絶したというのが自慢だった）。この人は祖父の叔父にあたる人で、『鶴田町史』によればわが村の第二代の郵便局長を務めたとあるが、どういう人生の変転があったのか、私が知った晩年には天涯孤独の身を生まれ在所の甥の家に寄せていた。貧乏士族の末路といえば、東郷七之助といったこの老人のことが思い出される。老母によれば、わが一族には珍しくなぜか焼酎も口にせず、時に深酒する父を穏やかに諌めることもあったという。今では鹿児島県の無形文化財に指定されている疱瘡踊りの唄の伝承者でもあった。

さて、客が千鳥足で地を泳ぐようにして帰宅すれば、十分な接待ができたことになる。この頃は東京あたりでも千鳥足の酔漢はあまりみかけなくなったが、鹿児島の焼酎飲んごろは、決まって大げさな千鳥足でご帰館に及ぶ。それが酔くろぼ（酔っぱらい）の作法なのだ。それにしても鹿児島の焼酎飲みは長い。子供の頃は、いつまでも帰らぬ酔客が恨めしかったものである。あたりかまわぬ喚き声と家中に立ちこめる焼酎のにおい。焼酎飲みの父が憎らしかった。酔えばからみも始まる。いつまでも同じ愚痴や恨み言を繰り返してやまないからみ酒を鹿児島では「山芋掘い」と言い、そのような酒癖を持った人物を「山芋掘いごろ」と呼んで敬遠した。土中深く根ざした山芋を掘るには、山芋の根が折れないように辛抱強く根元に沿ってどこまでも掘り下げていかなければならない。ささいなことを「根にもって」くどくどと同じことを繰り返してやまない酔客を山芋の掘り方になぞらえて言ったのである。そのような「山芋掘いごろ」に限って、日頃は謹厳実直でおとなしい人が多いので厄介なのだ。私の偏見かもしれないがなぜか山芋掘いごろには士族くずれの人が多かったような気がする。

わが村にかつて校長や村長を務めたN先生という人格者がいた。素面のときはまさに謹厳で村人の尊敬をうけていたが、ひとたび焼酎が入ると、必ず「山芋」を掘り始める人だった。村役場のあたりで焼酎の出る会合でもあれば、帰りには村の通りの一軒一軒を手あたりしだいに掘って帰るといわれていた。わが家は先生の帰路にあたっていたので、いま誰々のところまで掘って来ているという情報が入ると、電灯を消して息をひそめ、大声で何事か喚きちらしながら先生が通り過ぎるのを待ったものである。子供心にも山芋掘いごろは恐ろしい存在だった。

鹿児島には「ボッケモン」という言葉があり、最近はそういう銘柄の焼酎もあるようだ。木強者という字をあてたりして、豪胆な者のことをいうが、ボッケは本来「呆け」が語源らしく、むやみに強がってみせる男の稚気をからかい気味にいう言葉である。焼酎はどんな小心者でもボッケモンにしてしまう。私の亡父は小心者というのではなかったが、典型的な焼酎飲んごろであった。普段は寡黙で温和だが、何か鬱々たるものを内に抱えこんでいるようなところもあって、ひとりで飲めば時として陰々滅々たる雰囲気となって、ささいなことで母にあたったりした。学校の成績もよく能力には自ら恃むところがあったのに、長男だったこともあって上級の学校には進めず、田舎のしがない勤め人の境涯に甘んじなければならなかったことが、父をそのようにしたのであろう。父もまた尻切れ士族の末裔の悲しみを引きずって生きたのである。同じ屋敷内の隠居所に住む剛直なところのあった祖父とも折合いが悪くほとんど口をきかなかった。そういう父がうっとうしく、それが幼い私を焼酎嫌いにしたともいえる。長く続いた父への違和感も、そこに起因しているかもしれない。

＊

昨年春、今は無人の廃屋になっている生家に久々に帰った。家系の古さだけがひそかな誇りで、もともと裕福でもなかったわが家はすでに祖父の頃に傾きかけていたらしいが、私の代に至って怪しげな一巻の系図だけを残して廃絶に帰した。廃家の庭に立てば、「ナンコ」の掛け声や酔漢たちの哄笑が廓寥たる家内に響くような気がする。裏庭に回ってみて、そこが終戦直後に父が焼酎の密造を企てた場所であることを思い出した。手先の器用だった父は焼酎飲みの仲間と桶に竹の管をつけたかなり精巧な蒸留装置を作り、暮夜ひそかに密造を試みた。密造はどうやら失敗だったが、あちこちで密造者の検挙の噂があったころで、子供の目にもそれは身内が震えるような恐ろしい光景であったことを記憶している。

焼酎の小瓶を傍らに、私は生家の縁側に腰掛け、荒れ果てた廃園を眺めながら、この家に生まれ無残に死んでいった者たちを追想した。叔父正男ノモンハンで戦死。叔父三郎フィリピン山中で戦死。妹チヅは終戦の年の七月に一歳九ヶ月のかわいい盛りに医者にも見せられずに死んでいった。やがて私も中学生になるころにはこの縁側に立って、眼前に広がる田んぼとその向こうの山裾を通っている鉄道を見ながらこの家から脱出したいと願うようになった。この廃屋は私が見捨てた故郷の亡骸にほかならない。

昭和三十年に上京して大学に入ったときには鹿児島弁とも焼酎のにおいともきっぱり縁を切ってスマートな都会人になるつもりだったが、そうはならなかった。経済的な理由で、費用の安い同学舎という県人寮に入ったことによって、それも不可能になったのである。東大農学部に近い本郷追分町にあったその寮は、鹿児島出身の苦学生のために旧島津奨学会（現鹿児島奨学会）が明治三十年代に設立したもので、初期夏目漱石の書簡に出てくる野間真綱や野村伝四も同学舎の出身である。大東京という異郷の真ん中であるだけに、かえっていっそう濃密な鹿児島がそこにはあった。大学の授業に出る以外はその中での生活にどっぷり浸って過ごしたので、今もって私の鹿児島訛りはぬけることなく、焼酎との縁も切れない。若き日に寝食を共にした同学舎の仲間との絆も切れることなく、今も同学舎よかにせ会（「よかにせ」は鹿児島弁で好青年、美少年の意）として、年二回焼酎と鹿児島弁を楽しみながら続いている。

早稲田大学での教師生活は非常勤講師時代も含めると三十数年になるが、今でもゼミが終わると学生たちと高田馬場周辺で焼酎を飲むならわしである。主人が鹿児島県吹上町の出身である居酒屋「弁慶」は、焼酎もさることながら料理が安くておいしいので、もう二十年以上のつきあいだ。私は学生に酒を強いることはしない主義だが、この店から何人かの焼酎好きが育っていった。今をときめく直木賞作家の重松清などもその一人で、ゼミの教室より「弁慶」に精勤した方だろう。自活した上に妹に送金までしていたので、アルバイトに忙しかった重松は、先回りして「弁慶」で飲みながら授業が終わって私やゼミのメンバーがやって来るのを待つということもしばしばだった。あるとき、例によって飲みながら待っていると、何かの都合で飲み会が中止になって、いつまで経っても私や仲間があらわれず、無一文の彼は次第に酔いも醒めて青くなったことなどもあったという。彼には文学のことなど何も教えなかったが、重松を焼酎党にしたのは私かもしれない。高田馬場では「弁慶」の他に時々郷土料理の「さつま」に行く。ママが典型的な薩摩女でその鹿児島弁の話が面白い。焼酎はいわゆる「黒ジョカ」で猪口についで飲む。肴はいろいろあるが、私は「ニガゴイ」（苦瓜）の卵炒めを最も好む。酒肴もさることながら、ここでは女性たちの鹿児島弁が何よりうれしい。純粋の鹿児島弁は郷里でも消えつつあるが、中年以上の女性たちの語る鹿児島弁はまさにマザー・タングという言葉のとおり、われわれの郷愁をさそい、異郷の生活ですさみがちな故郷喪失者のこころを癒してくれるのである。

＊

長い間、焼酎を飲んできたが、それでも四十代までは本当の意味での焼酎好きではなかった。芋に固有のあのにおいに馴染めなかったということもあるが、それはまた私の中の父への違和、さらにいえば父なるものとしての故郷への愛憎半ばする感情と無縁ではない。近親憎悪としての焼酎嫌悪といえば大仰に聞こえようか。若い頃はどちらかといえば日本酒の方を好んだ。しかし、あの日本酒の心身にからみつくような情緒的な酔い心地は、なぜか止めどもなく尾を引き、挙げ句の果てにはしばしば二日酔いに陥る。焼酎は翌日に残らないというが、どこかその日本酒的情緒を断ち切るようなところを持っている気がする。フェミニストには怒られるかもしれないが、焼酎は男の飲みものだ。私が芋焼酎の臭味ではなく風味のようなものに本当に目覚めたのは五十代に入ってからだろう。父とのいわず語らずの和解も焼酎への親和とともに自然にやってきた。

いまや芋焼酎も新しいバイオテクノロジーなるものを駆使して、あの独特の臭味を消し去り、まろやかな甘みだけを残して都会人にも合う風味を作り出すことに成功しているようにみえる。臭味から風味へ。しかし、私は時々あの特有の臭味のある昔の芋焼酎の味がなつかしくなることがある。私の芋焼酎回帰は、父や薩摩に対する長いエディプス的彷徨を経ての根源復帰でもあった。この頃、焼酎でダイヤメをする私の顔は、あんなに嫌だった焼酎飲んごろの父のそれに似てきたと家人がいう。何気ないしぐさが亡父に似ていることを、自分でも認めざるをえない。決してうれしくはないが、以前のように自己嫌悪に陥ったりはしない。晩年のわずかな期間をのぞけば、父と焼酎を酌み交すことは少なかった。今ではひとりでダイヤメをしながら、亡父の孤独な後姿を思い浮かべることもある。

昔の薩摩には町や村ごとに小さな焼酎の蔵元があったものだが、私の生家の近在には「園乃露」「紫尾の露」(紫尾山は北薩にそびえる高峰)など「露」の字を使った銘柄が多かった。あの「露」は何に由来するのだろうか。あるいは蒸留の際のアルコールの水滴からの連想かもしれない。しかし、私は大地の露を思い浮かべる。芋焼酎は、薩摩の大地の露——その滴のようなものだと思いたい。

(「芋焼酎はこれで決まり」平17・5)

三人の死者のために

国民学校三年生の八月十五日について書けといわれて、子供の記憶などというものが、いかに頼りないものか、あらためて知らされた。自分の最も古い記憶は、ノモンハン事件で戦死した叔父正男の村葬の光景だとながく思いこんでいた。温厚で心優しい人だったという叔父は、満蒙の戦場でソ連戦車隊への肉弾攻撃を命じられ、遥か前方に対峙する敵を眼にしつつ、壕の中で軍隊手帳に家族への遺書をしたためている。血の滲んだ手帳が今もわが家にある。その死は名誉の戦死とされ、金鵄《きんし》勲章功七級とかが与えられて、盛大な村葬まで営まれた。後年、ノモンハン事件が無謀・無責任な陸軍参謀本部と関東軍によるまったく愚劣な戦争であったことを知って叔父の無念を思ったが、葬儀の記念写真には日露戦争に従軍したこともある祖父の傍らに正装した三歳の少年がいささか得意げに写っている。考えてみれば、村葬の光景など三歳の幼児の記憶に残るはずはない。大人たちによって繰返し語られた話や残された写真などが作り出した幻影の記憶だろうか。

叔父三郎出征のときのことは鮮やかに覚えている。三郎叔父はどういう事情があったのか、家族の反対をおしきって突然、満蒙開拓青少年義勇軍に入り、そこで選ばれて在満師範学校を卒業し、赴任先の学校も決っていた昭和十七年春に召集を受け、終戦になっても帰らなかった。叔父はわが一族自慢の秀才で、家族もみんなこの叔父を好きだった。とりわけ十歳年長の嫂《あによめ》である私の母は、学問好きだったこの義弟の相談相手で、二人の間に深い心の交流があったことは手もとにある叔父の辞世の歌稿などからも偲ばれる。

幻に描きゐたりし吾が姉の顔もかくよと思ひめぐる夜　　三郎　二十一歳

鹿児島県薩摩郡鶴田村という北薩の農村でも、戦争末期になると連日の空襲警報で、児童は学校ではなく近くの寺や神社などに集められたが、もはや授業どころではなかった。八月十五日の記憶も断片的なものでしかない。わが家にはラジオがあったので近所の人も集って「玉音放送」なるものを聞いた。雑音のせいばかりでなく内容もまったく分からなかったが、それがかえって神秘的で、現人神《あらひとがみ》といわれた人の妙に甲高い声だけが印象に残っている。やはり普通の人間の声ではなかった。

八月十五日は前月の二十一日に亡くなった妹の初盆にあたっていて、墓参りから帰った母に、寡黙な父が「負けじゃった」と吐き捨てるようにいうのを聞いて、いよいよ「鬼畜」が上陸して来るのだと思ったことを覚えている。しかし、大人たちは誰も泣かなかった。わが家族は敗戦の前にすでに妹の死で打ちのめされていたのだ。昭和二十年のわが家最大の事件は、日本の敗北ではなく、この妹の死とその年のうちにもたらされた叔父三郎戦死の報だった。

一歳九ヶ月で片言が話せるようになっていた妹チヅは「チーちゃんが、チーちゃんが」といって何でも大人の真似をしたがる本当に愛らしい子だった。七月の梅雨のさなかに、突然高熱を出しはじめて、それがなかなかさがらなかった。村の医者も召集されていたので、どこからかやって来た頼りなげな医者の診断では、当時流行していた赤痢とのことだった。薬はもとより冷やす氷もなかったので、裏山に掘った防空壕の奥から湧き出ていた冷たい地下水を樽に汲み込み、父がそれに竹の管の注ぎ口をつけて、小さな体を冷やし続けるというむごいことまでしたが、高熱はひかず、最後は泣く力さえなくなり、家族の見守るなかで息絶えた。六十年後の今も妹のことを思うと胸が締めつけられるようになる。この妹も明らかに戦争の犠牲者なのだ。

玉音放送とともに思い出すのは、教育勅語のことである。いわゆる御真影《ごしんえい》と教育勅語を収めた奉安《ほうあん》殿《でん》は、校門の右脇にあり、それに深く敬礼してから校内に入ることになっていた。祝祭日には全員講堂に集められて、御真影の前で白手袋をした校長が奇妙な抑揚をつけて奉読する勅語を、直立不動で頭を垂れて聞かねばならなかった。今になってみれば本文わずか三百十五字の文章だが、ろくに意味もわからぬ七、八歳の子供にはずいぶん長く感じられ、「朕惟《ちんおも》フニ」に始まり、最後の「御名御璽《ぎょめいぎょじ》」に至るとほっとして、みんな一斉に鼻をすすり、咳払《せきばら》いをしはじめるのだった。勅語奉読には定められた抑揚があったというが、あれはどこか玉音放送のそれに似ていたような気がする。二十一年に入って全校児童が整列して見送るなか、校長が紫色の布に包んだ御真影をなぜか背中にせおって学校を出ていった。あの御真影はどこでどう処理されたのだろう。

戦後になって、御真影の中から出た天皇の地方巡幸がはじまる。中学に入った昭和二十四年の六月一日、それを迎えるために一時間もかけて川内《せんだい》という町まで行った。さんざん待たされたあげくようやくやって来たのは、顔色の悪い猫背の人で、壇上に立ってソフト帽を数回振っただけで一語も発しなかった。国旗が振られ、万歳の声もあがったが、これがあの玉音放送の声の主かと呆気にとられる思いだった。のちに昭和天皇と呼ばれることになる存在を直接目にしたこれが最初にして最後だった。

大君の御楯《みたて》となりて故里をたつ日も近ししづ心なし　三郎

ここでもうひとつの「子どもたちの八月十五日」を記しておこう。十九年四月からはじまった都市から地方への学童集団疎開は周知のことだが、二十年四月の米軍沖縄上陸につづいての玉砕戦を予測した鹿児島県種子島では、国民学校二年から六年までの児童が同年四月から鹿児島本土の農村地帯の各家庭に疎開させられたことはあまり知られていないだろう。わが鶴田村にも中種子《なかたね》町星原国民学校の児童百六十五名が疎開して来た。家族の多い私の家では預からなかったが、隣の老夫婦のところに私と同じ三年生の松下イサ子という朗らかな少女がやって来て、わが家族たちからもかわいがられた。戦後しばらく文通もあったが、妹チヅのことも覚えてくれているはずのあのイサちゃんは今どこでどうしているのだろうか。

家によっては幼い疎開児童たちを労働力のように使ったところもあったようだし、村の子供たちの心ないいじめもなかったとはいえまい。九月末になって、彼らは二度と生きて会えることはないかもしれないと覚悟して別れて来た親もとへ帰っていったが、あの子供たちの八月十五日の受けとめ方は、鹿児島本土のわれわれのそれとは当然ちがっていただろう。私はながくあの島の子供たちへの懐かしさとともに一種の負い目のようなものをもっていた。しかし、最近になって郷里の旧友石塚勝郎君から、島の疎開児童であった人々と受け入れ家族との間の交流も行なわれていると聞いてほっとする思いがした。中種子町教育委員会からは当時の記録や証言を集めた記念誌『明星――ふりかえる五十年』（平成二年十二月）も出されている。

島の子供たちが帰郷して間もなく、三郎叔父は昭和二十年六月十七日、種子島の遥か南方のフィリピン・ルソン島にて戦死という通知が来たが、遺骨は帰らなかったので祖父母をはじめ家族はながくその死を信じようとしなかった。戦後何年かたって、叔父の戦友だった人から最期の様子がもたらされた。ジャングルの中でかなり衰弱していた叔父に、いっしょに投降することをすすめたが、拒絶したという。あのままでは一週間ともたなかったろうとのことだった。叔父は自ら死を選んだのである。敗戦のときには涙も流さなかった家族も、それを聞いたときはみんな泣いた。生きていれば今年八十四歳になる。若き日の叔父にはおそらく心に秘めた女性があったと思う。それは当時鹿児島女子師範学校生徒だったT・Sさんという人で、叔父のアルバムに制服姿の数葉の写真が残されている。昨年、ふと思いたって、郷里でながく新聞記者をしていた旧友高嶺欽一君に心あたりを探してもらったところ、その方は鹿児島市内に健在であることがわかった。永年叔父の思い出とともに忘れずにいた人の消息なので、胸の高鳴るのを覚えた。「私は東郷三郎の甥です」という手紙を出してみたいという大人げない誘惑に何度もかられた。

今年になって高嶺君が地方新聞の死亡欄の切抜きを送ってくれた。それは元高校長であった人の死去を知らせるもので、その喪主は住所と名前からみて叔父の思い人であった女性にちがいない。喪主の名についで長男夫婦、孫三人の名前も並んでいた。不謹慎だが、私は思わずその死者に叔父の名を重ねてみた。今もルソン島山中に眠る叔父にも、そのような別の戦後があってもよかったはずだ。
今年九十四歳になる老母は、今でも叔父と妹のことを語るときには声を出して泣く。私も生きているかぎり二人のことは忘れない。もし死者の霊というものがあるとすれば、それは誰かが記憶し、思い出すことによってのみ、この世にとどまるだろう。正男叔父の葬儀の記憶も本ものだと思いたい。少なくとも私一己としては、二人の叔父を靖国神社などには祀られたくない。

死ぬことを言ふなと母に叱られて今日も静かに水仙を見ぬ
克坊と箸巻き飴を喰ひをれば暫しが程は子供心に　三郎

(「子どもたちの8月15日」平17・7)

跋　文

重松　清

「弟子」を名乗るほど出来のいい教え子ではなかった。これを言うといまでも真顔で叱られてしまうのだが、授業でなにを教わったのか、いやそれ以前にいったいどんな授業だったのか、ろくすっぽ覚えていない。

学生数名のゼミだった。授業は夕方。先生――東郷克美先生が教室に入ってくる頃、ぼくは大学近くの銭湯で昼間の肉体労働の汗を流している。雀荘でこびりついた煙草のにおいを洗い流す日もあったし、二日酔い醒ましのシャワーを浴びる日もあった。風呂上がりのさっぱりした顔で教室に向かうのは、授業の終わる少し前。お目当ては授業後の酒である。ときには、銭湯から先生行きつけの居酒屋に直行して酒やツマミを勝手に頼み、そんな日にかぎって先生に用事があって飲み会は中止になってしまい、待ちぼうけをくったぼくは伝票の金額に青ざめる……なんてこともあった。

ひどい学生である。ただ怠惰というだけでなく、いま振り返ってみると、ヤンチャなガキが甘え半分でいたずらを繰り返していたような気もする。大学四年生にもなって、まったく情けないワタクシであった。

東郷ゼミを選んだのは、このほど『抱月のベル・エポック』でサントリー学芸賞を受賞された岩佐壮四郎先生に、「東郷さんはおまえのような奴でもちゃんと面倒見てくれるぞ」と言われたのがきっかけだった。また、三年生の時のゼミ担任だった榎本隆司先生にも「おまえは東郷さんのゼミのほうがいいだろうなあ」と、どうも厄介払いのような気がしないでもなかったが、東郷ゼミ入りを勧めてもらった。要するに、ぼくは、先生の専攻も業績も知らず、ただ先生の懐の深さと広さだけを頼りに東郷ゼミに飛び込んだのだった。

じっさい、先生は優しかった。ぼくの甘えを苦笑交じりに受け止めてくれた。

「おまえは……もう、おまえは……」

舌を打ったり、あきれはてた顔でそっぽを向いたりしながらも、無礼で生意気な学生を決して見捨てたりはしなかった。

ぼくに殴られた同じゼミの学生が学校に来なくなってしまったときも、酔って駅の階段から転げ落ちた先生を介抱もせずに「じゃあ、先生、さよーなら！」と立ち去ったときも、先生は憮然とした表情を浮かべながら、それでも最後には「おまえはそういう奴だからなあ」の一言で許してくださった。

「おまえもなあ……うん、シゲマツ、おまえもなあ……いいかげんになあ」

ちょっと鼻にかかった声でつぶやくように言って、しばらく言葉が途切れ、まあいいか、と焼酎のお湯割りをちびりと飲む、そんな先生が、ぼくは好きだった。いまでも好きだ。

「弟子」の資格がないのはわかっていても、先生は、間違いない、ぼくの「恩師」である。

先生のお書きになった論文やエッセーを読むようになったのは、この数年のことである。論文の内容をちゃんと理解できているとは思わないが、文章の、たとえば句読点のちょっとした息遣いに、先生の表情や仕草、口調が重なり合って、ページをめくるにつれて胸がふわっと温もってくる。先生に会いたいな、と思うのはそんなときだ。

年に一度ぐらいの割合で、先生を酒にお誘いする。もうオレもオトナなのだから今度こそ礼儀正しくふるまおう、と自分に言い聞かせながらも、いざ先生の顔を見てしまうともう駄目である、ヤマカンだけの文学論をぶち、べろべろになるまで酒を飲み、飲み屋に居合わせた客を小突き、タクシーの運転手を怒鳴りつけ、恩師に成長のかけらも見てもらえぬまま再会の一夜を終えてしまうのである。

小説の単行本をお送りするたびに、先生からはいつも丁寧なお手紙を頂戴する。叱咤激励の「叱咤」があえて省かれた先生のお手紙を、深夜、仕事に行き詰まると何度も読み返す。元気が出る。「ほらみろ、オレには才能があるんだよ、ナメてるんじゃねえぞバカ野郎」と誰でもない誰かに毒づく気力が湧いてくる。弟子以下の教え子は、どんなときにも恩師に甘えっぱなしなのである。

何年か前の秋、故郷から送ってきた柿や栗を、ふと思い立って先生のお宅にお持ちしたことがある。早朝、『ごんぎつね』よろしく、こっそり玄関の外に置いて立ち去った。

帰り道、「おまえは……もう、おまえは……」と嘆息する先生の姿を思い浮かべて、なぜだろう、ちょっとだけ、泣いた。

(「週刊読書人」平10・12・4)

後記

ここに拾い集めたのは、機会を与えられるままに書いて来た小さな雑文の類である。誰かに読んでもらいたいというよりは、むしろ自ら読み返して過ぎ去った往事をふりかえり、そのときどきの拙い心事をしのぶための、いわば自家用本である。内容の重複も多く、表記の不統一もあるが、一部改題し、誤記を訂した以外は初出のままとした。

書名は冒頭の一文からとった。文芸に関心をもつほどのものなら、程度の差こそあれ、誰しも「無名作家」の一時期があるのではなかろうか。拙文に書いた川副国基先生はもとより、あの稲垣達郎先生や高田瑞穂先生にも「無名作家」時代はあったのである。巻末の文章でふれた叔父東郷三郎もまた無名歌人として、フィリピン・ルソン島山中に消えたのだった。

格の違いはこの際問わぬとして、今となっては何を隠そう、かくいう私にも十代から二十代にかけてそのような時代があったのだ。文章を書くことに目覚めたのは、草深い北薩摩の中学二年のときに朝鮮戦争について書いた作文を、国語の平田宗隆先生がほめて学校の廊下に張り出して下さったのがきっかけだったように思う。小さな城下町の高校に入ると、「わかくさ」という文芸部誌に、ある小説の主人公の名前をペンネームに使って稚拙な詩や小説を書いた。二十代になってからも、高校教師のかたわらいわゆる同人雑誌作家だった時期がある。作家になろうという野心などまったくないままに書き続けたあの時代のことは、その後ながく誰にも語らず自分の経歴から抹殺したいと思って来たが、この年になってみると、あの頃の自分が何やらいとおしいような気がして来るのはどうしたことだろう。巧拙はともかく、この文集にもその一篇なりとも入れてみようかという誘惑にかられなかったわけではない。しかし、たとえ自家用本とはいえ、それではあまりに遊び心がすぎるというものだろう。今はごく一部の古い友人をのぞいて知る人とてない、若き日の恥多き文章など闇に葬るにしくはない。よくぞ筆名を使っておいたと思っている。

三十代に入って、見よう見まねで論文めいたものを書くようになったが、私の書くものにいつまでたってもいわゆる学術論文らしくない素人臭さや甘さが残っているのは、わが「無名作家」時代の名残りだろう。

それにしても、この本の表題は、ひょっとしてほかならぬ著者自身のことをさすようにとられはしないか。作家の重松清に指摘されるまで思ってもみなかったが、もとより、それほど厚顔ではない。しかし、そもそもこの文集自体、著者の「無名作家」的心性の産物であることも否定できない事実だから、いささか面映ゆいことではあるが、今はもはや、たとえそうとられたとしても、目をつぶるとしよう。

かくして、私は文字どおり「無名作家」に終ったが、教え子の中から、重松清のように世に知られた作家が出たのは、ひそかなほこりである。かつて彼が別のところで、私のことについて書いてくれた文章を請うて、このとりとめもない拙文集を飾ることができるのは、何よりの冥利である。凡夫菲才ながら、わが生涯の幸運は、多くのすぐれた師友や教え子に恵まれたことに尽きる。

さて、故郷を出て上京以来半世紀がすぎ、東京の生活にもいっこうになじめないまま今日に至ったが、近来郷里のことについて書く機会が多くなった。古人いわく「ふるさとへ廻る六部は気の弱り」（柳多留）とか。しかし、今やそれも自らゆるしたい心境である。「ある車内風景」で書いた鹿児島県立宮之城高校の仲間は、年をとるにつれて、男女ともいっそう仲睦じく互いにいたわりあいつつ、旧交を温めている。「歌の身体」に書いた『あふるる光』の歌人上大迫實は、中学・高校の同級生。今も鹿児島で難病と闘いつつ作歌をつづけている。古稀をすぎてから歌を作りはじめた老母が、偶然同じ結社に入り、先輩歌人である彼の添削を受けることになったのも不思議な縁だった。「初期漱石と鹿児島」でふれた県人寮「同学舎」の仲間は、日本人であるよりまず薩摩人であるような人たちで、今でも年に一、二回は「よかにせ会」（美青年の会の意）と称して、鹿児島弁で語りながら芋焼酎を呑む会を続けていて、私も熱心な会員の一人である。ところで、「三人の死者のために」の後日談をひとつ。あの中に消息不明と書いた種子島の元疎開児童松下イサ子さんと、あの文章が縁となって今年の夏、六十数年ぶりに再会した。これもあそこに書いた高嶺欽一元記者が機縁を作ってくれた。目の前に桜島がみえる家で、彼女手づくりの種子島風の昼食をご馳走になった。お互いに老いてはいたが、それでも彼女はどこか少女時代の雰囲気を残していて、夢を見ているような昼の宴であった。

若いときから、家を一歩出ればいつ帰るとも知れぬようなわがまま放題の生活で、家族には多くの犠牲を強いて来た。それに値する仕事をして来たかと問われれば、まことに忸怩たるものがある。私は旅が好きだが、子供たちを旅行につれていくことなどめったになかった。いつぞや、成人した長男が、たまに家族旅行をしても、古い建物や墓碑のようなものばかり見せられるのは閉口だったと述懐するのを聞いて、はじめて自らの身勝手に気づく始末だった。何のことはない、幼児を文学散歩や遺跡めぐりにつきあわせていたのである。いい気なものであった。しかし、これはもはやとりかえしのつかぬことである。家族のことについては、語らず、書かずを通して来たが、ことここに至っては頭を垂れるほかない。多謝多罪。

このようなひとりよがりの思いつきを、面白そうだといってきれいな装いの本にして下さった今井肇さんと今井静江さんに、衷心より御礼を申しあげたい。

平成十八年十二月九日

東郷克美

【著者略歴】
東郷克美（とうごう　かつみ）
1936年 鹿児島県生まれ。
1955年 鹿児島県立宮之城高等学校卒業。
1959年 早稲田大学教育学部国語国文学科卒業。
安田女子高校・東京都立深川高校・同小平高校
早稲田大学高等学院・成城大学の教員を経て、
現在、早稲田大学教授（教育・総合科学学術院）。
【主な著書】
「異界の方へ—鏡花の水脈」（有精堂出版、1994年）
「太宰治という物語」（筑摩書房、2001年 ＊第10回やまなし文学賞）
「佇立する芥川龍之介」（双文社出版、2006年）
【編集】
「井伏鱒二全集」全28巻・別巻２（筑摩書房、1996年〜2000年）

ある無名作家の肖像

発行日	2007年３月15日　初版第一刷
著　者	東郷克美
発行人	今井 肇
発行所	翰林書房
	〒101-0051 東京都千代田区神田神保町1-14
	電　話 (03) 3294-0588
	FAX (03) 3294-0278
	http://www.kanrin.co.jp/
	Eメール● Kanrin@mb.infoweb.ne.jp
印刷・製本	シ ナ ノ

落丁・乱丁本はお取替えいたします

ISBN978-4-87737-245-3